KB118422

학교의 슬픔

CHAGRIN D'ECOLE
by Daniel Pennac

이 도서의 국립중앙도서관 출판예정도서목록(CIP)은
서지정보유통지원시스템 홈페이지(http://seoji.nl.go.kr)와
국가자료종합목록 구축시스템(http://kolis-net.nl.go.kr)에서 이용하실 수 있습니다.
(CIP제어번호: CIP2013025490)

학교의 슬픔

Chagrin d'école

다니엘 페낙 지음

윤정임 옮김

문학동네

아, 너무나 고마운 민을 위해

학생들의 구원자인 팡숑 델포스, 피에르 아렌, 조제 리보, 필리프 보뇌,
알리 메이디, 프랑수아즈 두세, 니콜 아를레에게

그리고 나 같은 열등생을 절대 단념하지 않았던
장 롤랭 선생님을 기억하며

차례

I

지부티의 쓰레기통

통계적으로는 모든 것이 설명되며,
개인적으로는 모든 것이 복잡해진다.

1

에필로그부터 시작하자. 백 세를 바라보는 엄마는 당신께서 잘 아는 어느 작가에 관한 영상물을 보고 있다. 파리 자택의 서재 겸 사무실에서 책에 둘러싸인 작가의 모습이 보인다. 창문은 초등학교 운동장 쪽으로 나 있다. 쉬는 시간의 소란. 작가는 이십오 년간 교직에 몸담았으며, 그가 학교 운동장 두 곳이 바라다보이는 이 아파트를 선택한 것은 은퇴 후에 조차장 바로 윗동네에 집을 정하는 철도원과 같은 심정임을 알려준다. 그다음으로는 스페인, 이탈리아에서 번역자들과 토론하고, 베네치아의 친구들과 농담하고, 베르코르 고원의 안개 속을 홀로 걸어가며 직업, 언어, 문체, 소설적 구조, 등장인물을 이야기하는 모습이 비친다…… 이번에는 알프스의 경관이 바라다보이는 또다른 사무실. 이 장면들 사이사이로 작가가 찬탄하는 예술가들의 인터뷰가 끼어들고, 그들은 저마다 자신의 작업에 대해 이야기한다. 영화인이자 소설가인 다이 시지에, 삽화가 상페, 가수 토마 페르상, 화가 위르그 크라이엔뷜.

다시 파리 장면. 이번에는 컴퓨터 앞, 사전들 사이에 있는 작가의 모습. 그는 사전에 대한 열정이 있다고 한다. 게다가 그의 이름이 로베르 인명사전의 P자 항목에, 원래 성은 페나키오니Pennacchioni이고, 줄여서 페낙Pennac이라고 쓰며, 이름은 다니엘Daniel이라는 설명과 함께 들어가 있음을 알려준다. 이것이 영상물의 결말이다.

그러니까 엄마는 베르나르 형이 엄마를 위해 녹화한 이 영상물을 형과 함께 보는 중이다. 엄마는 해질녘, 안락의자에 꼼짝않고 앉아 시선을 붙박은 채 처음부터 끝까지 하나도 놓치지 않고, 말 한마디 없이 영상을 지켜보고 있다.

영상물의 끝.

엔딩 자막.

침묵.

그러더니 천천히 형을 돌아보며 묻는다.

"쟤가 언젠가는 궁지에서 헤어날까?"

2

왜냐하면 나는 공부를 못하는 학생이었고 엄마는 그 생각에서 한시도 벗어나지 못했기 때문이다. 이제 몹시 노쇠한 엄마의 의식은 현재라는 해변을 떠나 머나먼 기억의 열도를 향해 서서히 물러나고 있는데, 맨 처음 솟아오른 암초가 나의 학창 시절 내내 엄마를 괴롭힌 근심을 떠오르게 한 것이다.

엄마가 걱정스러운 눈빛으로 나를 바라보며 천천히 묻는다.

"그래, 넌 뭘 해 먹고사니?"

나의 미래는 아주 일찍부터 너무 위태로웠던지라 엄마는 나의 현재에 대해 결코 마음을 놓지 못했다. 성공할 재목이 아니었던 나는 엄마가 보기에 오래 버텨낼 만한 무장이 되어 있지 않았다. 나는 허술하기 짝이 없는 자식이었다. 그렇지만 처음으로 교단에 섰던 1969년 9월 이래로 내가 궁지에서 벗어났다는 사실을 엄마는 알고 있었다. 그러나 뒤이은 몇십 년 동안(다시 말해 내가 어른의 삶을 사는 동안) 엄마의 걱정은 그간의 전화와 편지, 방문, 책의 출간, 신문 기사들이나 베르나르 피보의 텔레비전 프로그램에 출연한 일 따위가 가져다준 '성공의 징표들'에 은밀히 저항했다. 교사로서의 안정된 직장생활도, 문학 작업의 인정도, 제삼자를 통해 들은 얘기나 매체에서 읽을 수 있던 기사도, 그 어떤 것도 엄마를 완벽하게 안심시키지 못했다. 물론 엄마는 나의 성공에 기뻐했고, 친구들과도 그 얘길 했으며, 돌아가신 아버지가 알았더라면 기뻐했을 거라고도 했다. 하지만 마음속 깊은 곳에는 공부 못하는 자식이 불러일으켰던 근심이 영원히 자리하고 있었다. 엄마의 자식 사랑은 그런 식으로 표현되었다. 걱정을 사서 한다고 내가 놀려댈 때마다 엄마는 우디 앨런식 농담으로 그럴듯하게 대답했다.

"어쩌겠니. 유대인 여자가 모두 어머니인 건 아니지만, 세상 어머니란 너나없이 유대인 같으니 말이다."

그리고 이제, 늙으신 나의 유대인 어머니는 더이상 현재를 온전하게 살지 못한다. 어머니의 두 눈이 환갑이 다 된 막내아들을 바라보며 내비치는 것은 또다시 그 근심이다. 강렬함을 잃어버렸을 근심, 케케묵은 걱정은 이제 엄마의 습관에 불과하지만, 내가 떠나려는 순간 당신의 두 손을 내 손에 얹으며 이렇게 물어볼 정도로 충분히 생생하다.

"파리에 살 집은 있는 거냐?"

3

그러니까 나는 공부를 못하는 학생이었다. 어렸을 때, 나는 날마다 학교에서 들볶이다 저녁 늦게야 집에 돌아왔다. 내 공책에는 선생님들의 꾸지람이 적혀 있었다. 반에서 꼴찌가 아닐 때는 꼴찌 바로 앞이었다. (축배를 들어야 할 일이었다!) 처음엔 계산, 그다음엔 수학에서 꽉 막혔고, 심각한 철자 습득 장애에다, 역사의 연대 암기와 지리의 장소 파악에도 먹통이었고, 외국어 습득 불능에다 (수업은 듣지 않고 숙제도 하지 않는) 게으름뱅이라는 명성이 자자했으며, 음악이나 체육 혹은 그 외의 어떤 과목으로도 벌충하지 못한 한심하기 짝이 없는 성적표를 집으로 가져오곤 했다.

"이해가 돼? 내가 설명하는 걸 이해는 하는 거야?"

나는 이해하지 못했다. 나의 이해력 결핍은 아주 먼 유년 시절로 거슬러올라갔고, 가족들은 그 기원을 찾기 위해 한 가지 전설을 생각해냈다. 내가 알파벳을 익혀가던 얘기였다. 알파벳 a를 외우는 데 꼬박 일 년이 걸렸다는 소리를 나는 수도 없이 들었다. a 한 글자에 일 년. 내 무지의 사막은 넘어설 수 없는 b에서부터 시작되었다.

"걱정할 거 없어. 어쨌거나 이십육 년 뒤면 알파벳은 완벽하게 알게 되겠지."

아버지는 근심을 털어버리려고 그렇게 장난 섞인 말투로 넘겨버렸다. 몇 년 뒤, 완강하게 비켜가는 바칼로레아* 때문에 재수를 하던 나에게 아버지는 또 이렇게 응수했다.

"걱정 마라. 바칼로레아도 결국은 자율신경운동 같은 걸로 정복할 수 있을 거다."

혹은 1968년 가을, 마침내 학사 졸업장을 손에 넣었을 때.

"학사 졸업장을 위해 혁명이 필요했으니,** 교수 자격증을 얻으려면 세계대전 정도는 걱정해야겠지?"

아버지는 특별한 악의 없이 늘 이런 식으로 말했다. 그것은 우

---

* 프랑스의 중등교육 졸업장인 동시에 대학 입학 자격이 주어지는 국가시험.
** 1968년 5월에 일어났던 학생, 노동자 혁명을 빗댄 농담.

리의 공모 방식이었다. 아버지와 나는 웃어넘기는 쪽을 재빨리 택한 것이다.

다시 나의 초년기로 돌아가자. 사 형제의 막내였던 나는 특이한 케이스였다. 부모님이 따로 공부를 시킨 것도 아닌데 형들은 뛰어나게 훌륭하진 않았어도 별문제 없이 학교생활을 해나갔다.

나는 경악의 대상, 그것도 꾸준한 경악의 대상이었다. 몇 해가 지나도 마비상태에 빠진 내 학교생활은 조금도 나아지지 않았다. "기가 막혀" "믿을 수가 없어" 따위는 익숙한 감탄사였고, 그러한 감탄사는 어른들의 시선, 저 아인 어떤 것도 제 것으로 소화해내지 못하리라는 시선과 결합하여 불신의 심연을 파들어갔다.

언뜻 보기에도 모두가 나보다 훨씬 빨리 이해했다.

"넌 완전히 아둔해!"

바칼로레아를 준비하던 어느 해(오랜 재수 기간 중 한 해)의 오후, 아버지는 우리가 서재로 쓰던 방에서 나에게 삼각함수를 가르쳐주고 있었다. 우리집 개는 서재 뒤쪽의 침대에 느긋하게 누워 있었는데 우리에게 발각되자마자 매몰차게 내쫓겼다.

"야, 밖으로 나가. 네 의자로 가라고!"

오 분 뒤, 개는 도로 침대에 누워 있었다. 제 의자에 덮여 있던 낡은 담요를 끌어다가 침대에 깔아놓고 말이다. 물론 모두들 감탄하고 말았다. 당연했다. 한낱 동물도 어떤 금지를 청결이라는 추상적인 관념에 연결할 수 있고, 그로부터 주인들과 함께하려면 자기 자리를 정돈해야 한다는 결론을 끌어낼 수 있었던 거다. 이거야말로 진정한 추론이 아닌가! 대단하기도 하지! 이 이야기는 몇 해에 걸쳐 우리 가족의 입에 오르내렸다. 개인적으로 나는 이 이야기에서 우리집 개가 나보다도 이해가 빠르다는 교훈을 이끌어냈다. 개의 귀에 대고 이렇게 속삭였던 것 같다.

"야, 이놈아, 내일은 네가 학교에 가라."

4

　나이 지긋한 두 남자가 어린 시절에 놀던 루 강가를 산책하고 있다. 둘은 형제다. 베르나르 형과 나. 오십 년 전, 두 사람은 이 맑은 강물에 뛰어들곤 했다. 그들의 소란에도 놀라지 않던 잉어들 사이에서 형제는 함께 헤엄을 쳤다. 허물없이 구는 물고기들 덕분에 그런 행복이 영원히 지속될 거라 생각했다. 강물은 절벽들 사이로 흘러내렸다. 때로는 물살에 실려, 때로는 바위를 타고 넘어 강을 따라 바다까지 이를 때면 두 형제는 서로를 시야에서 놓쳐버리기도 했다. 둘은 서로를 되찾기 위해 손가락으로 휘파람 부는 법을 배워두었다. 긴 휘파람 소리는 암벽에 부딪혀 울려퍼졌다.

　요즘은 수면도 낮아지고, 물고기는 사라지고, 끈적거리는 상태로 고여 있는 이끼는 자연을 누른 세제의 승리를 말해주고 있었다. 유년기에서 남아 있는 거라곤 매미 울음소리와 태양의 끈끈한 열기뿐이다. 그리고 우리는 여전히 손가락 사이로 휘파람을 불 줄 안다. 우리의 귀는 결코 망가지지 않았다.

학교에 관한 책을 쓸 생각이라고 베르나르 형에게 귀띔해주었다. 변해버린 이 강물처럼 변화하는 사회 속의 학교가 아니라, 그 끊임없는 전복의 한복판에서도 변하지 않는 것에 대해, 내가 한 번도 들어본 적 없는 영속적인 것에 대해 말이다. 열등생과 부모와 선생 들이 공유한 고통, 학교가 빚어낸 그 슬픔의 상호작용에 대해.

"거창한 계획이네…… 그걸 어떻게 다루려고?"

"이를테면 형을 심문하는 거지. 형은 예컨대…… 수학에 젬병이었던 나에 대해 어떤 기억을 가지고 있어?"

베르나르 형은 내가 조개처럼 안으로 칩거하지 않도록 해주면서 학교 숙제를 도와준 유일한 가족이었다. 내가 중학교 2학년 때 기숙사에 들어가기 전까지 함께 방을 썼기 때문이다.

"수학에서? 그거야 계산부터 시작됐지! 한번은 내가 네 앞에 놓인 분수 문제를 어떻게 풀 건지 물어본 적이 있어. 넌 자동으로 이렇게 대답하더라. '공통분모로 약분해야 해.' 분수가 하나뿐이라 분모도 하나였는데, 너는 곧 죽어도 '공통분모로 약분해야 해'라고 말하는 거야. 그래서 내가 '잘 생각해봐, 다니엘, 여기엔 분수가 딱 하나밖에 없어서 분모도 하나뿐이잖아'라고 했더니 네가 화를 내며 이러는 거야. '선생님이 그랬어. 분수들은 공통 분모로 약분해야 한다고!'"

두 남자는 미소지으며 산책길을 따라간다. 그 모든 일이 그들 뒤로 아주 멀리 있다. 둘 중 한 사람은 이십오 년간 교직에 있었다. 대략 2,500명의 학생들을 가르쳤고, 그중 상당수는 '심각한 난관'에 처한 학생들이었다. 두 남자는 저마다 가정을 꾸린 아버지다. 그들은 "선생님이 그랬어⋯⋯"라는 말의 의미를 잘 안다. 열등생이 지루한 푸념 속에 들어앉히는 희망, 그래 그거다⋯⋯ 선생님의 말이란 급물살을 타고 추락하는 강물 위에서 공부 못하는 학생이 붙잡고 매달리는 부표일 뿐이다. 열등생은 선생님이 한 말을 반복한다. 의미가 있어서도 아니고, 규칙을 구현하기 위해서도 아니다. 그저 순간적으로 궁지에서 벗어나기 위해, '놓여나기 위해' 하는 말이다. 아니면 사랑받기 위해서. 무슨 수를 써서라도.

"⋯⋯"

"그러니까 학교에 관한 책이 또하나 나오는 거네? 그런 책은 꽤 많지 않아?"

"학교에 관한 책이 아냐! 모두들 학교를 다루고 있고, 신구 논쟁은 끝없이 계속되고 있어. 학교의 프로그램, 학교의 사회적인 역할, 그 궁극적인 목표, 과거의 학교와 오늘의 학교…… 그런데 열등생에 관한 책은 없거든! 이해하지 못하는 고통에 대해 그리고 그로부터 겪게 되는 정신적인 충격을 다루는 책……"

"그게 그렇게 힘들었어?"

"……"

"……"

"열등생이었던 나에 대해 다른 얘기 뭐 생각나는 거 없어?"

"넌 기억력이 나쁘다고 불평했지. 저녁에 뭔가를 가르쳐주면 밤새 다 날아가버렸거든. 다음날 아침이면 죄다 잊어버렸지."

사실이다. 나는 요즘 애들 말마따나 머리에 입력하지 않았다. 잡아두지도, 새겨놓지도 않았다. 가장 단순한 말도 지식의 대상으로 파악할 것을 요구당하는 순간, 그 실체를 잃어버리곤 했다. 예를 들어(이 얘기는 단순한 예를 넘어서는 아주 자세한 추억이다) 쥐라 산악 지대에 대해 배워야 한다면, 세 단어로 이루어진 이 간단한 말이 즉시 해체되어 그것과 관련된 모든 것, 프랑슈콩테 레지옹, 앵 데파르트망, 시계 산업, 포도밭, 파이프, 고도高度, 암소들, 혹독한 겨울, 스위스 국경, 알프스산맥 혹은 단순한 산으로서의 쥐라에 관한 것까지 모조리 사라졌다. 쥐라라는 단어는 더이상 아무것도 재현하지 못했다. 나는 중얼거렸다. 쥐라? 쥐라…… 그리고 지치지도 않고 그 말을 되풀이했다. 뭔가를 삼키지는 않고 끊임없이 씹어대는 아이처럼. 삼키지 않고 씹기만 하듯 이해하지 못한 채 되풀이만 하는 것이다. 맛과 의미가 완전히 분해될 때까지 쥐라, 쥐라, 쥐라…… 끝없이 씹고 되풀이한다. 쥐라…… 쥐라…… 쥐라…… 쥐…… 라…… 쥐…… 라…… 그리하여 그 말이 막연한 소리 덩어리가 될 때까지, 아주 작은 의미의 잔해도 없는, 스펀지처럼 물컹한 두뇌 속에 엉겨붙은 술꾼의 소음이 될 때까지…… 그러다가 지리 시간에 잠들어버리는 거다.

"대문자를 증오한다고도 했어."

아! 무시무시한 보초 같던 대문자들! 그것들은 고유명사들과 나 사이에 우뚝 서서 나의 접근을 가로막는 듯 보였다. 대문자로 시작되는 모든 단어는 즉시 망각의 운명을 맞이했다. 도시 이름, 강 이름, 전쟁과 영웅의 이름, 각종 조약, 시인 이름, 은하계의 이름, 수학의 정리定理들은 경직된 대문자 때문에 기억을 금지당했다. 대문자는, 거기 멈춰 서! 라고 소리쳤고 그러면 대문자로 된 고유명사의 문은 넘어설 수 없었다. 고유명사는 너무 고유하고, 우리는 그것과 어울릴 수 없는 바보 멍청이다!

길을 걸어가며 베르나르 형이 한마디 덧붙인다.

"소문자처럼 하찮은 멍청이!"

형제는 같이 웃는다.

"그리고 나중에는 외국어를 가지고 똑같은 씨름을 되풀이했지. 외국어에는 내가 좀체 알 수 없는 어려운 말들이 많다는 생각을 떨쳐버릴 수 없었거든."

"그래서 단어를 아예 외우질 않았구나."

"영어 단어들은 고유명사처럼 쉽게 날아가버렸거든."

"……"

"……"

"요컨대 넌 핑계를 만들어냈던 거야."

그렇다. 그게 바로 열등생의 속성이다. 그들은 자신의 열등함에 대해 굽이굽이 반복되는 이야기를 만들어낸다. 난 한심해, 난 절대 할 수 없어, 그러니 노력해볼 필요도 없어, 이미 다 망했어, 내가 그랬잖아요, 학교는 나한테 맞지 않는다고…… 열등생에게 학교는 출입이 금지된 몹시 폐쇄적인 집단으로 보인다. 때로는 몇몇 선생님이 그런 생각을 돕는다.

"……"

"……"

나이 지긋한 두 남자는 강을 따라 걷는다. 산책길 끄트머리, 갈대와 자갈로 둘러싸인 물가에 다다른다.

베르나르 형이 묻는다.

"물수제비뜨기는 여전히 잘하니?"

5

당연히 최초의 원인에 대한 의문이 생겨난다. 나의 열등함은 어디서 기원했는가? 중산층 집안의 자식, 사랑하는 가족에게서 태어났고, 갈등도 없었고, 숙제를 도와주는 책임감 있는 어른들에 둘러싸여 있었다…… 이공대 출신의 아버지, 전업주부인 어머니, 부모님은 이혼도 하지 않았고, 알코올중독자도 아니고, 가족 중에 성격장애자도 없고, 유전적인 결함도 없고, 세 형은 대학을 졸업했다(수학을 전공한 두 형은 곧바로 기술자가 되었고, 다른 한 형은 장교가 되었다). 규칙적인 가정의 리듬, 건강한 섭생, 집에 서재도 있고, 시대(부모님은 1914년 이전 태생이시다)와 환경에 어울리는 교양도 갖추었다. 즉 회화는 인상주의자까지, 시는 말라르메까지, 음악은 드뷔시까지, 러시아 소설을 읽었고, 테야르 드샤르댕*을 피해갈 수 없는 시대였으며, 아주 대담한 사람들은 조이스와 시오랑**을 읽었다…… 식탁에서는 차분한 웃음 속에 교양 있는 말들이 오갔다.

그런데 열등생이 하나 있었던 것이다.

집안 내력에서도 더이상의 설명을 끌어낼 수 없다. 우리 집안은 세속교육, 무상교육, 의무교육 덕분에 삼대에 걸쳐 이루어진 사회적 발전이고 공화국의 향상이며, 요컨대 쥘 페리*** 정책의 승리다…… 우리 아버지의 삼촌인 또다른 쥘 아저씨, 그분 이름이 쥘 페나키오니인데, 코르시카 마을의 가르갈레 집안과 필라카날 집안의 아이들에게 졸업장을 쥐어주셨다. 프랑스 식민지와 본국의 초등 교사, 우체부, 헌병, 그리고 그 밖의 다른 공무원들(깡패도 몇 명 있었을 테지만 그들에게도 책은 읽게 했을 것이다)은 모두 그 아저씨에게 빚을 졌다. 쥘 아저씨는 모두에게 어떤 상황에서든 받아쓰기와 계산 연습을 시켰다고 한다. 또한 밤 수확기가 되면 학교를 빼먹고 밤을 따라고 강요하는 부모들로부터 아

---

* 진화론적 세계관과 그리스도적 세계관의 종합을 제창한 프랑스의 신학자이자 고생물학자.

** 에밀 시오랑. 루마니아 출신의 프랑스 산문가로 염세주의 사상을 통해 인간과 문명을 고찰했다.

*** 세속교육, 무상교육, 의무교육이라는 프랑스 현대 교육제도의 기틀을 확립한 제3공화국 시절의 교육부 장관.

이들을 납치해왔다고도 한다. 그리고 코르시카의 잡목숲에 흩어져 있던 아이들을 다 불러모아 자기 집으로 데려가면서, 아이를 노예 취급하는 아버지에게 이렇게 경고했다.

"댁의 아이는 졸업장을 받은 뒤에 돌려보내드리지요!"

이것이 전설이라면 난 이 전설이 좋다. 선생이라는 직업을 달리 생각해볼 수는 없을 것 같다. 학교에 대한 모든 험담은 학교가 결함, 편견, 교만, 무지, 어리석음, 탐욕, 가정의 요지부동과 그 운명주의로부터 구해냈던 아이들의 숫자를 감추고 있다.

쥘 아저씨가 그런 분이었다.

그런데도 삼대가 지난 뒤에 나 같은 열등생이 태어난 것이다!

쥘 아저씨가 알았더라면 얼마나 창피했을까…… 다행히 쥘 아저씨는 내가 세상에 태어나기 전에 돌아가셨다.

조상들은 내가 열등생이 될 가능성을 막아놓았을 뿐만 아니라, 학위를 받은 사람 수가 점점 늘어나는 가계의 마지막 대표 주자로서 집안의 가장 화려한 꽃이 되도록 사회적으로 프로그램을 짜놓았다. 이공과 대학생이나 사범학교 학생으로서 당연히 국립행정학교를 거쳐 회계 감사원이나 장관이 되는 거다. 두고 봐라…… 기대를 줄일 수는 없었다. 그리고 나서는 유능한 결혼을 하고 요람에서부터 루이르그랑 고등학교의 그랑제콜 준비반으로 예정되어 엘리제궁의 권좌나 세계 굴지의 화장품 회사 사장으로 발탁될 아이들을 낳아야 한다. 사회적 다원주의의 관례, 엘리트의 재생산……

한데 그게 아니라 열등생이 나와버린 것이다.

역사적 근원도, 사회적 이유도, 애정 결핍도 없는 열등생, 즉 자체적 열등생. 표준적 열등생. 척도의 단위.

왜?

대답은 아마도 심리학자들의 서랍에 들어 있을 테지만, 그때는 아직 가정을 대체하게 될 학교 전담 심리학자의 시대가 아니었다. 당장 쓸 수 있는 수단으로 버텨내야 했다.

베르나르 형이 설명을 제시했다.

"너 여섯 살 때, 지부티의 시립 쓰레기통에 빠졌던 적이 있어."

"여섯 살 때? 알파벳 a를 배우던 해?"

"그래. 그게 실은 노천 쓰레기 하치장이었거든. 담벼락 꼭대기에서 떨어진 거였지. 네가 거기 얼마 동안 빠져 있었는지는 기억나지 않아. 네가 없어졌다고 모두들 여기저기 찾아다녔는데 찌는 듯한 땡볕 아래 쓰레기통 속에서 버둥거리고 있었던 거야. 그 꼴이 어땠는지는 상상하고 싶지도 않다."

모든 점을 고려해볼 때, 쓰레기통의 이미지는 학교생활에 실패한 학생이 느끼는 쓰레기 같은 감정에 꽤 어울린다. 게다가 '쓰레기통'이란 말이 불량 중학생들을 받아들이기로 수락한(무슨 대가로?) 사설 기숙학교를 지칭하는 용어로 쓰이는 걸 여러 번 들었다. 나는 그곳의 기숙생으로 중2부터 고2까지 지냈다. 거기서 내가 견뎌냈던 네 분의 선생님들이 나를 구해냈다.

"그 쓰레기 더미에서 끌어냈을 때 넌 패혈증에 걸려 있었지. 그래서 몇 달간 페니실린 주사를 맞아야 했는데 그게 엄청 아픈 주사여서 겁에 질려 죽는시늉을 했어. 간호사가 나타나면 숨어버린 널 찾느라 몇 시간이고 집을 뒤져야 했지. 한번은 장롱 속에 숨었는데, 장롱이랑 네가 한꺼번에 뒤로 넘어간 일도 있었다니까."

주사에 대한 두려움, 이거야말로 설명이 필요 없는 메타포다. 나의 학창 시절은 거대한 주사기로 무장하고, 화끈거리며 부풀어오르는 주사를 놓는 임무를 맡은 디아푸아뤼* 같은 선생들을 피해다니느라 흘러가버렸다. 50년대의 페니실린 주사—그 기억은 아주 생생하다—는 아이들의 몸속에 주입하던 납 용액 같은 거였다.

어쨌든 그랬다. 두려움은 분명 학창 시절 내내 나의 가장 큰 문제였고 장애물이었다. 그래서 교사가 된 뒤, 나의 급선무는 공부 못하는 학생들의 두려움을 치료하고 방해물을 치워버려 앎이 스며들 기회를 갖게 해주는 일이었다.

---

* 몰리에르의 희곡 「상상병 환자」에 등장하는 신출내기 의사.

6

　나는 꿈을 꾼다. 어릴 적 꿈이 아니라, 이 책을 쓰고 있는 요즘의 꿈이다. 사실대로 말하자면 바로 앞 장을 끝낸 다음에 꾼 꿈이다. 나는 잠옷 바람으로 침대 가에 앉아 있다. 어린애들이 가지고 노는 플라스틱으로 만든 커다란 숫자 모형들이 내 앞 카펫 위에 흩어져 있다. 나는 그 숫자들을 '순서대로 맞춰야' 한다. 그것은 명령이다. 일이 쉬워 보여서 기쁘다. 나는 몸을 숙여 숫자들 쪽으로 팔을 뻗는다. 그 순간 내 손들이 사라졌다는 걸 알아차린다. 잠옷 소맷부리에 손이 없다. 내 옷소매가 텅 비었다. 내가 질겁한 것은 손이 사라져서가 아니라 이 숫자들을 순서대로 정돈할 수 없기 때문이다. 할 수 있는 일이었는데.

7

하지만 나는 겉으로는 불안해하지 않고, 쾌활하게 잘 노는 아이였다. 구슬치기와 오슬레 놀이*를 잘하고, 피구는 당할 자가 없고, 베개 싸움은 세계 챔피언감이었다. 수다스럽고 웃기도 잘하는 익살꾼이라 반 친구들 모두와 두루 친했는데, 열등생들과는 당연히 친하고 손가락 안에 드는 우등생들과도 친구로 지냈다. 편견 같은 건 없었다. 몇몇 선생님은 무엇보다 나의 이러한 명랑함을 비난했다. 무능한데다 무례하기까지 하다고. 열등생이 갖춰야 할 최소한의 예의는 남의 이목을 끌지 않는 데 있다. 죽은

---

* 양의 발목뼈로 만든 장난감을 던지고, 잡고, 흐트러뜨리는 놀이로 우리의 공기 놀이와 비슷하다.

듯이 지냈으면 가장 좋았을 것이다. 하지만 활기는 나에게 무엇보다 중요했다. 놀이는 고독한 수치심에 빠져드는 순간에 덮쳐오는 우울로부터 나를 구해주었다. 해야 할 일을 결코 해내지 못하는 수치심에 잠긴 열등생의 고독은 얼마나 끔찍한지! 그리고 도망가고만 싶은 그 마음…… 나는 아주 일찍부터 도망가고 싶

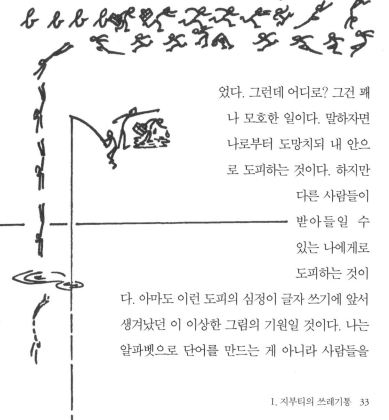

었다. 그런데 어디로? 그건 꽤나 모호한 일이다. 말하자면 나로부터 도망치되 내 안으로 도피하는 것이다. 하지만 다른 사람들이 받아들일 수 있는 나에게로 도피하는 것이다. 아마도 이런 도피의 심정이 글자 쓰기에 앞서 생겨났던 이 이상한 그림의 기원일 것이다. 나는 알파벳으로 단어를 만드는 게 아니라 사람들을

조그맣게 그려냈고, 그것들은 따로 도망쳐 한 무리를 이루었다. 처음에는 글자를 쓰려고 그럭저럭 모양새를 만들었는데, 차츰 글자들이 경쾌하고 즐거운 작은 인간들로 저절로 바뀌어 까불거리며 다른 곳으로 가버렸고, 살고자 하는 내 욕구의 표의문자가 되었다.

요즘도 나는 이 작은 인간들을 헌사에 이용한다. 이들은 언론사에 신간을 보낼 때 첫 페이지에 써야 하는 고상하고 진부한 인사말을 단념하는 데 아주 유용하게 쓰인다. 내 유년의 패거리였던 이들에게 나는 여전히 충실하다.

8

청소년기에는 좀더 현실적인 패거리를 꿈꾸었다. 시절도 분위기도 적절치 않았거니와 내 환경상 가능성도 없었지만, 지금도 나는 단호하게 말할 수 있다. 기회만 있었더라면 패거리를 만들었을 거라고. 그리고 아주 신났을 것이다! 놀이 친구들로는 충분하지 않았다. 그들에게 나는 쉬는 시간에만 존재했고, 수업 시간에는 위험인물이었으니까. 아! 학교 따위는 안중에도 없는 패거리에 섞여들 수 있다면 얼마나 좋을까! 자신의 존재가 확실해지는 느낌과 함께 그 속에 융해되는 것. 정체성에 대한 아름다운 환상! 이런 게 패거리의 매력이 아닐까? 이 모든 것이 학교라는 세계에서 느끼는 그 절대적인 이질감을 잊게 하고, 어른들의 경멸 서린 시선으로부터 도망칠 수 있게 해준다. 그들의 시선은 어쩜 그리도 한결같은지! 그 영원한 고독에 대적하는 공동체의 감정, 여기 이곳이 아닌 다른 곳, 감옥 같은 이곳이 아닌 어떤 영토 말이다. 무슨 대가를 치르더라도 열등생의 섬을 떠나는 일, 그곳이 설령 주먹의 법칙만이 지배하는 해적선이어서 기껏해야 감옥으로 직행하게 되더라도 좋았을 것이다. 다른 사람들, 선생님들, 어른들은 나보다 너무 강력하게 느껴졌고, 주먹보다 훨씬 위압적인 그 힘은 너무 용인되고 너무 합법적이라, 나는 그 힘에 대한 복수의 필요성을 집착에 가까울 정도로 느끼곤 했다. (사십 년 뒤, 몇몇 청소년들에게서 "증오스럽다"라는 말을 들을 때 나는 더이상 놀라지 않았다. 사회학적이고 문화적이고 경제적인 수많은 새로운 요인들로 증식된 이 말은 나에게 그토록 친숙했던 복수의 필요성을 여전히 표현하고 있었다.) 다행히 나의 놀이 친구들은 패거리가 없었고, 나는 시테* 출신도 아니었다. 그러니까 나는 오로지 나 혼자만의 젊은 패거리, 르노**의 노래 가사처럼 음험한 보복을 고독하게 실행한 아주 소박한 패거리였다. 예를 들면(백여 가지쯤은 들고도 남지만), 한밤중에 기숙사 식당 창고에서 소 혓바닥을 미리 빼내다가 학교 경리 담당자의 사

---

* 대도시 근교의 저소득층 주택단지.

** 제도권 사회를 질타하는 노골적인 가사와 은어와 비속어를 자유자재로 구사한 노래로 80년대를 풍미했던 프랑스의 대중가수.

무실 문에 걸어두었다. 그는 일주일에 두 번이나 우리에게 그 고기를 제공했고 우리가 먹지 않으면 다음날 접시에 또 내놓을 것이기 때문이었다. 또는 영어 선생님의 새 차(기억나는데, 차종이 '아리안'이었다. 타이어의 옆면이 기둥서방의 구두처럼 새하얗던……) 소음기에 훈제 청어를 끈으로 묶어놓은 일도 있다. 그렇게 해놓으면 생선 구워지는 고약한 냄새가 이루 말할 수 없이 풍겨, 처음 며칠간 차 주인이 교실에 들어서면 생선 썩은 내가 진동했다. 또는 기숙사 근처의 농장에서 서른여 마리의 암탉을 훔쳐다가, 주말 내내 내게 금족령을 내린 사감의 방을 가득 채워놓은 일도 있다. 단 사흘 만에 그 방이 얼마나 멋진 가금 사육장이 되었던지! 한데 엉겨붙은 닭똥과 깃털, 그리고 진짜 사육장처럼 만들려고 방안 가득 채운 지푸라기와 사방에 널린 깨진 달걀들, 그리고 그 위에 잔뜩 흩뿌린 옥수수알들! 냄새는 두말할 것도 없고! 아, 사감 선생이 만족스러운 얼굴로 방문을 열었을 때, 갇혀 있던 질겁한 닭들이 해방되어 종종거리며 복도로 뛰쳐나가고 한 무더기 아이들이 그 뒤를 쫓아가는 그 즐거운 축제라니!

물론 어리석은 짓이었다. 어리석고, 고약하고, 비난받아 마땅하며, 용서받을 수 없는 짓…… 게다가 아무 효과도 없는 짓이었다. 교사단 자체의 성격을 개선하지 못하는 가혹 행위 같은 것…… 하지만 나는 암탉들과 청어, 혀 잘린 가엾은 소를 죽어도 부끄러워하지 않을 것이다. 내가 그린 터무니없는 작은 인간들과 더불어 이것들 역시 내 패거리의 일부였으니까.

9

아주 드물게 예외가 있긴 하지만, 고독한 복수자(혹은 음험한 소란꾼이라고도 하는데, 이건 관점의 문제다)는 자수하는 법이 없다. 이건 불변의 가르침이다. 게다가 다른 누군가가 일을 벌여도 절대 고발하지 않는다. 연대감일까? 확실치는 않다. 그보다는 차라리 헛된 심문이 진행되는 동안 권위가 소진되는 모습을 보는 쾌감 때문일 것이다. 범인이 드러날 때까지 모든 학생이 벌(이러저러한 것의 박탈)을 받는다고 그의 마음이 움직이진 않는다. 오히려 정반대다. 그 벌로 인해 마침내 공동체의 확실한 일원이 될 기회를 얻는다. 단 한 명의 '죄인' 대신 수많은 '죄 없는 사람들'에게 '대가를 치르게' 하는 일을 '치사하다'고 생각하는 모두와 하나가 되는 것이다. 어처구니없는 진정성 아닌가! 자신이 문제의 바로 그 죄인이라는 사실은 더이상 고려의 대상이 아니다. 권위를 내세우며 모두에게 벌을 주는 선생의 모습은 문제의 차원을 바꿔버린다. 우리는 이제 범인 수색과 관계된 사실의 차원이 아니라 원칙의 차원에 있게 된다. 그런데 착한 청소년인 그는 공정함의 원칙에 대해 소신을 굽히지 않는다.

"선생님들은 누가 범인인지 찾아내지 못하니까 우리 모두에게 벌을 주는 건데, 그건 치사한 방법이야!"

그를 비겁한 놈, 도둑, 거짓말쟁이 혹은 그 무엇으로 취급하든 간에, 교장 선생님의 쩌렁쩌렁한 목소리가 공개적으로 온갖 경멸을 선포하며 "자신의 행위를 책임질 용기도 없는" 저열한 인간으로 몰아붙인다 해도, 그는 절대 상처받지 않는다. 우선 그런 얘기는 수없이 들어왔던 내용의 확언에 불과하며 그 점에 대해서는 교장 선생님의 의견에 동의하기 때문이고(이러한 은밀한 의견 일치는 희귀한 즐거움이기도 하다. "맞아요, 선생님, 저는 아주 나쁜 애예요. 알고 보면 더 나쁜 아이랍니다"), 그다음으로는 규율 감독인 신부의 수단* 세 벌을 피뢰침 꼭대기에 걸어놓는 용기는 교장 선생님도, 여기 있는 그 어느 학생도 갖지 못했으며, 바로 그, 오로지 그만이 칠흑 같은 밤에 영광스러운 고독 속

---

* 성직자가 제의 밑에 받쳐입거나 평상복으로 입는 발목까지 오는 긴 옷.

에서 할 수 있었던 일이기 때문이다. 수단 세 벌은 몇 시간이나 해적선의 검은 깃발처럼 학교에서 나부꼈고 누가 이 그로테스크한 깃발을 내걸었는지는 결코 아무도 알 수 없을 것이다.

자기 대신 다른 사람이 고소당한다 해도, 맹세컨대 그는 여전히 입을 다물 것이다. 왜냐하면 그는 자신의 세계를 알고 있고, (클로델*의 책은 절대 읽지 않더라도 그의 말에는 동의하면서) "부당한 일도 당할 가치가 있다"는 사실을 아주 잘 알기 때문이다.

그는 자수하지 않는다. 자신의 고독을 체념하고 받아들였으며 마침내 두려움을 버렸기 때문이다. 이제 그는 눈을 내리깔지 않는다. 보아라, 그는 순박한 눈빛의 죄인이다. 그는 '아무도 절대로 모르게 할 거다!'라는 특별한 즐거움을 침묵 속에 묻어버렸다. 사람은 뿌리가 없다고 느끼면 스스로에게 맹세를 하는 경향이 있다.

하지만 무엇보다 그가 느끼는 것은, 아무것도 이해하지 못하는 그를 비난하는 삶의 유복자들에게 자신이 불가해한 인물이 되었다는 음울한 기쁨이다. 요컨대 그는 하나의 능력을 발견한 셈이다. 자신을 두렵게 하는 자들을 두렵게 만드는 능력을. 그는 그 능력을 열심히 즐긴다. 아무도 그가 범인이라는 걸 모른다. 잘

---

* 폴 클로델. 프랑스의 작가로 20세기를 대표하는 많은 희곡작품을 남겼다.

된 일이다.

범죄자의 탄생이란 온갖 지력을 은밀하게 계략에 쏟아붓는 일
이다.

10

하지만 이런 은밀한 보복 행위만 집착해서 본다면, 학창 시절의 나에 대해 잘못 생각하게 될 것이다. (게다가 그 세 벌의 수단 사건은 내가 저지른 게 아니다.) 야밤에 복수의 손길을 뻗치는 명랑한 열등생, 유치한 징벌을 꾸며내는 투명인간 조로. 내가 이렇게 판에 박힌 이미지로 만족했더라면 더 좋았겠지만, 나 역시―아니 무엇보다―어른의 호의적인 시선을 끌기 위해 온갖 타협을 마다하지 않는 아이였다. 선생님들의 동의를 은근히 애걸하고 모든 순응주의에 들러붙는 일. 네, 선생님, 선생님 말씀이 맞아요, 그래요…… 어, 선생님, 저는 그렇게 어리석고 못되고 실망스러운 애가 아니에요…… 아! 상대방이 거친 말로 나의 무능을 돌아보게 할 때의 그 치욕이란! 반대로 칭찬 비슷한 말 두 마디만 들어도 인류의 보물인 양 얼른 머릿속에 담아두고 얼마나 비열한 행복감에 빠져들었던지! 그리고 그날 저녁 당장 부모님에게 그 얘길 들려주고 싶어서 얼마나 허둥댔던가! "오늘 학교에서 어떤 선생님하고 얘기가 아주 잘 통했어요……"(물론 아버지가 정말 좋은 대화였다고 인정하도록 해야 한다……)

오랫동안 나는 이런 부끄러운 그림자를 끌고 다녔다.

증오심과 애정의 욕구, 최초의 실패 이후 나는 이 두 가지에 한꺼번에 사로잡혀 있었다. 문제는 학교생활의 식인귀를 달래는 일이었다. 그 귀신이 내 마음을 삼켜버리지 않도록 만전을 기하는 것이다. 일테면 나의 받아쓰기 점수를 내가 틀린 문제 숫자만큼 세어 마이너스로 말씀해주시던 중1 때 선생님의 생일 선물 마련에 협력하는 일. "페나키오니, 마이너스 38점! 어째서 기온이 점점 더 떨어질까!" 그 망할 선생님을 진짜로 기쁘게 할 선물을 고르느라 머리를 쥐어짜고, 반 애들한테서 선물 살 돈을 거둬들이고, 끔찍한 선물값이 공동 모금액을 넘어선다는 걸 알고 내 몸을 바쳐 채우기로 한 것이다.

당시 중산층 가정에는 금고가 있었다. 나는 내 고문자의 선물에 일조하기 위해 부모님의 금고를 갈고리로 열어보기로 했다. 그것은 가족의 비밀이 잠들어 있는 거무튀튀하고 작달막한 금고들 중 하나였다. 열쇠 하나, 톱니바퀴 모양의 숫자판과 글자판.

부모님이 열쇠를 두는 장소는 알고 있었지만 숫자와 글자의 조합을 알아내려면 며칠 밤이 필요했다. 톱니바퀴, 열쇠, 닫힌 문. 톱니바퀴, 열쇠, 닫힌 문. 계속되는 닫힌 문. 결코 알아내지 못할 것만 같았다. 그런데 갑자기 철거덕 소리가 나더니, 문이 열렸다! 한동안 멍했다. 어른들의 비밀스러운 세계로 열린 문. 이 경우에는 아주 얌전한 비밀들이다. 약간의 채권, 언젠가 값이 치솟을 것을 기대하며 잠들어 있는 러시아 공채, 탄창은 차 있지만 공이치기에는 줄질을 해놓은 큰아버지의 기병 권총, 많지는 않아도 지폐도 몇 장 있었다. 나는 선물 사는 데 투자하기 위해 그중 일부를 슬쩍했다.

어른들의 애정을 사기 위한 도둑질…… 그것은 정확히 말해 절도가 아니었으며 물론 그걸로는 어떤 애정도 사지 못했다. 바로 그해, 당시 유행하던, 그 비쌌던 흉측한 일본식 정원인 분재하나를 어머니에게 사드렸을 때, 비밀이 탄로나고 말았다.

그 사건은 세 가지 결과를 가져왔다. 금고털이(막내아들이 이론의 여지 없는 조숙성을 입증했던 유일한 영역) 아들을 세상에 내놓았다고 생각한 어머니는 울음을 터뜨렸고(이건 드문 일이었다), 나는 기숙사에 들어가게 되었으며, 거기서 지내는 동안은 그 무엇도 훔칠 수 없었다. 내 또래 아이들에게는 도둑질이 문화적으로 유행하던 시대였건만……

11

오늘날 패거리 짓기를 오로지 주변적인 현상으로만 치부하는 모든 이에게 말하겠다. 당신들 말이 맞다. 실업이 그렇고, 소외된 자들의 결집이 그렇고, 인종적 결속이 그렇고, 낙인의 횡포와 편부모 가정이 그렇고, 암거래 경제의 발달과 모든 종류의 밀매가 그렇다…… 하지만 우리가 개인적으로 영향력을 행사할 수 있는 단 하나만큼은 가볍게 생각하지 않도록 조심하자. 모두가 이해하는데 혼자만 이해하지 못하고 길을 잃어버린 학생의 고독과 수치만은.

우리만이 그를 그 감옥에서 벗어나게 할 수 있다. 우리가 그일을 위해 양성되었건 아니건 간에 말이다.

나를 구해냈던―그리고 나를 교사로 만들었던―선생님들은

그 일을 위해 양성된 게 아니었다. 그들은 나의 무능한 학교생활의 기원에 대해서는 괘념치 않았다. 원인을 찾느라 시간을 허비하지도 않았거니와 나에게 설교를 하려 들지도 않았다. 그들은 그저 위기에 빠진 청소년을 마주한 어른이었다. 그들은 절박한 상황이라고 생각하며 몸을 던졌다. 그들은 나를 놓쳤다. 하지만 매일같이 다시 몸을 던지고, 던지고 또 던졌다…… 그리고 마침내 나를 거기서 건져냈다. 나와 더불어 다른 많은 아이도 건져냈다. 말 그대로 우리를 낚아올린 것이다. 우리는 그분들에게 생명의 빚을 지고 있다.

12

학창 시절의 성적표와 졸업장을 찾으려고 낡은 서류 더미를 뒤지다가 어머니가 보관한 편지 한 통을 우연히 발견했다. 1959년 2월 자 편지였다.

내가 열네 살이 된 지 석 달이 지났을 때. 아직 중3이었다. 편지에서 나는 기숙사에 머물던 첫해에 대한 얘기를 하고 있었다.

사랑하는 엄마,

나도 성적표를 봤어요. 나도 속상하고, 지긋지긋해요. 잘한다고 믿었던 수학에서 1점을 받으려고 두 시간을 쉬지 안코 숙제를 햇스니 생각해보면 실망할 만하죠. 또 시험 과목을 복습하려고 다른 일을 다 노아버렸고 실전 연습 4점은 분명 수학 시간에 지리 시험을 복습한 것을 설명해줘요. (…)

나는 공부를 계속하기에는 머리가 조치 안코 열심히 하지도 않아요. 공부가 재미없어요. 책들 속에 갇힌 채 머리를 붙잡아 놓을 수가 없어요. 영어와 수학은 잼병이고 철자법은 엉망인걸요. 또 뭐가 남았나요?

우리 동네 미용사 마리테는 어렸을 때부터 친하게 지내는 누나다. 그 누나가 얼마 전 이런 얘기를 들려주었다. 어머니는 누나에게 흉금을 털어놓으며 내 앞날을 고민하곤 했는데, 부모님이 돌아가시면 형들이 내 뒤를 돌봐주겠다는 약속을 얻어낸 뒤로는 마음이 좀 놓인다고 했단다.

내 편지에는 이런 말도 적혀 있었다. "엄마한테는 똑똑하고 공부 잘하는 아들이 셋 있고…… 마지막 하나는 열등생에다 게름뱅이죠……" 그러고는 형들의 뛰어난 성적과 나의 성적을 비교하면서, 괴롭힘을 중지하고 나를 기숙사에서 벗어나게 해 "북아프리카 오지의 군인 자녀 학교"로 보내달라고 강력히 탄원했다. "그곳만이 내가 행복해질 수 있는 유일한 곳"(밑줄을 두 번씩 그어 강조)이라면서. 요컨대 세상 끝으로의 추방, 차선의 해결책, 군인의 아들이 바르다뮈*를 흉내낸 도피 계획인 셈이다.

그로부터 십 년 뒤인 1969년 9월 30일, 나는 아버지의 편지를 받았다. 편지는 교사 근무를 시작한 지 한 달 만에 중학교로 배달되었다. 성공한 아들에게 보내는 첫 편지를 직장으로 보냈던 것이다. 아버지는 병원에서 퇴원한 직후였다. 몸은 서서히 회복되고 있고 개와 함께 산책을 다닌다고 했다. 아버지는 가족의 소식을 전하며 내 사촌 여동생이 스톡홀름에서 결혼할 것 같다고 했고, 우리가 함께 이야기했던(그러나 아직은 쓰지 않고 있던) 내 소설 계획을 은근히 암시했고, 내가 직장 동료들과 무슨 얘기를 나누는지 몹시 궁금하다 했고, 우체국 직원들의 파업을 맹렬히 비난하면서 앙젤로 리날디의 『지배자의 오두막』을 기다리고 있다고 했으며, 샐린저의 『호밀밭의 파수꾼』과 조제 카바니스의 『환락의 정원』에 대한 독후감을 자랑했다. 또 어머니가 (아버지를 돌보느라 더 많이 피곤하기에) 나에게 편지를 못하는 걸 이해해달라고 했고, 우리 자동차의 보조 타이어를 내 친구 팡숑에게 빌렸다고 했고("베르나르는 바퀴를 바꾸고 나서 즐거워하더라"), 당신은 건강하니 아무 염려 말고 잘 있으라며 편지를 맺었다.

학창 시절, 재난과도 같을 미래로 나를 위협하지 않았던 것처

* 셀린의 소설 『밤의 끝으로의 여행』에 등장하는 주인공으로, 제1차세계대전을 일으킨 유럽인의 비열함에 치를 떨고 아프리카로 도피한다.

럼 편지 속의 아버지는 열등생이던 나의 과거에 대해서는 일언 반구 내비치지 않았다. 대부분의 주제에 대한 아버지의 어투는 평소처럼 점잖게 냉소적이었고, 선생이라는 나의 새로운 직분을 놀랍다거나 축하할 일로 여기지도 않았으며, 내 학생들을 염려하는 것 같지도 않았다.

요컨대 아버지는 당신의 평소 모습 그대로 장난스러우면서도 현명했으며, 앞으로 계속될 인생에 대해 멀리에서나마 많은 이야기를 나누고 싶어했다.

문득 편지 봉투가 눈에 들어왔다.

그리고 그제야 한 가지 사실을 깨달았다.

아버지는 겉봉에 내가 일하는 학교의 주소와 내 이름을 쓰는 것에 그치지 않고 거기에 선생님이라는 말을 덧붙여놓았다.

○○○ 중학교
다니엘 페나키오니 선생님

선생님……

아주 정확한 아버지의 필체로 말이다.

그 기쁨의 함성과 안도의 한숨 소리를 듣기 위해 내 삶 전체가 필요했을 것이다.

Ⅱ

되다

"제 나이 열두 살하고도 반년이 지났는데
아무것도 한 일이 없어요."

1

이 글을 쓰는 동안, 구원 요청이 쇄도하는 계절로 들어섰다. 3월부터 우리집 전화는 평소보다 더 자주 울린다. 실패한 아이 때문에 정신없이 새 학교를 찾는 친구들, 수없이 퇴학을 맞고 또다시 학교를 찾는 절망한 사촌들, 유급의 효율성을 반박하는 이웃들, 나는 모르지만 나를 알고 있는 사람들, 이들 모두가 전화통을 붙들고 있다……

대개는 저녁 무렵, 식사가 끝날 즈음, 고뇌에 잠기는 시간에 걸려오는 전화들이다. 주로 어머니들의 전화다. 사실 아버지가 거는 경우는 드물다. 아버지는 전화를 하더라도 나중에 하고, 처음, 그러니까 첫번째로 전화하는 건 언제나 어머니이고, 대부분 아들 때문이다. 딸은 좀더 얌전한 것 같다.

그들은 어머니다. 어머니는 집에서 혼자 저녁밥을 대충 빨리 때우고 설거지는 미뤄둔 채 아들의 성적표를 앞에 펼쳐놓고 있고, 아들은 제 방문을 이중으로 걸어잠그고 비디오게임에 몰두하거나 아니면 어설프게나마 금지했음에도 아직 바깥에서 패거리와 싸돌아다니고 있다…… 어머니는 혼자 수화기를 붙잡고 머뭇거린다. 아들의 일을 골백번 설명하고, 아들의 실패의 역사를 다시 한번 더 읊조리는 일. 세상에, 이 얼마나 피곤한 일인가…… 그리고 앞으로의 피로에 대한 전망. 올해에도 또 아이를 받아줄 학교를 알아보고…… 회사에, 가게에 연가 신청을 내고…… 학교장을 찾아가고…… 학교 사무실에서 맞닥뜨려야할 난관…… 채워야 하는 서류들…… 대답의 기다림…… 면담…… 아들과 함께 혹은 아들 없이…… 시험…… 결과의 기다림…… 서류 제출…… 불확실함, 이 학교가 다른 학교보다나은가? (왜냐하면 학교 문제에서는 좋은 학교에 대한 질문이최상위 단계에서처럼 최하위 단계에서도 제기되기 때문이다. 우수한 학생에게 좋은 학교가 필요하듯 난파한 학생에게도 좋은학교가 필요한 법이다. 모든 문제가 여기 있다……) 그래서 마침내 전화를 한 것이다. 우선 귀찮게 해 미안하다 사과하고, 얼마나 바쁜지 잘 알고 있다고, 하지만 정말이지 아이 때문에 어찌할 바를 모르겠다고 하소연한다……

형제와도 같은 선생님들이여, 여러분이 교무실의 침묵 속에서 학생들 성적표에 "3학기가 결정적임"*이라고 쓸 때, 제발 부탁건대 여러분 동료를 한 번만 더 생각해주시길. 그 즉시 우리집 전화벨이 울려댈 테니 말입니다.

"3학기라니? 그걸 말이라고! 결정은 이미 초반부터 나 있었던 거야, 아무렴."

"3학기, 3학기라니! 3학기엔 잘해야 한다고 협박해봤자 우리 아이한텐 씨도 안 먹혀요. 한 학기도 제대로 다녀본 적이 없거든요."

"3학기라…… 우리 애가 그렇게 짧은 시간에 어떻게 그런 악조건을 극복하길 바랍니까? 3학기는 방학이 잦아 구멍이 뻥뻥 뚫린 학기란 걸 잘 안다고요."

"진급시켜주지 않으면 이번에는 고소할 거요!"

"어쨌든 요즘은 학교를 찾으려면 되도록 빨리 움직여야 한다니까요……"

이런 일이 6월 말까지 계속된다. 3학기의 결과는 빼도 박도 못하게 확정적으로 고지되고, 그때가 되면 지진아는 상급반에 받

---

* 프랑스는 3학기 제도를 실시한다. "3학기가 결정적임"이라는 평가는 1~2학기의 성적이 안 좋으니 3학기에 반드시 성적을 올려야만 상급 학년 진급이 가능하다는 경고의 메시지다.

아들여지지 못하고, 새 학교를 찾기에는 사실 너무 늦은 시점이라 모두가 미리 대처하지만 어쩌겠는가. 끝까지 믿고 싶었고, 이번만큼은 아이가 깨달을 거라고, 3학기에는 잘 따라잡을 거라고 생각했다. 그럼요, 그럼요, 확신해요, 아이가 노력했거든요, 수업도 훨씬 덜 빠지고……

2

표류하는 아이 때문에 녹초가 되어 헤매는 어머니가 있다. 그녀는 부부생활의 재난이 빚어냈을지 모를 결과를 떠올린다. 우리의 결별이 그애를…… 아이 아버지가 죽은 뒤로 그애는 더이상 완전히…… 친구들의 조언에 모욕당한 어머니가 있다. 친구들이 잘나가는 자식을 두었거나, 설상가상 모욕에 가까운 조심성으로 자식 얘기를 피해준 탓이다…… 격노한 어머니가 있다. 그 어머니는 자기 아이가 언제나 교원 연합의 무구한 희생자였다고 확신한다. 모든 교과가 혼란스럽다고, 그게 아주 일찍부터, 유치원 때부터 시작되었다고, 유치원 여선생이 있었는데…… 초등학교에 들어가서도 전혀 개선되지 않았고, 이번에는 남선생이었는데 더 최악이었고, 중3 때는 국어 선생이 그애한테……

어느 누구도 문제삼지 않는 어머니가 있다. 하지만 그녀는 와해되는 사회, 침몰하는 제도, 부패하는 체제, 요컨대 자신의 꿈에 일치하지 않는 현실을 비방한다…… 제 자식에게 분노하는 어머니가 있다. 모든 것을 가졌으나 아무것도 하지 않는 아이, 아무것도 하지 않으면서 모든 것을 원하는 아이, 모든 것을 해주었으나 결코 아무것도 하지 않는 아이…… 단 한 번도 말이다! 학기중에 단 한 명의 선생도 만나지 않는 어머니와 모든 선생에게 끈덕지게 달라붙는 어머니가 있다…… 더이상 아들 얘기를 듣고 싶지 않아 단지 아이를 자기에게서 치워달라고 부탁하기 위해 전화하는 어머니가 있다. 이듬해, 같은 날 같은 시각에 같은 전화가 온다. "내년에 두고보지요, 이제부터 그애를 위한 학교를 찾아야겠군요." 아버지의 반응을 두려워하는 어머니가 있다. "이번에는 남편이 참지 않을 거예요"(대부분의 성적표를 남편에게는 감추어왔다)…… 다른 자식과 그토록 다른 아이를 이해하지 못하는 어머니가 있다. 그녀는 그애를 차별하지 않으려 노력하고, 두 아들의 똑같은 어머니로 남으려 애쓴다. 반대로 자제하지 못하고 한 아이만 편애하는 어머니가 있다("하지만 나는 그애에게 전적으로 매달리고 있다고요"). 물론 다른 형제에게 엄청난 피해를 입히면서 말이다. 그녀는 온갖 보조 자원을 헛되이 이용해본다. 스포츠, 심리학, 발음 교정, 정신집중효과학, 비타민 치료, 이완 요법, 유사 요법, 가족 요법 혹은 개별 요법…… 심리학에 통달한 어머니가 있다. 그녀는 자기 아들이나 딸을 혹은 그 아이의 친구들을 이해할, 세상에서 단 하나뿐인 해결책을 사람들이 결코 찾아내지 못하는 것에 놀라워하며, 영원히 젊은 그녀의 정신은("젊게 사는 법을 배워야 하지 않겠어요?") 세상이 너무나 낡아버려 아이들을 이해하기에 턱없이 부적합하다는 것에 놀란다. 우는 어머니가 있다. 전화를 걸고는 소리 없이 울며, 울어서 죄송하다고 말한다. 슬픔과 근심과 부끄러움이 혼합된 울음…… 사실을 말하자면 이 어머니들 모두가 조금은 창피해하고, 모두가 자기 아들의 미래를 걱정한다. "대체 이애가 뭐가 될까요?" 대부분의 어머니는 미래라는 강박적인 화폭에 현재를 투영해 그려놓은 것을 아이의 미래로 생각한다. 희망 없는 현재의 이미지가 터무니없이 비대하게 투영된 벽을 미래라고 생각하는 것, 바로 여기에 모든 어머니의 거대한 공포가 있다.

3

그 어머니들은 지금, 자기들이 어렸을 때 또래 아이들 중에서 가장 나이 어린 금고털이범이었던 사람과 통화하고 있다는 사실을 모르며, 만일 자신들이 만들어낸 미래의 재현이 그토록 확실하다면 나는 지금 전화를 받고 있을 게 아니라, 감방 안에서 머릿니의 수를 헤아리고 있어야 한다는 사실을 모른다. 나의 가련한 어머니가 열한 살짜리 아들이 가족의 돈을 훔쳤다는 것을 알고는 미래의 화면에 투영했을 그 영화와 똑같이 말이다.

그래서 나는 우스운 이야기를 시도해본다.

"신을 웃기는 유일한 방법을 아세요?"

전화 저편의 머뭇거림.

"신에게 당신의 계획을 말하는 겁니다."

다시 말해 놀랄 것 없다는 것, 그 어떤 일도 예상대로 일어나지 않는다는 것, 바로 그것이 미래가 과거가 되면서 우리에게 가르쳐주는 유일한 사실이다.

물론 그걸로 충분하지 않다. 쉽게 아물지 않을 상처에 반창고나 붙여주는 격일 테니까. 하지만 나는 전화로는 그렇게 하고 있다.

4

공평하게 말하자면 가끔은 공부 잘하는 아이들 이야기도 듣는다. 예컨대 깐깐한 어머니들은 아이가 태어날 때부터 최고의 유치원을 찾듯 입시 준비를 위한 최상의 클래스를 찾아 헤맨다. 황송하게도 그녀들은 내게 그런 고도의 정보를 채취할 능력이 있을 거라 믿는 모양이다. 또는 다른 세상에서 온 어머니도 있다. 우리 아파트 관리인 아주머니인데, 이민 1세대인 그녀는 딸의 남다른 재능을 식별해냈다. 그녀의 판단은 옳다. 그 딸은 공부를 많이 하고, 분명 미래에는 뭔가의 자격증을 따고, 그 분야의 선택권도 가져야 한다…… (실제로 그 딸은 현재 법학 공부를 마쳤다.) 그리고 베르코르의 농부인 L. M.은 마을의 여선생님에게 불려가 자기 아들의 기막히게 좋은 성적을 보게 되었다.

"아이가 나중에 뭐가 됐으면 좋겠느냐고 묻더라고."

그는 잔을 들며 건배했다.

"당신네 선생들은 참 이상해, 그따위 질문이나 하고 말이지……"

"그래서 뭐라고 대답했는데?"

"애비 입장에서 거기다 대고 뭐라 대답하겠나? 최상의 대답을 하지! 공화국의 대통령이라고 말이야!"

그런가 하면 정반대인 아버지가 있다. 능력 있는 기술자인 그는 아들에게 일을 시켜 당장 '돈을 벌게' 하려고 학업은 절대적으로 줄이고 싶어했다. ("집안에 돈 버는 사람이 하나 더 있으면 아주 좋지요!") 하지만 문제는 그 아이가 교사가 되고 싶어한다는 것, 그것도 초등학교 선생님이 되고 싶어한다는 것이었고, 나는 썩 괜찮은 일이라고 생각했다. 나 역시 그렇게 생동감 있는 아이가 교직에 들어서는 것이 좋을 것 같았기에, 그토록 그 일을 하고 싶어한다면…… 협상해봅시다, 협상을 하자고요. 장차 내 동료가 될 아이의 미래의 제자들의 행복이 달린 문제니까요……

그래, 좋다. 나 역시 미래를 믿기 시작했고, 공화국의 학교에 대한 신뢰를 되찾고 있으니까. 어쨌거나 나의 부친을 양성했던 것도 바로 그 공화국의 학교였고, 구십 년의 시차를 두고 태어난 이 아이는 오리야크의 작은 코르시카인인 내 부친의 어린 시절과 아주 닮았다. 1913년 즈음 큰아버지는 자신의 동생이 이공과 대학에 다닐 수 있는 돈과 시간을 마련해주려고 직장에 다니기 시작했다.

그리고 나는 언제나 가장 활기찬 내 친구들과 제자들에게 선생님이 되라고 격려해주었다. 나는 늘 학교란 무엇보다 선생님들이라고 생각해왔다. 서너 분의 선생님이 아니었다면 도대체 누가 나를 구해주었겠는가?

5

화를 내며 단정적으로 호언하는 아버지도 있다.

"내 자식 놈은 분별력이 떨어져요."

각을 세운 정장 차림으로 꼿꼿이 앉아 있는 젊은 남자다. 의자에 반듯하게 앉은 그 남자는 대번에 제 아들의 분별력 없음을 선언한다. 그것은 질문이나 설명을 요구하지 않는 하나의 확언이다. 그저 어떤 해결책을 강요할 뿐이다. 그럼에도 나는 아들의 나이를 물어본다.

즉시 대답이 돌아온다.

"벌써 열한 살이죠."

그날은 내 컨디션이 좋지 않은 날이다. 아마도 잠을 잘 못 잤을 것이다. 나는 두 손으로 이마를 감싸고 마침내 라스푸틴* 같은 확신으로 단언한다.

"해결 방법이 있습니다."

그의 눈썹이 움찔한다. 만족스러운 눈빛. 그렇지, 우리는 전문가니까. 자, 그 방법이란?

나는 해결책을 내놓는다.

"기다리는 겁니다."

그는 만족스러워하지 않는다. 대화는 더 멀리 나아가지 않을 것이다.

"그렇다고 애가 놀기만 하면서 시간을 보낼 수는 없잖습니까!"

다음날 거리에서 그 아버지와 마주친다. 똑같은 양복, 똑같은 뻣뻣함, 똑같은 서류 가방.

하지만 그는 킥보드를 타고 자리를 피해버린다.

맹세컨대 정말 그랬다.

---

* 탁월한 예언 능력으로 황실의 신임을 받았던 제정 러시아의 성직자.

6

어떤 미래도 없다.

뭔가 되지 못할 아이들.

절망적인 아이들.

초등학생, 다음에는 중학생, 그다음에는 고등학생이 된 나 역시 그렇게 앞날이 없는 삶을 철석같이 믿었다.

그것은 바로 공부 못하는 학생이 스스로를 설득하는 최초의 사실이다.

"이런 성적으로 뭘 기대해?"

"중1이나 마칠 수 있을 것 같니?(중2, 중3, 중4, 고1, 고2 는……?)*"

"대학에 들어갈 가능성이 얼마나 될 거 같아? 퍼센트로 따져 얼마나 될지 계산 좀 해볼래?"

혹은 정말로 즐거운 비명까지 질러가며 호언장담하던 중학교 때 교장 선생님 같은 사람도 있다.

"페나키오니, 네가 중학교를 졸업하겠다고? 절대 그럴 수 없을 거다. 알겠니? 절대로!"

그 여자는 몸까지 부르르 떨었다.

어쨌거나 저는 당신처럼 되지는 않을 겁니다. 미친 할망구 같으니! 저는 절대 선생은 되지 않을 거예요, 자기가 쳐놓은 거미줄에 엉겨붙은 거미처럼, 죽는 날까지 교무실에 꽁꽁 묶여버린 도형수 같은 선생은 말입니다. 절대로! 우리 학생들이야 그저 학교를 거쳐갈 뿐이지만 당신들은 여기 남아 있잖아요! 우리는 자유롭지만 당신들은 영원히 잡혀 있다고요. 공부를 못해서 아무 데나 갈 수는 없지만 적어도 우리는 떠나기는 하잖아요. 교단이 우리 인생의 초라한 울타리가 되지는 않는다고요!

나는 경멸에 경멸로 응수하며, 우리는 거쳐갈 뿐이고 선생들은 남는다는 고약한 위로에 매달렸다. 이것은 교실 구석에 있는 학생들이 자주 나누는 대화다. 열등생들은 말로 먹고산다.

---

* 프랑스의 교육제도는 초등학교 5년, 중학교 4년, 고등학교 3년이다. 고3을 마친 뒤 대학 입학시험인 바칼로레아를 치르고, 이것에 합격하면 일반 대학이나 엘리트 코스인 고등사범학교와 같은 그랑제콜에 입학할 자격을 얻는다.

당시 나는 선생님들 역시 이런 종신형을 받은 듯한 기분일 거라는 사실을 몰랐다. 반을 바꿔가며 똑같은 강의를 되풀이하고, 숙제 검사라는 일상의 무게에 짓눌리고(검토해줘야 하는 숙제 더미에 짓눌린 시시포스가 행복할 거라고는 상상할 수 없다!), 선생님들이 이직을 결심하는 첫번째 이유가 일의 단조로움 때문이라는 것을 몰랐으며, 학생들은 거쳐 나갈 때 자기들은 어쩔 수 없이 남아야 한다는 사실 때문에 고통스러워한다는 것을 상상할 수 없었다. 선생님들도 미래에 대해 고민한다는 것을 몰랐다. 교수 자격증을 따고, 논문을 끝내고, 대학에 들어가고, 그랑제콜 입시 준비반의 정상을 향해 비상하고, 연구 과제를 채택하고, 외국에 나가고, 창작에 전념하고, 분야를 바꾸고, 그리하여 마침내 어마어마한 양의 과제물과 시험지를 내놓는 그 무기력하고 양심만 가득한 여드름투성이 애들을 포기해버릴 것이라는 사실을 말이다. 선생님들이 미래를 생각하지 않을 때는 제 아이들의 미래를, 즉 자기 자식들의 고등교육을 생각하기 때문이라는 것을 몰랐다…… 나는 선생님들의 머릿속이 미래로 꽉 차 있다는 것을 몰랐다. 그들은 오직 나의 미래를 가로막으려고 거기 있는 것이라 생각했다.

미래 없는 삶에 대한 얘기를 수없이 들어왔던 탓에 나 스스로가 그런 삶을 아주 자세히 재현해내었다. 그건 시간의 흐름이 멈추어서도 아니고, 미래가 존재하지 않기 때문도 아니었다. 그게 아니라, 내가 현재의 모습 그대로 미래에도 똑같이 머물러 있을 것이기 때문이었다. 물론 똑같은 모습도 아니고, 마치 시간이 흐르지 않았던 것처럼도 아니지만, 마치 내 안에서 아무것도 변하지 않은 채로 몇 년이 쌓여간 것처럼, 미래의 순간이 현재와 한 치의 오차도 없이 똑같을 거라 위협한 것처럼 나는 현재 모습 그대로 머물러 있을 것이었다. 그런데 나의 현재는 무엇으로 이루어졌던가? 내 과거의 순간들을 꽉 채웠던 무기력한 감정으로 이루어져 있었다. 나는 학교생활을 따라가지 못했고 언제나 그런 모습뿐이었다. 물론 시간은 지나갈 것이었고, 물론 성장할 것이었고, 물론 사건들도 일어날 것이었고, 물론 삶도 계속될 것이었다. 하지만 나는 어떤 결과에도 결코 이르지 못할 그런 실존을 횡단할 것이었다. 그것은 확신보다 더한 것이었고, 그게 나였다.

어떤 아이들은 이러한 사실에 재빨리 설득당한다. 그리하여 자신을 각성시켜줄 누군가를 찾지 못하면, 어쩔 수 없이 실패에 열정을 쏟게 된다. 열정 없이는 살 수 없으므로.

7

미래, 그 낯선 위협……

겨울 저녁. 나탈리가 흐느껴 울며 학교 계단을 급히 내려간다. 누군가 들어주기를 바라는 슬픔. 건물 벽에 울려퍼지는 슬픔. 아직 어린 소녀의 몸이 그 옛날 아기 적의 무게로 층계를 울린다. 오후 다섯시 반, 아이들은 거의 다 집으로 돌아갔다. 나는 그곳을 지나가던 마지막 선생들 중 하나다. 계단을 내려가는 발소리, 터져버린 울음. 선생은 생각한다. 이런, 학교의 슬픔이로군. 불균형, 불균형, 아마 뭔가 어울리지 않게 큰 슬픔일 거야! 그리고 계단 밑에서 나탈리가 나타난다. 그래, 나탈리! 나탈리, 무슨 일이니, 뭐가 슬픈 거야? 난 그애를 알고 있다. 작년 중1 때 내 반이었다. 자주 마음을 달래줘야 했던 불안정한 여학생이었다. 나탈리, 무슨 일이야? 기본적인 저항. 아니에요, 선생님, 아무것도 아니에요. 그래, 그렇다면 얘야, 아무것도 아닌 일로 너무 소란스럽구나. 그러자 울음소리가 두 배로 커지고, 나탈리는 마침내 딸꾹질을 하며 자신의 불행을 털어놓는다.

"선생님…… 흑흑…… 흑흑…… 선생님…… 저는…… 저는 이해를…… 이해를 못하겠어요."

"뭘 이해해? 뭘 이해하지 못한다는 거야?"

"양…… 양보……"

그리고 갑자기 병마개가 쑥 뽑히듯 단번에 답이 나온다.

"양보와 대립의 종속 접속절요."

침묵.

웃어선 안 된다.

절대 웃으면 안 된다.

"양보와 대립의 종속 접속절? 그것 때문에 그렇게 울고 있는 거야?"

안도감. 선생은 재빨리, 아주 진지하게 문제의 그 접속절을 생각한다. 이 아이에게 그건 그렇게 어렵게 생각할 필요가 없다는 것, 잘 몰라도 그 절을 쓸 수 있다는 것을 어떻게 설명할까 생각한다. 그 빌어먹을 절(게다가 어떤 절을 다른 절보다 더 좋아한다고 가정한다면, 그건 내가 선호하는 절이다)은 모든 논쟁을 가능하게 하며, 미묘함을 표현하는 최우선의 조건이고, 진지함이나 허위의식에서나 그것을 잘 인식해야 하지만, 어쨌든 양보 없이는 관용도 없으며, 애야, 거기에 모든 것이 있잖니, 그 종속문을 유도하는 접속사들, 예컨대 '그럼에도 불구하고, 어쨌든 간에, 그렇기는 하나' 같은 것들을 열거하기만 하면 된단다. 그런 말들 다음에는 미묘한 상황이 따라오고, 쌍방이 좋게 합의를 보게 되고, 이런 절을 사용하면 절도 있고 사려 깊은 아이가 되고, 들을 준비가 된 아이, 아무 말이나 하지 않는 아이, 논리를 갖춘 여성, 아마도 철학적인 여성으로 보이게 되지. 양보와 대립의 종속 접속절을 쓰면 네가 바로 그렇게 되는 거란다!

됐다. 선생은 일에 착수한다. 문법 설명으로 어떻게 이 아이를 위로해줄까? 자, 보자…… 나탈리, 너 지금 잠깐 시간 있지? 내가 설명해주마. 빈 교실을 찾아내 앉으라고 하고, 자, 내 말을 잘 들어봐, 이건 아주 쉬운 거야. 자, 봐. 됐지, 알겠니? 그래, 예문을 하나 만들어봐. 아이는 정확한 문장을 만들어낸다. 이해한 것이다. 자, 이제 좀 괜찮니? 어! 그런데 전혀 그래 보이지 않는다. 아이는 전혀 좋아지지 않았다. 다시금 눈물을 흘리고 크게 울먹이기 시작한다. 그러고는 내가 결코 잊을 수 없는 말을 했다.

"선생님은 아무것도 몰라요. 제 나이 열두 살하고도 반년이 지났는데, 아무것도 한 일이 없어요."

"······"

나는 집으로 돌아와 아이의 말을 곱씹는다. "아무것도 한 일이 없다"는 그애의 말은 도대체 무슨 뜻이었을까? 하지만 그 무구한 나탈리는 어쨌거나 나쁜 일은 하나도 하지 않았잖아.

다음날 저녁이 되어서야 나는 정보를 얻어낼 수 있었다. 나탈리의 아버지는 어느 회사 간부였는데 십 년간의 성실한 직장생활 끝에 얼마 전 해고되었다는 것이다. 그것은 간부직 해고 사태의 첫 사례였다. 때는 80년대 중반이었다. 그때까지만 해도 실직이란 말하자면 노동직 문화에 속해 있었다. 그런데 회사에서의 자기 역할을 의심하지 않았던 모범적이고 세심한(작년에 나는 나탈리의 아버지를 자주 보았다. 그는 소심하고 자신감이 너무 부족한 딸 때문에 근심이 많았다) 젊은 간부가 무너져버린 것이다. 그는 결정적인 평가를 내렸다. 그러고는 가족들이 모인 식탁에서 끊임없이 되뇌었다. "내 나이 서른다섯에 아무것도 한 일이 없어."

8

나탈리의 아버지는 미래 자체에 미래가 없다고 여겨질 시대의 포문을 열었다. 그 십 년 동안 학생들은 매일같이 온갖 목소리로 이런 얘기를 듣게 될 것이다. 학생 여러분, 이제 좋은 시절은 끝났습니다! 쉬운 사랑도 끝났습니다! 실업과 에이즈, 자, 이것들이 여러분을 기다리고 있습니다. 그렇다, 바로 그것이 우리들 학부모와 선생이 뒤이은 세월 동안 학생들을 더 많이 '고취시키고자' 끊임없이 그들에게 반복했던 말이다. 먹구름이 잔뜩 낀 하늘 같은 연설. 바로 그것이 어린 나탈리를 울렸다. 그 아이는 그 슬픔을 미리 겪었던 것이고, 일찌감치 죽어버린 자신의 미래를 생각하며 울었던 것이다. 그리고 문법의 어려움과 더불어 자신의 미래를 거의 매일 조금씩 죽이고 있다는 사실에 크나큰 죄의식

을 느꼈다. 게다가 그애의 선생님은 아이의 "머릿속에서 시궁창
물" 흘러내리는 소리가 들린다며, 아이에게 그런 생각을 주입시
킨 걸 잘했다고 확신하고 있다. 시궁창 물이라고? 어디 좀 들어
보자…… 나는 조심스러운 의사의 태도로 아이의 작은 머리를
흔들었다. 아니, 아냐, 이 안에는 흐르는 게 없어, 시궁창 물 따위
도 없고…… 그럼에도 아이는 수줍은 미소만 짓는다. 잠깐 기다
려봐…… 그리고 나는 문을 노크할 때처럼 검지를 구부려 머리
를 톡톡 쳐본다…… 아냐, 분명해, 이건 아주 좋은 머리에서 나
는 소리야. 특별하게 좋은 머리이기도 한걸, 아이디어가 풍부한
머리에서 나는 아주 예쁜 소리라고! 마침내 아이가 조그맣게
웃는다.

그 오랜 세월 동안 우리가 이 영혼 속에 얼마나 슬픈 생각을
집어넣었던가! 나는 마르셀 에메*의 그 웃음, 누구보다 먼저 실
업을 감지했던 아들의 영리함을 자랑하던 마르셀의 그 짓궂은
선한 웃음을 무엇보다 좋아한다.

"애야, 에밀, 너는 네 동생보다 엄청 영악해. 장남인데다 인

---

* 프랑스 소설가이자 극작가. 환상과 유머를 절묘하게 결합한 독창적인 소설들을
발표했고, 대표작으로 『벽으로 드나드는 남자』가 있다.

생에 대해서도 더 많이 알고 말이다. 어쨌든 난 네 걱정은 안한다. 너는 유혹에 저항할 줄도 알고, 일이라곤 해본 적도 없으니, 앞날의 삶에 대해 완벽하게 준비가 된 거지. 실업자의 가장 큰 어려움은 어릴 때부터 그런 삶에 익숙해져 있지 않았다는 거야. 보통은 자기도 모르게 일하고 싶어서 손이 근질거리거든. 하지만 넌 걱정 없을 거다. 네 손은 그저 주름이나 늘어가길 바랄 정도로 게으르니까."

"하지만 아빠, 난 거의 유창하게 글을 읽을 줄 아는걸요." 에밀이 항의했다.

"그게 바로 네가 영악하다는 또하나의 증거지. 네 몸은 하나도 다치게 하지 않고, 일하는 습관도 들이지 않고서 신문을 보며 프랑스 일주를 할 수 있고, 실업자들의 여가를 위해 쓰인 온갖 스포츠 기사도 읽을 수 있거든. 아, 정말이지 넌 행복한 놈이 될 거다……"

9

이십 년이 넘게 흘렀다. 오늘날 실업은 사실 모든 문화의 일부이고, 우리가 사는 세상에서 직업의 미래는 더이상 많은 사람에게 미소를 보내지 않으며, 사랑은 이제 전혀 빛을 발하지 않는다. 그리고 나탈리는 서른일곱(하고도 반년이 지난) 나이의 여자가 되었을 것이다. 아이 엄마가 되었는지도 모른다. 어쩌면 열두 살 먹은 딸이 있겠지. 나탈리는 실업자가 되었을까? 아니면 자신의 사회적인 역할에 만족하고 있을까? 고독으로 망가졌을까? 아니면 사랑을 누리며 행복해할까? 양보와 대립의 대가가 되어 균형 잡힌 여인이 되었을까? 가족이 모인 식탁에서 끊임없이 불행을 되뇔까? 딸이 교실 문을 박차고 나올 때 씩씩하게 아이의 사기를 북돋워줄까?

10

  우리의 '공부 못하는 학생들'(앞날이 없다고 여겨진 학생들)은 학교에 결코 홀로 오지 않는다. 교실에 들어서는 것은 한 개의 양파다. 수치스러운 과거와 위협적인 현재와 선고받은 미래라는 바탕 위에 축적된 슬픔, 두려움, 걱정, 원한, 분노, 채워지지 않는 부러움, 광포한 포기, 이 모든 게 켜를 이루고 있는 양파. 저기 다가오는 학생들을 보라. 성장해가는 그들의 몸과 책가방을 가득 채우고 있는 무거운 짐들을. 수업은 그 짐이 땅바닥에 내려지고 양파 껍질이 벗겨져야만 진정으로 시작될 수 있다. 설명하긴 어렵지만, 단 하나의 시선, 호의적인 말 한마디, 믿음직한 어른의 말 한마디, 분명하고 안정적인 그 한마디면 충분히 그들의 슬픔을 녹여내고 마음을 가볍게 하여, 그들을 직설법 현재*에 빈틈없이 정착시킬 수 있다.

물론 그런 호의는 일시적이며, 양파는 밖으로 나서는 순간 다시 겹을 두를 것이고, 당연히 내일 또다시 시작해야만 할 것이다. 하지만 가르친다는 게 바로 그런 것이다. 선생이라는 직업이 필연적으로 사라질 때까지 다시 시작하는 일. 만일 우리가 한 명의 학생을 우리 수업의 직설법 현재에 정착시키는 데 실패한다면, 우리의 앎과 그것의 활용에 대한 안목이 이 아이들에게 미치지 않는다면, 그들의 실존은 식물학적으로 표현하자면, 막연한 결핍의 늪지에서 질척거릴 것이다. 물론 우리 선생들만이 그런 갱도를 파낸 것도 아니고, 그걸 메울 줄 몰랐던 것도 우리 책임만은 아니지만, 그때 그 아이들은 그럼에도 불구하고 일 년 혹은 몇 년의 어린 시절을 우리 앞에 마주앉아 함께 보냈던 것이다. 그리고 망쳐버린 학교생활 일 년은 하찮은 게 아니다. 어항 속에서는 영겁의 세월이다.

---

* 프랑스어는 직설법, 조건법, 접속법이라는 세 가지의 말하는 방식이 있다. 조건법과 접속법이 현실과는 다른 어떤 상황을 전제하는 반면, 직설법 현재는 있는 그대로의 상황에서 눈에 보이는 지금, 여기의 일을 직접 말하는 방식이다.

11

배움을 위해서는 특별한 시제를 만들어야 할 것이다. 예컨대 구현具顯의 현재 같은 시제를. 나는 여기 교실 안에 있고, 마침내 깨친다! 됐다! 내 머릿속의 것들이 온몸으로 퍼져간다. 그것이 구현된다.

그렇지 않은 경우, 즉 내가 아무것도 깨닫지 못할 때, 나는 그 자리에서 풍화되고, 흐르지 않는 시간 속에 분해되어, 먼지가 되고 아주 미세한 숨결에도 흩어져버린다.

그러나 수업이라는 현재 속에서 지식이 구현되는 기회를 가지려면 과거를 치욕으로, 미래를 징벌로 휘둘러대는 일을 그만두어야만 한다.

12

그런데 뭔가 된 사람들, 그들은 어떻게 되었나?

F는 은퇴하고 몇 달 뒤에 죽었다. J는 은퇴 전날 밤 창밖으로 몸을 던졌다. G는 신경쇠약에 걸렸다. 어떤 이는 가까스로 위기에서 벗어났다. J. F.의 주치의들은 조기 퇴직 이후의 첫해를 그의 알츠하이머병의 시초로 잡는다. P. B.의 주치의들도 마찬가지다. 불쌍한 L은 천년만년 시사를 담당하리라 믿었던 언론사에서 해고되고 나서 엉엉 울어댔다. 그리고 곤경에 빠진 가게의 인수자를 찾지 못해 죽어버린 구두 수선공 P가 아직도 생각난다. "그러면 내 인생은 헛것이었나?" 이것이 그가 끊임없이 되뇌던 말이다. 누구도 그의 존재 이유였던 가게를 사려 하지 않았다. "이모두가 헛일이라고?" 슬픔으로 그는 죽어버렸다.

이 사람은 외교관이다. 여섯 달 뒤 은퇴할 그는 자신과의 대면을 그 무엇보다 두려워한다. 그는 다른 일을 해보려 한다. 산업체의 국제 고문 같은 것? 이러저러한 일의 자문위원? 저 사람으로 말할 것 같으면, 수상이었다. 첫 선거에서 승리한 뒤 삼십 년간 꿈꿔왔던 자리다. 그의 아내는 언제나 남편의 일을 격려했다. 누구누구 내각이라는 그 지위가 원래 한시적이며 위험하다는 것은 정계의 관례였고 그도 알고 있었다. 기회만 되면 그가 언론의 조소거리가 되리라는 것, 선택된 표적이라는 것, 자신의 캠프와 더불어 그가 대표적인 희생양이라는 것을 잘 알고 있었다. 분명 그는 클레망소*가 자신의 내각 수반과 관련해 1917년에 했던 농담을 알고 있었다. "내가 방귀를 뀌면 저자에게서 냄새가 난다." (그렇다, 정계란 이토록 우아하다. 공적인 발언도 하찮게 여길 정도로 '친구' 사이에서는 노골적이다.) 그리하여 그는 수상이 되었고 한정된 기간 동안 그 위험한 계약을 수락했다. 그와 그의 아내는 결과적으로 강인해졌다. 수상직에 있는 몇 해 동안은 괜찮다. 몇 해가 지나갔고, 예상대로 그는 실각했다. 수상직을 잃었다. 측근들은 그가 그러한 처사를 심각하게 비난했다고, "그가

---

* 프랑스 정치가. 1906년에 수상에 취임했고, 제1차세계대전 때 다시 수상이 되어 전쟁을 승리로 이끌었다.

자신의 미래를 두려워했다"고 확언했다. 그리하여 신경쇠약은 그를 자살의 문턱까지 이끌어갔다.

우리가 배우고 교육을 받았던 것은 사회적 역할을 해야 한다는 주문呪文 때문이었고, 그것을 위해 '평생'을, 즉 우리가 살아가는 시간의 반을 그 역할에 바쳤다. 역할에서 벗어나면 우리는 더이상 배우도 아닌 것이다.

내가 보기에 이 드라마틱한 경력들의 결말은 아무런 미래가 없다고 믿으며 숱한 고통을 견뎌내는 청소년의 고통에 견줄 만큼 적잖은 당혹감을 불러일으킨다. 자기 자신으로 돌아가면 우리는 아무것도 아니다. 자살하는 일이 일어날 정도로 말이다. 이것이, 적어도 모든 면에서 나타나는 우리 교육의 균열이다.

13

나 자신이 유난히 불만스러웠던 해가 있었다. 내가 완전히 불행하게 느껴지던 시절이었다. 아무것도 되지 않으려고 꽤나 소망했다. 내 방 창문은 라 고드와 생자네 암벽이 있는 가파른 산들을 바라다보고 있었다. 알프스 남단의 깎아지른 듯한 그 두 절벽은 실연당한 연인들의 고통을 줄여주는 자살 장소로 유명했다. 어느 날 아침, 좀 지나치다 싶게 집착하며 그 절벽들을 노려보고 있을 때 누군가 내 방문을 두드렸다. 아버지였다. 아버지는 열린 문틈으로 고개만 살짝 들이밀며 말했다.

"아! 다니엘, 내가 깜빡 잊고 말 안 했는데, 자살은 경솔한 짓이란다."

14

나의 어린 시절로 되돌아가자. 내 도둑질에 당황한 어머니는 교장 선생님을 찾아가 조언을 구했다. 그는 온후하면서도 통찰력 있는 사람으로, 믿음직하게 생긴 두툼한 코가 꼭 가짜처럼 보였다(학생들은 그를 '주먹코'라 불렀다). 주먹코는 나를 위험하기보다는 불안하고 허약한 학생으로 판단하고는 좀 멀리 떨어뜨려놓고 바깥바람을 쐬여줄 것을 권고했다. 높은 곳에 머물면 원기를 회복할 거라고. 산에 있는 기숙사, 그렇다, 그게 해결 방안이었다. 그곳에서 힘을 얻고 공동체생활의 규율을 배울 거라는 얘기였다. 걱정 마십시오, 부인. 아드님은 아르센 뤼팽이 아니라 어린 몽상가일 뿐이니까 현실감각을 좀 깨우쳐주면 됩니다. 그리하여 중학교 2학년과 3학년 동안 처음 기숙사생활을 했고, 크리스마스와 부활절 그리고 여름방학 때만 집으로 돌아왔다. 나머지 기간은 주말에만 집에 가는 기숙사에서 보냈다.

기숙사에서 내가 '행복했느냐' 하는 것은 꽤나 부차적인 문제다. 솔직히 나로서는 집에서 학교에 다닐 때보다 기숙사생활이 훨씬 견딜 만했다.

많은 부모가 기숙사를 감옥으로 여기는 만큼, 요즘 부모들에게 기숙사의 장점을 설명하기란 쉽지 않다. 그들은 기숙사에 자식을 보내는 일을 부모 역할을 포기하는 것이라 생각한다. 단지 일 년 동안만 기숙사생활을 시킬 것을 제안해도 끔찍한 복고주의자로, 열등생을 위한 감옥의 신봉자로 몰아간다. 그곳에서 자기 자신을 극복해낸 사례를 들려줘도 소용없다. 시대가 다르다는 논박을 즉각적으로 들이대는 것이다. "알겠어요, 하지만 그 시절에는 아이들을 거칠게 다루었으니까 그랬겠지요!"

요즘엔 내리사랑을 앞세우며, 협박용이 아니면 기숙사 문제를 금기시한다. 이것은 기숙사를 해결책으로 여기지 않는다는 증거다.

하지만……

아니다, 기숙사 옹호론을 펼치려는 게 아니다.

그건 아니다.

단지 '학교생활에 실패한 상태로' 매일같이 집과 학교를 오가는 통학생들의 일상적인 악몽을 그려보려는 것이다.

15

어떤 통학생인가? 예를 들어 내게 전화한 어느 어머니는 무슨 일이 있어도 기숙사에는 보내지 않겠다고 했다. 상황을 좀더 잘 들여다보자. 그애는 가족의 사랑을 받는 착한 아이다. 누구에게도 해를 끼치지는 않았지만, 죽어라 하고 아무것도 이해하지 못했기에 무엇 하나 제대로 하지 못했고 성적표에는 지친 선생들의 희망 없는 평가만 줄을 이었다. '숙제를 전혀 안 함' '아무것도 하지 않고 성과도 없음' '지속적인 성적 하락', 혹은 좀더 단순한 지적으로는 '할말 없음' 따위다. (이 글을 쓰고 있는 지금 내 눈앞에 그 성적표와 또다른 아이들의 성적표가 놓여 있다.)

공부 못하는 통학생들의 하루 일과를 따라가보자. 오늘은 웬일로 지각은 면했지만—그의 알림장에는 최근까지 등교 시간을 엄수하라는 지적이 하루가 멀다 하고 적혀 있었다―가방은 거의 비어 있다. 책, 노트, 준비물은 또 잊어버렸다(음악 선생은 학기말 평가란에 "플루트를 가져오지 않음"이라고 예쁘장한 글씨로 써놓을 것이다).

물론 숙제는 하지 않았다. 그런데 첫 시간은 수학이고, 수학 연습문제는 풀어놓지 않았다. 숙제를 못한 이유는 다음의 세 가지 중 하나다. 다른 일에 몰두하느라(친구들과 싸돌아다녔거나 방문을 걸어잠그고 비디오게임에 빠져서), 혹은 흐느적거리는 무기력의 무게에 눌려 침대에 뻗은 채 망각 속에 침잠하고 머릿속은 시끄러운 음악의 물결에 휩쓸려버렸거나, 혹은―이게 가장 낙관적인 가정인데―한두 시간 동안 열심히 숙제를 해보려고 했지만 도저히 할 수 없었거나.

이런 세 가지 전형적인 이유들로 통학생들이 숙제를 못했을 때는 담당 선생님에게 해명서를 제출해야 한다. 그런데 이럴 때 할 수 있는 가장 어려운 설명이 단순 명백한 진실이다. "선생님, 제가 숙제를 하지 못한 건요, 어젯밤 사이버공간에서 악의 군단을 쳐부수느라 많은 시간을 보냈기 때문이에요. 제가 마지막 한 놈까지 다 쳐부쉈다니까요. 제 말을 믿어주세요, 선생님." 혹은 "선생님, 숙제를 하지 못해 죄송합니다. 하지만 어제저녁에는 정신이 멍해서 손가락 하나 까딱할 수 없고 워크맨 들을 힘도 없었어요."

여기에서 진실은 "나는 숙제를 하지 않았습니다"라는 불편한 고백을 드러내며, 그것은 즉각적인 처벌을 부른다. 우리 통학생들은 그보다는 차라리 제도적으로 좀더 드러내기 쉬운 버전을 선호한다. 일테면 "부모님이 이혼해서 따로 사시거든요. 그런데 엄마 집으로 돌아올 때 아빠 집에 숙제를 두고 왔지 뭐예요." 다시 말해 거짓말을 하는 것이다. 흔히 선생 입장에서는 교사의 권위를 출동시켜야 할 거친 고백보다는 이런 식의 조정된 진실이 낫다. 정면충돌은 피했고, 학생과 선생은 둘 사이의 외교적인 처세술 안에서 협상 지점을 찾아낸다. 성적을 위한 점수는 이미 정해져 있다. 숙제를 제출하지 않은 경우, 빵점이다.

숙제를 하려고 용감하게 시도했으나 헛일이었던 학생의 경우도 전혀 다를 바 없다. 그 역시 받아들여지기 힘든 진실을 안고 교실에 들어선다. "선생님, 두 시간을 바쳤지만 숙제는 하지도 못했어요. 정말이지 딴짓 같은 건 하나도 안 했어요. 책상에 앉아 책을 펴고 문제를 읽었다고요. 그런데 두 시간 동안 수학의 쇼크상태, 정신적 마비상태에 빠져버린 거예요. 저녁 먹으라는 엄마 목소리에 겨우 깨어났는걸요. 보시다시피 숙제는 못했지만, 꼬박 두 시간을 바쳤다니까요. 저녁 먹고 나니 시간이 너무 늦었지 뭐예요. 영어 숙제라는 새로운 마비의 시간이 절 기다리고 있었고요." 선생으로서는 당연히 "네가 수업 시간에 좀더 잘 들었다면 그 문제를 이해했을 거다!"라고 반박할 수 있다.

이런 공개적인 모욕을 피하기 위해 우리의 통학생은 사실을 외교적으로 설명하는 쪽을 선호할 것이다. 예컨대 "문제를 열심히 읽고 있었는데 하필 그때 보일러가 터져버렸지 뭐예요."

이런 식으로 아침부터 저녁까지, 이 과목에서 저 과목으로, 이 선생님에서 저 선생님으로, 날마다 거짓말이 산더미처럼 쌓여가다가 급기야는 그 유명한, "엄마 때문이에요!…… 엄마가 돌아가셨어요!"라는 프랑수아 트뤼포 영화의 대사에 이르는 것이다.

이렇게 학교에서 거짓말로 하루를 보낸 뒤 집으로 돌아온 우리의 열등생이 맨 처음 듣게 되는 말은 마냥 똑같다.

"그래, 오늘은 잘 지냈니?"

"아주 잘 지냈어요."

새로운 거짓말.

그리고 의혹을 확실히 끊어야겠다는 생각에 또다른 거짓말이 보태진다.

"역사 선생님이 1515년에 대해 물어서 마리냐노*라고 대답했

---

* 1515년 프랑수아 1세가 베네치아와 연합해 오스트리아 지배 아래 있는 밀라노 공국을 침공하여 그 동맹국인 스위스군을 마리냐노에서 격퇴한 전투.

더니 아주 흡족해하셨어요."

(자, 내일까지는 잘 버틸 것이다.)

그러나 내일은 금세 오고, 날들은 반복되고, 우리의 통학생은 여전히 학교와 집을 오가고, 그의 정신적 에너지는 학교에서 발설한 거짓말과 집에서 소용된 반半진실, 학교에 제공한 설명과 집에 내놓은 합리화, 부모에게 그려 보여준 선생들의 초상화와 선생들 귀에 흘려놓은 집안 문제 사이의 거짓된 일관성의 미묘한 망을, 양쪽에 걸린 극소량의 진실을 짜내느라 진이 빠진다. 왜냐하면 부모들과 선생들은 결국 언젠가는 만날 것이고, 그 피할 수 없는 만남을 생각하고, 그 면담의 메뉴가 될 진정한 허구를 끊임없이 공들여 준비해야 하기 때문이다.

이 정신적인 활동은 모범생이 숙제를 잘하기 위해 들이는 노력에 비할 수 없을 정도의 에너지를 요구한다. 우리의 열등생은 지쳐간다. 공부에 착수할 힘이 정말이지 조금도 남아 있지 않기를 바랄지도 모른다(드문드문 그걸 바라기도 한다). 그가 빠져든 허구는 다른 곳에서 그를 죄수로 붙잡아둔다. 그곳은 싸워야 하는 학교와 안심시켜야 하는 집 사이의 어디쯤이고, 몹시 불안한 삼차원의 그곳에서 상상력에 귀속된 열등생이 해야 할 일이란, 돌연 현실이 가장 두려운 모습으로 튀어나올 수 있는 그 무수한 틈새를 메우는 것이다. 들통난 거짓말, 선생님들의 분노, 부모의 슬픔, 비난, 처벌, 아마도 퇴학, 자아로의 복귀, 무기력한 죄의식, 모욕, 우울한 희열. 그들 말이 옳아, 나는 한심해, 한심해, 한심해.

난 한심한 놈이다.

그런데 우리가 사는 사회에서, 자신이 한심하다는 확신에 빠져 있는 청소년은—이게 바로 체험이 우리에게 가르쳐줄 최소한의 사실인데—하나의 먹잇감이다.

16

선생들과 부모들이 이런 거짓말을 그냥 덮어버리거나 심지어 공모자가 되기도 하는 이유는 너무 많아서 따져볼 수가 없다. 정원이 서른다섯 명이나 되는 반을 네다섯 개 맡는다고 할 때 날마다 얼마나 많은 거짓말을 마주하겠는가, 라며 선생들은 합법적으로 반발할 수 있다. 그걸 일일이 조사할 시간이 어디 있어? 게다가 내가 조사관이야, 라고 반문할 것이다. 도덕교육의 차원에서 내가 가정을 대신해야 하냐고! 만일 그렇다면 어느 선까지? 이런 식의 질문이 끝도 없이 지루하게 이어질 테고, 각각의 질문은 가끔 동료 선생들 사이에서 열띤 토론거리가 되기도 한다.

하지만 선생이 거짓말을 모른 척하는 데는 또다른 이유가 있다. 그것은 좀더 깊숙이 숨겨진 이유인데, 명석한 의식에 비춰보자면 대충 이런 거다. 즉 그 아이가 교사라는 내 직업의 실패를 드러내기 때문이다. 나는 아이를 발전시키지도 공부시키지도 못한 채, 그저 내 반에 들여놓고 그 아이가 여기 있다는 것만으로 안심하는 것이다.

다행히, 언뜻 보아도, 문제를 선생 개인의 탓으로 돌리는 것은 수용할 수 있는 수많은 논증으로 반박된다. 내가 그 아이와는 실패해도 다른 많은 아이들과는 성공하니까. 그애가 중3 과정에 남더라도 그게 내 잘못은 아니지! 그러니까 나보다 앞서 그 아이를 맡았던 선생들은 뭘 가르친 거냐고. 중학교만 가지고 문제삼을 건 아니잖아? 부모는 무슨 생각을 하고 있는 거야? 내가 맡고 있는 학생 수와 내 시간표를 따져보라고. 내가 그렇게 뒤처진 아이를 따라잡게 해줄 수 있다고 생각하는 거야?

학생의 과거, 가족, 친구들, 교육제도 자체를 결집시키는 수많은 질문은 성적표에서 흔히 볼 수 있는 설명, 즉 기초 부족(나는 이런 평가를 초등학교 1학년 때 성적표에서도 받았다!)이라는 설명을 양심적으로 작성하게 해준다. 다시 말해 그것은 뜨거운 감자다.

부모에게는 특히 더 뜨거운 감자다. 부모들은 감자를 양손으로 번갈아잡으며 어쩔 줄 몰라한다. 아이의 일상적인 거짓말에 부모는 지쳐간다. 묵비권 행사로 빚어지는 거짓말, 날조, 지나치게 자질구레한 해명, 예상된 정당화. "사실은 무슨 일이냐면 요……"

지쳐버린 수많은 부모들은 사람의 진을 빼는 이런 거짓말을 받아들이는 척한다. 우선은 그들 자신의 고통을 잠시나마 진정시키기 위해(1515년 마리냐노 전투 같은 극소량의 진실은 진통제 역할을 한다), 그다음엔 가족의 분위기를 유지하기 위해, 그리하여 저녁식사 시간이 비극으로 선회하지 않도록, 제발 오늘 저녁은 아니기를, 각자의 마음을 찢어놓는 고백의 시련을 늦추기 위해, 요컨대 틈틈이 편지함을 살펴보던 당사자에 의해 다소 교묘하게 위조된 학기말 성적표를 받아들고, 사실 별로 놀라워하지도 않으면서 학교생활의 재앙의 범위를 가늠하게 될 순간을 밀어내기 위해서다.

내일 생각해보자,

내일 생각해보자고……

17

아이의 거짓말에 동조한 어른들에 관한 이야기 중에 가장 기억할 만한 것은 내 친구 B의 동생에게 일어난 일이다. 당시 B의 동생은 열두세 살쯤이었을 것이다. 그애는 수학 시험이 겁나서 단짝 친구에게 맹장의 정확한 위치를 짚어달라고 했다. 그러더니 끔찍한 발작이 일어난 시늉을 하며 쓰러졌다. 학교 지도부는 그애의 말을 믿는 척하며 집으로 돌려보냈는데, 어쩌면 그애를 치워버리려는 것이었는지도 모른다. 그러자 부모는—그애는 부모에게 다른 거짓말도 했다—별생각 없이 아이를 인근 병원으로 데려갔는데, 병원에서는 깜짝 놀라며 당장 수술을 했다! 수술 후, 핏빛의 기다란 뭔가가 담긴 병을 들고 나타난 외과의사는 순진하고 환한 얼굴로 이렇게 외쳤다. "수술하기를 잘했습니다. 하마터면 복막염이 될 뻔했어요!"

사회란 공유하는 거짓말 위에 세워져 있기 때문이다.

보다 최근에는 이런 일도 있었다. 파리의 어느 고등학교 교장인 N은 학생들의 출결 상황을 예의 주시하고 있었다. 그래서 몸소 고3 교실에 들어가 출석을 부르기도 했다. 특히 그녀는 결석을 밥먹듯 하는 한 아이를 눈여겨보았고, 정당한 사유 없이 또 결석할 경우 퇴학시켜버리겠다고 위협했다. 그날 아침, 문제의 학생이 결석을 했다. 해도 해도 너무한 또 한번의 결석이었다. N은 즉시 서무실 전화로 학생의 어머니와 통화를 했다. 어머니는 미안해하면서, 자기 아들이 진짜로 아프고 열이 펄펄 나서 침대에 누워 있으며 마침 학교에 알리려던 참이었다고 했다. N은 만족하며 전화를 끊었다. 모든 일이 정리되었으니까. 잠시 후, 교장은 집무실로 돌아가는 길에 그 아이와 마주쳤다. 출석을 부를 때 그애는 잠시 화장실에 갔던 것뿐이다.

18

기숙생은 학교와 집 사이의 왕복이 제한되기 때문에 통학생과 비교할 때 두 개의 구별되는 시간대 안에 붙잡아둘 수 있다는 이 점이 있다. 월요일 아침부터 금요일 저녁까지는 학교에 있고, 주 말 동안은 집에 있는 것이다. 주중 닷새간의 대화 상대자 무리 가 하나 있고, 주말 이틀 동안의 대화 상대자 무리(이들은 이틀 을 축제처럼 만들 행운을 되찾는다)가 있다. 한쪽은 학교생활의 현실이고, 다른 쪽은 가족의 현실이다. 낮의 거짓말로 부모를 안 심시킬 필요 없이 잠들고, 하지 못한 숙제 때문에 핑계를 꾸며낼 근심 없이 깨어난다. 왜냐하면 숙제는, 최선의 경우, 자습 감독 관이나 선생님의 도움 아래 저녁 공부 시간에 다 해놓았기 때문 이다. 요컨대 집에서는 정신적인 휴식을 취하고, 충전된 에너지는 학교 공부에 투자할 수 있는 가능성이 열리는 셈이다. 열등생을 학급의 선두 그룹으로 쭉 밀어붙이는 데 그것으로 충분할까? 그렇진 않더라도 적어도 열등생이 현실을 있는 그대로 살아가게 할 기회는 줄 수 있다. 개개인이 자기를 만들어가는 것은 자신의 현재에 대한 의식 속에서이지, 그것을 회피하면서는 아니다.

기숙사에 대한 나의 칭송은 여기까지다.

아, 그럼에도 불구하고, 모두에게 공포감을 주는 이야기를 덧붙이건대, 나 자신도 기숙학교에서 가르쳐보았기에 하는 얘기지만, 가장 좋은 기숙학교는 선생님들도 함께 기숙하는 학교다. 긴급 상황에서도 언제든 도움을 줄 수 있게 말이다.

19

　기숙사에 대한 평판이 아주 나빴던 지난 이십 년 동안 청소년들에게 가장 큰 성공을 거둔 영화와 대중문학 세 편이 〈죽은 시인의 사회〉 〈해리 포터〉 그리고 〈코러스〉인데, 세 편 모두 기숙사가 배경이라는 점이 주목할 만하다. 게다가 모두 아주 고답적인 기숙사를 그려내고 있다. 영미권 영화에선 교복, 격식, 체벌, 〈코러스〉에선 잿빛 셔츠, 음산한 건물, 시대에 뒤떨어진 선생들과 따귀 세례.

　비평계와 우리의 교무실에서는 거의 만장일치로 악평을 받은 〈죽은 시인의 사회〉가 1989년의 젊은 관객들에게 거두었던 성공을 분석해보는 일은 흥미로울 것이다. 선동, 자기만족, 고답주의, 어리석음, 센티멘털리즘, 영화적 허술함과 지적 빈약함 등

차분하게 반박할 수 없을 만큼 논쟁거리는 수없이 많다. 그럼에도 고등학생들은 떼 지어 영화관으로 몰려갔고 만족스러운 얼굴들로 극장을 나섰다. 그들이 그 영화의 결점들에만 도취되었다고 상정하는 것은 한 세대 전체를 보잘것없게 만들어버리는 일이다. 예컨대 키팅 선생의 시대착오나 자기기만은 내 학생들도 놓치지 않았다.

"키팅 선생이 말하는 카르페 디엠*은 전혀 '정직'하지 않아요. 그는 마치 우리가 여전히 16세기에 살고 있는 것처럼 그 얘기를 하잖아요. 16세기에는 요즘보다 훨씬 어린 나이에도 사람들이 많이 죽었거든요."

"그리고 영화 초반에 그 선생이 교과서를 찢어버리라고 할 때는 구역질나요. 그토록 열려 있다고 말하는 사람이 말이에요…… 자기도 그 자리에 있으면서 왜 맘에 들지 않는 책들을 직접 태워버리지 않는 거죠? 나라면 거절했을 거예요."

그렇더라도 내 학생들은 그 영화에 '열광'했다. 남녀 학생 모두가 50년대 말의 그 젊은 미국 아이들, 사회적으로나 문화적으로나 화성인에 가까운 그 아이들에게 동화되었다. 남녀 모두가

---

* '현재를 즐기라'는 뜻의 라틴어로 프랑스에서는 16세기 르네상스 시대의 시인 롱사르를 통해 널리 알려졌다. 〈죽은 시인의 사회〉에서는 키팅 선생이 낡은 관습과 규율에 대한 학생들의 도전 정신을 일깨우기 위해 외치던 말이다.

영화배우 로빈 윌리엄스를 몹시 좋아했다(어른들은 그가 엄청 연기를 잘한다고 했다). 그가 맡은 키팅 선생은 그들 눈에 인간적인 열의와 직업에 대한 사랑을 구현하는 인물로 보였다. 가르치는 과목에 대한 열정, 학생들에 대한 절대적인 헌신, 지칠 줄모르는 코치의 역동성이 이루어낸 전적인 봉사. 기숙사라는 밀폐된 공간은 그의 강의에 밀도를 더해주고, 그는 학생들에게 극적으로 친밀한 분위기를 만들어주고, 그 분위기는 우리의 젊은 관객들을 학생의 위엄으로 완벽하게 끌어올려준다. 그들 눈에 키팅의 강의는 그들에게만, 오직 그들에게만 관계된 하나의 통과의례였다. 그것은 가족의 문제가 아니었다. 선생들의 문제는 더더구나 아니었다. 내 학생 하나가 단도직입적으로 이렇게 표현했다.

"그래요, 선생님들은 좋아하지 않죠. 하지만 그건 우리 영화예요, 선생님들 영화가 아니라고요."

그것은 당시의 선생들이 고등학생이던 이십 년 전, 즉 1969년에 그해 칸영화제 대상 작품인 〈이프〉에 열광하며 했던 생각과 정확히 똑같다. 그 영화 역시 기숙사 이야기를 다룬 것으로, 어느 영국 중학교의 아주 똑똑한 학생들이 학교를 습격하는 내용이다. 학교 지붕 위에 걸터앉은 중학생들은 평화 협상을 위해 모여든 부모들, 주교, 선생들을 향해 기관총과 박격포를 발사했다.

당연히 어른 관객들은 분개했고, 대학생들과 고등학생들은 물론 열광했다. 그건 우리 영화지 당신들 영화가 아니에요!

겉보기에는 시절이 변했다.

그래서 나는 학교를 다룬 모든 영화에 대한 비교 연구가 그 영화를 만들어낸 사회에 대해 많은 것을 말해줄 거라 생각했다. 장 비고의 〈품행 제로〉부터 그 유명한 〈죽은 시인의 사회〉에 이르기까지, 그리고 그사이 크리스티앙자크의 〈생타질의 실종자들〉(1938), 장 드레빌의 〈나이팅게일의 새장〉(1945, 이 작품은 〈코러스〉의 전신이다), 리처드 브룩스의 〈폭력 교실〉(미국, 1955), 프랑수아 트뤼포의 〈400번의 구타〉(1959), 안드레이 콘찰로프스키의 〈첫번째 선생〉(구소련, 1965), 추를리니의 〈고교 교사〉(1972) 등이 있고, 여기에다 1990년 이후의 영화인 다니엘레 루케티의 〈가방을 든 사람〉(1991), 이란 영화감독 사미라 마흐말바프의 〈칠판〉(2000), 압델라티프 케시슈의 〈레스키브〉(2004), 그리고 십여 편의 영화를 덧붙일 수 있다.

나의 비교 연구 계획은 생각의 단계를 넘지 않았다. 그러니 아직 연구된 바가 없다면 누구든 해볼 수 있다. 어쨌거나 이것은 과거 회상에 좋은 소재다. 대부분의 영화가 대중적으로 상당히 성공했으므로 여기서 흥미로운 교재를 수없이 끌어낼 수 있을 것이다. 그중에서도 이런 것. 예컨대 라블레 이래 각각의 가르강튀아

세대는 홀로페르네에 대한 젊은이다운 공포와 포노크라테스*의 대단한 의욕을 체험하는데, 이것은 다시 말해 시대의 분위기, 환경의 정기에 맞서 자신을 형성해가려는, 언제나 새롭게 발산되는 열망이며, 전범으로 여겨진 스승의 그림자—아니, 그보다는 명석함—속에서 만개하려는 욕망이다.

---

* 홀로페르네와 포노크라테스는 라블레의 『가르강튀아』에 나오는 가르강튀아의 스승들이다.

20

뭔가 된다는 문제로 되돌아가보자.

1959년 2월과 1969년 9월. 그러니까 내가 어머니에게 쓴 참담한 편지와 선생이 된 나에게 아버지가 보내준 편지 사이에 십 년의 세월이 흘렀다.

내가 뭔가가 되는 데 십 년이 걸린 것이다.

열등생이 선생님으로 변신한 것은 무엇에서 기인한 걸까?

덧붙여, 알파벳도 깨치지 못하던 애가 소설가로 변신한 것은?

분명 맨 처음 떠오르는 질문은 이것이다.

나는 어떻게 해서 뭔가가 되었을까?

대답하고 싶지 않은 마음이 굴뚝같다. 뭔가 된다는 건 묘사할 수 있는 게 아니라고, 개인의 성숙은 오렌지의 숙성 같은 게 아니라고 논박하면서 말이다. 죽어라 하고 말 안 듣던 아이가 사회적 현실의 땅에 발을 내딛는 것은 청소년기의 어느 순간일까? 아주 하찮은 것일지라도 그런 유희를 한번 해보겠다고 결심하는 때는 언제일까? 그게 단지 결심의 차원일까? 신체기관의 발달, 세포의 화학 반응, 신경망의 조직은 그것에 어떤 역할을 할까? 이토록 수많은 질문이 주제를 비켜가게 해준다.

"열등생이었다는 당신의 말이 사실이라면, 이런 변신은 정말이지 미스터리네요!"라고 나에게 반박할 수도 있겠다.

사실 믿어지지 않긴 한다. 게다가 열등생의 말은 사람들이 절대 믿지 않으니, 그건 그의 운명이다. 열등생 시절에는 고약한 게으름을 손쉬운 한탄으로 위장하면 비난받곤 했다. "그런 얘기 그만 늘어놓고 공부나 해!"라고. 이제 열등생에서 벗어났다는 걸 사회적 지위가 증명해 보여주자 자신을 돋보이게 하려 든다는 의심을 받는 것이다. "옛날에는 열등생이었다고요? 이봐요, 허풍 떨고 있군요!" 사실 열등생이라는 낙인은 차후에 자발적으로 찍게 된다. 심지어 그것은 사회에서 흔히 수여하는 훈장이기도 하다. 내세울 미덕이라고는 이정표대로 지식의 길을 따라간 것뿐인 사람들과 당신을 구별해주기도 하니까. 유명 인사들 중에는 왕년의 영웅적인 열등생이 넘쳐난다. 사교계에서, 라디오방송에서, 그 교활한 사람들이 학창 시절의 실패를 거창한 저항 행위처럼 소개하는 이야기가 들린다. 나는 그런 이야기의 후면에서 들리는 고통의 소리가 감지될 때만 그 말을 믿는다. 때로 열등생의 상태가 치유되었다 해도, 그때 받은 상처는 결코 완전히 아물지 않기 때문이다. 열등생의 유년은 재미있지 않으며 그것을 추억하는 일은 더더구나 즐겁지 않다. 그걸 자랑하며 뽐낼 수는 없다. 마치 예전의 천식 환자가 질식으로 수천 번이나 죽을 뻔했다고 자랑하는 것과 마찬가지다! 그렇다고 궁지에서 벗어난 열등생이 동정받기를 바라는 것은 아니다. 그건 절대 아니다. 단지 그는 잊고 싶고, 더는 그런 치욕을 생각하고 싶지 않을 뿐이다. 그리고 그는 자신이 거기서 벗어나지 못했을 가능성도 다분했다는 걸 마음속 깊이 알고 있다. 어쨌든 영원히 실패한 열등생으로 남아 있는 경우가 수적으로 더 많으니까. 그래서 나는 언제나 구조되었다는 느낌이 들었다.

요컨대 그 십 년 동안 내 안에서 무슨 일이 벌어졌던 것일까?

나는 거기서 어떻게 빠져나왔나?

우선 짚고 넘어갈 사실이 있다. 알다시피 어른과 아이는 시간을 동일하게 지각하지 않는다. 자신의 삶을 십 년 단위로 계산하는 어른의 눈에 십 년은 아무것도 아니다. 나이 오십이 되면 십 년은 금세 지나간다! 그렇게 빠른 속도감 때문에 어머니들은 아들의 장래를 근심하며 괴로워하는 것이다. 오 년 후면 벌써 대학

입시네, 아니 이제 금방이잖아! 이 어린것이 그렇게 짧은 시간 안에 근본적으로 뭐 그리 변할 수 있겠어? 그런데 아이에게 그 시절의 일 년은 천 년과도 같다. 아이의 눈에 자신의 미래는 뒤이은 며칠 안에 몽땅 달려 있다. 아이에게 장래를 이야기하는 것은 무한을 센티미터로 재라고 요구하는 꼴이다. '되다'라는 동사가 아이를 주눅들게 하는 것은 무엇보다 그것이 어른들의 걱정이나 질책을 표현하기 때문이다. 장래란 최악의 상태의 나를 말하며, 바로 그것이 나는 아무것도 되지 못할 것이라고 확신했던 선생님들의 말에서 내가 대충 이해한 바였다. 그들의 말을 들으면서 나는 시간이란 게 어떻게 구체화되는지 조금도 생각해내지 못했고, 그냥 순진하게 영원히, 언제나 바보일 거라는 그들의 말을 믿었다. '영원히'와 '언제나'는 상처받은 자존심이 열등생에게 시간을 헤아릴 수 있게 해주는 유일한 단위였다.

시간…… 나는 시간의 흐름을 대수학적으로 지각하려면 늙어야 한다는 것을 몰랐다. (게다가 나는 대수, 대수표, 대수함수, 대수율, 매력적인 대수곡선 따위를 전혀 몰랐다……) 하지만 선생이 되자, 성적이 아주 나쁜 학생들 면전에 미래를 들이대는 일은 헛일이라는 걸 본능적으로 알았다. 우리가 학교라는 공간에 빼곡하게 함께 들어앉아 있다는 것만으로도, 매일 매시간이 고통이다.

그런데 어렸을 때 나는 학교에 있지 않았다. 내가 교실에 침투하는 건 거기서 빠져나오기 위해서일 뿐이었다. 비행접시에서 떨어진 한줄기 광선처럼, 선생님의 수직적인 시선이 나를 의자에서 떼어내 순식간에 다른 곳으로 보내버리는 것 같았다. 그게 어디인가? 바로 그의 머릿속이다! 선생님의 머릿속! 그곳은 비행접시의 실험실이었다. 광선은 나를 그곳에 내려놓았다. 그곳에서 나의 무가치함이 측정되고, 그다음에는 또다른 시선에 의해 쓰레기처럼 내뱉어져 하수처리장 같은 곳에 나뒹굴었다. 그곳에서 내가 무엇을 배우는지, 게다가 학교가 나에게 무엇을 기대하는지도 이해할 수 없었다. 나는 무능한 아이로 판명되었으니까. 이러한 판결은 나에게 게으름이라는 보상을 제공했다. 최고 권력자들이 이미 파산선고를 내렸는데 죽어라 공부한들 무슨 소용이겠는가? 보다시피 나는 궤변론자의 태도 같은 걸 키워가고 있었다. 이것은 선생이 된 내가 열등생 제자들에게서 한눈에 구별해내는 기질이다.

그 뒤에 나의 첫번째 구원자가 나타났다.

국어 선생님.

중4 때.

당시의 나를 있는 그대로 알아보았던 분. 즉 명랑하게 자멸해가는 진지한 망상가로 말이다.

틀림없이 그 선생님은 가르쳐준 것은 배우지 않고, 숙제 못한 핑계를 어떻게 둘러댈까 늘 잔머리를 굴리는 나의 적성에 대경실색했을 것이다. 그래서 내게 소설 한 편을 쓰라고 명령하고 대신 논술을 면제해주기로 작정한 것이다. 일주일에 한 장章씩 써서, 한 학기에 소설 한 편을 끝내야 했다. 주제는 자유지만, 틀린 글자 하나 없는 소설을 내야 했다. 선생님은 "비평의 수준을 고양시키기 위해서"라고 했다. (소설 자체는 까맣게 잊어버렸는데도 그 표현만큼은 기억난다.) 그분은 교직 말년을 우리에게 바친 노교사였다. 더이상 궁핍할 수 없는 파리 북쪽 변두리 중학교에서 당신의 은퇴를 연장하고 있었다. 그러니까 다 낡아빠진 기품을 지닌 노선생이 내 안의 이야기꾼 기질을 알아본 것이다. 그는 내게 철자 습득 장애가 있든 말든 학교 공부를 따라갈 수 있는 길을 열어주려면 이야기부터 시작해야 할 거라고 생각했다. 나는 아주 열정적으로 소설을 썼다. 사전(그날 이후 사전은 나를 떠나지 않았다)의 도움을 받아가며 조심스레 단어 하나하나를 고치고, 신문에 연재하는 전업 작가처럼 날짜를 지켜가며 매주의 분량을 갖다 냈다. 지금 떠올려보면, 아주 슬픈 이야기였고, 당시 내가 큰 영향을 받았던 토머스 하디풍의 글이었다. 토머스 하디의 소설들은 오해에서 재난으로, 재난에서 어찌할 수 없는 비극으로 이어졌고, 그것은 운명fatum에 대한 나의 취향을 매혹했다. 출발선부터 아무 일도 할 수 없는 것, 내 생각이 바로 그 거였다.

그해 내가 뭔가에서 중요한 발전을 이루어냈다는 생각은 들지 않는다. 하지만 학창 시절 처음으로 어떤 선생님이 나에게 하나의 지위를 부여했고, 나는 계속 따라가야 할 노선이 있는 개인으로, 지속적으로 견뎌내고 있는 한 사람으로, 누군가의 눈에 학생으로 존재했다. 물론 나의 후원자인 노선생님이 미치도록 고마웠고, 그가 꽤 거리를 두고 있었음에도 내 비밀스러운 독서를 털어놓을 만큼 절친한 친구가 되었다.

"그래, 페나키오니, 요즘은 뭘 읽고 있니?"

나에겐 독서가 있었던 것이다.

그때는 그게 나를 구원해줄 거라고는 생각지도 않았다.

그때의 독서는 요즘처럼 터무니없는 자랑거리가 아니었다. 시간 낭비이자 학업을 망치는 일로 평판이 난 소설 읽기는 수업 시간에 금지되었다. 책을 몰래 숨어서 읽는 내 취향은 거기서 비롯했다. 소설책을 교과서로 씌워 읽고, 되도록 모든 곳에 책을 숨겨두고 읽고, 야밤에 손전등을 켜고 읽고, 체육 시간을 면제받아 읽고, 혼자서 책과 함께 있을 수만 있다면 어떤 방법이든 좋았다. 이런 취미를 길러준 곳이 바로 기숙사다. 나만의 세계가 필요했는데, 그게 책들의 세계였다. 집에 있을 때는 무엇보다 식구들이 책을 읽는 모습을 관찰했다. 아버지는 파이프를 물고 안락의자에 다리를 꼬고 앉아 무릎에 책을 올려놓고 둥근 램프 아래, 나무랄 데 없는 가르마를 약지로 무심히 쓰다듬으며 읽었다. 베르나르 형은 방에서 다리를 구부린 채 옆으로 길게 누워 오른손으로 머리를 괴고 읽었다…… 이런 태도들에는 행복 같은 게 있었다. 따져보면 나를 독서로 밀어붙였던 것은 책 읽는 사람의 이런 자태였다. 처음에는 오로지 그런 자세들을 따라해보려고, 그리고 다른 자세를 개발해보려고 책을 읽었던 것 같다. 책을 읽으면서 나는 언제나 지속되는 행복 속에 신체적으로 정착했다. 무엇을 읽었나?『미운 오리 새끼』를 나로 여겨 안데르센의 동화책들을 읽었다. 하지만 검과 말 그리고 마음의 움직임에 대한 동경으로 알렉상드르 뒤마도 읽었다. 그리고 셀마 라겔뢰프의 멋진『예스타 베를링』, 주교에게 추방당한 그 훌륭한 술주정뱅이 사제는 에세뷔의 다른 기사들과 더불어 내 모험의 지치지 않는 동반자였다. 중3으로 올라갈 때 베르나르 형이 준『전쟁과 평화』는 맨 처음 나타샤와 안드레이 공작의 사랑 이야기로 읽었던 것 같다. 그런데 이 사랑 이야기에만 집중하면 소설은 100페이지쯤으로 줄어든다. 중4 때 두번째로 그 책을 읽었을 때는 나폴레옹식의 서사시로 읽었다. 아우스터리츠 전투, 보로디노 전투, 모스크바의 화재, 러시아군의 퇴각(나는 아우스터리츠 전투의 거대한 장면을 그림으로 그려, 수업 시간에 몰래 그렸던 그 작은 인간들을 학살당하게 했다), 이것도 기껏해야 200~300페이지로 압축된다. 고1 때 다시 읽었을 때는 피에르 베주호프의 우정이 눈에 들어왔다(이자는 또다른 미운 오리 새끼이긴 해도 생각보단 많은 걸 이해하고 있었다). 그리고 마침내 고3 때 소설의 전체가, 그러니까 러시아와 쿠투조프, 클라우제비츠 같은 인물이, 토지개혁이 그리고 톨스토이가 눈에 들어왔다. 물론 디킨스—올리버 트위스트는 나를 필요로 했다—도 읽고 에밀리 브론테도 읽었다. 브론테의 모럴은 내게 구조를 요청했다. 또한 스티븐슨, 잭 런던, 오스카 와일드 그리고 도스토옙스키의 작품들을 처음으로 읽었다. 당연히 『노름꾼』이 있었다(왜 그런지는 알아봐야 하는데, 도스토옙스키는 항상 이 『노름꾼』으로 시작된다). 나의 독서는 이런 식으로 우리집 서재에서 찾아낸 책들로 이루어졌고, 물론 『탱탱』『스피루』 그리고 당시를 휩쓸었던 『흔적의 표시들』 혹은 『봅 모란』 같은 만화도 읽었다. 내가 학교로 가져가는 책들의 첫째 조건은 학교 독서 프로그램에 없는 것이어야 했다. 아무도 내게 묻지 않았다. 누구도 내 어깨 너머로 내가 읽고 있는 책을 들여다보지 않았다. 책의 저자와 나는 우리끼리 오롯이 머물렀다. 책들을 읽으면서 내가 교양을 쌓아가고 있었다는 것, 그 책들이 내 안에 어떤 욕구를 일깨웠고 그 욕구는 책들이 잊히더라도 살아남을 거라는 걸 나는 몰랐다. 청소년기의 이러한 독서는 세상의 기호들을 향해 사방의 문을 열어놓으며 완수되었고, 그중에서도 네 권의 책이 서로 구별되지 않은 채, 알 수 없는 신비스러운 이유로 내 안에서 밀접한 친족관계를 직조해냈다. 라클로의 『위험한 관계』, 위스망스의 『거꾸로』, 롤랑 바르트의 『신화지』 그리고 페렉의 『사물들』이 바로 그 책들이다.

난 고급 독자는 아니었다. 플로베르에게는 실례가 되겠지만, 열다섯 살에 에마 보바리처럼 오로지 감각의 만족을 위해 책을 읽었고, 다행히 그 감각은 지칠 줄 모르고 나타났다. 나는 이러한 독서로부터 학교생활에 도움이 될 어떤 이득도 끌어내지 못했다. 모든 선입관과는 반대로 이처럼 삼키듯 읽은—그리고 아주 빨리 잊힌—수천 페이지의 글은 나의 철자법을 개선해주지 않았고, 철자법은 요즘도 내게 불분명한 채로 남아 언제 어디서든 사전을 찾아봐야 한다. 아니다. 내 철자법의 실수들이 일시적으로나마(하지만 이 일시적인 것이 결정적으로 일을 가능하게 만들었다) 극복되었던 것은 노선생님이 주문한 소설에서였다. 철자법에 신경쓰느라 독서 수준을 낮추고 싶지 않다는 선생님의 요구에 나는 틀린 글자 없는 원고를 갖다드려야만 했다. 요컨대 대단히 천재적인 교수법이었다. 아마도 오로지 나에게만 통했을, 그리고 오로지 그런 상황에서만 통했을 방법이지만, 어쨌든 천재적이다!

나는 이렇게 천재적인 재능을 가진 선생님을 중4와 고3 사이에 세 분 더 만났다. 이 세 구원자에 대해서는 다시 얘기하겠지만, 한 분은 수학 자체였던 수학 선생님이고, 또 한 분은 역사 구현력이 누구보다 뛰어난 놀라운 재능의 역사 선생님, 그리고 나머지 한 분은 철학 선생님이다. 철학 선생님은 나에 대한 기억을 하나도 간직하고 있지 않았기에(편지에서 그렇게 말했다) 나를 더더욱 놀라게 했으며, 이로 인해 그분이 더 크게 보였다. 그분의 인정에 기대지 않고 전적으로 그분의 비법 덕분에 나의 정신이 일깨워졌으니 말이다. 네 분의 선생님은 나 자신으로부터 나를 구원했다. 그분들이 너무 늦게 나타났던 것일까? 초등학교 때 만났더라도 내가 그들을 그렇게 잘 따랐을까? 그랬더라면 내 유년의 기억이 좀더 좋게 간직되었을까? 어쨌든 그분들은 내게 찾아온 뜻밖의 행복이었다. 그분들은 내게 베풀어준 계시를 다른 학생들에게도 베풀었을까? 이런 질문이 제기된다는 건, 교육에서는 기질의 개념이 그 정도로 제 역할을 한다는 소리다. 내 학급에서 보낸 시간이 행복했다고 말하는 졸업생을 만날 때, 바로 그 순간 다른 길을 가고 있던 어떤 이에겐 내가 영 신통치 않은 선생이었을 거라는 생각이 든다.

내 변신의 또다른 요인은, 그럴 만한 위인이 아니었던 나에게

다가온 사랑이었다. 사랑이라니! 그건 나 같은 청소년에게는 전혀 상상도 할 수 없는 일이었다. 그렇지만 통계적으로는 일어날 수 있는 일이며, 심지어 확실하게 일어나기까지 한단다. (아니, 나 같은 애한테 사랑의 감정이 일다니, 말이 되는가! 내가? 누구한테 사랑을 받아?) 그것은 방학 동안의 감동적인 만남으로 시작되어, 두툼한 편지들을 주고받다가, 젊음과 서로 간의 지리적인 거리를 이유로 합의 아래 헤어지는 것으로 끝났다. 이듬해 여름, 반쯤 플라토닉했던 사랑의 종말에 마음이 찢어진 나는 대서양을 오가는 마지막 화물선에 소년 선원으로 지원해 상어들도 비웃을 한 꾸러미의 편지를 바다에 던졌다. 또다른 사랑이 찾아오기까지 이 년의 세월을 기다려야 했고, 그것은 이 영역에 있어서 행위가 말에 부여하는 중요성으로 인해 드디어 첫사랑이 되었다. 또다른 종류의 구현인 사랑은 내 삶에 혁명을 일으켰고 열등생이라는 나의 처지에 사형판결을 내렸다. 한 여자가 나를 사랑했다! 생전 처음 내 귓가에 내 이름이 울려퍼졌다! 한 여자가 내 이름을 불러주었다! 나는 한 여자의 눈에, 그녀의 마음속에, 그녀의 손안에 그리고 이미 그녀의 추억 속에 존재했고, 그건 다음날 그녀의 첫 시선만 보아도 알 수 있었다! 다른 모든 사람 중에 내가 선택되다니! 내가! 그녀가 좋아하는 사람이 되다니! 바로 내가! (그녀는 고등사범학교 입시 준비생이었고, 나는 재수생이었다!) 내 마지막 둑은 무너졌다. 야밤에 읽어내렸던 모든 책, 기억 속에 지워지다시피 한 수많은 글, 아무도 모르고 나조차 모르는 사이에 쌓여간 지식, 망각과 포기와 자기비하의 무수한 지층 아래 묻어버린 그 지식, 생각과 감정과 모든 종류의 앎으로 부글부글 끓어오르는 말들의 마그마가 돌연 그 오욕汚辱의 껍질을 터뜨리고 내 머릿속에서 솟구쳐올라 별들이 총총한 창공의 모습을 띠었다! 요컨대 행복에 겨운 사람들이 흔히 말하듯, 구름 위를 날아다니는 기분이었다. 나는 사랑했고 사랑받았다! 그토록 참을성 없는 열정이 어떻게 그런 차분함과 확신을 불러일으킬 수 있었을까? 어떻게 갑자기 그런 자신감이 생겼을까? 이런 행복이 지속되는 동안 어리석은 짓을 한다는 건 말도 안 된다. 그래, 빨리빨리 해치우는 거다. 바칼로레아가 끝난 뒤, 나는 학업에 필요한 시간을 최소한으로 줄였다. 문학 학사와 석사, 첫 소설 쓰기, 내가 진지하게 간결한 문장들이라고 불렀던 아포리즘으로 가득한 노트들, 숱하게 작성한 논술문. 그중 몇 편은 내 여자친구의 고등사범학교 입시 준비생 친구들을 위한 것이었는데, 그녀들은 역사, 문학 혹은 철학의 어떤 부분에서 내 설명을 요구했다. 여세를 몰아 나는 고등사범학교 준비반 1년차를 시도하는 사치를 누려보기도 했는데, 첫 소설을 쓰느라 중도에 포기해버렸다. 붓 가는 대로 쓰고, 나만의 날개로 나만의 하늘을 날아다니는 일! 나는 다른 것은 아무것도 원하지 않았다. 그리고 내 여자친구는 여전히 날 사랑했다.

대학을 졸업하는 데 혁명이 필요했으니 교수 자격시험에 붙으려면 전 지구적 갈등의 위험이 필요할 거라던 아버지의 농담에 나는 맘껏 웃었고, 전혀 그렇지 않다고, 혁명 따윈 필요 없다고, 사랑이면 된다고 반박했다. 삼 년 전부터 이어진 사랑! 그 혁명을 그녀와 나는 침대에서 이루어냈다! 교수 자격시험으로 말하자면, 나는 그런 우연의 유희를 좋아하지 않는다. 중등교사 자격시험도 마찬가지다. 그것 때문에 이미 많은 시간을 허비했다. 석사면 충분하다. 그거면 교사로서 최소한의 조건은 갖춘 셈이다. 아빠, 소박한 선생님 말이에요. 가능하다면 작은 중학교에서요. 내 원죄의 현장으로 돌아가는 거죠. 거기서 지부터의 쓰레기통에 떨어진 애들을 돌보는 일. 과거의 나에 대한 분명한 기억으로 그들을 돌보는 일. 나머지 시간은 문학을 하는 거예요! 소설요! 교육과 소설! 읽고 쓰고 가르치는 일!

또한 나의 깨달음은 짐짓 거리를 둔 척하셨던 아버지의 집요함 덕분이기도 하다. 나의 낙담에도 절대 낙담하지 않았던 아버지는 내 모든 도피 행각에 저항할 줄 알았다. 이를테면 부대 내에서 교육을 받는 군인 자녀 학교에 보내달라던 열네 살짜리 아들의 열렬한 청원에도 아버지는 아랑곳하지 않았다. 이십 년 뒤,

군에서 제대하여 내 전역 서류에 적힌 평가를 아버지에게 읽어 주었을 때 우리는 어린 시절의 일을 떠올리며 많이 웃었다. 다음 계급: 이등병.[*]

"아니 연달아 이등병이냐? 내 생각대로군. 넌 복종에 부적합하고 명령엔 아무 취미도 없는 녀석이라고 했잖니."

그리고 오랜 친구 장 롤랭이 있다. 철학 선생이자 니콜라, 잔 그리고 장폴의 아버지이며 내 청소년 시절의 단짝. 그는 내가 바칼로레아에 실패할 때마다 멋진 식당에 초대해 한 번만 더 해보라고, 모든 사람에게는 자기 리듬이란 게 있다고, 넌 그저 꽃피는 시기가 좀 늦는 것뿐이라고 설득했다. 장, 사랑하는 친구여, 내가 지금 쓰고 있는 이 글이—사실 너무 늦긴 했지만—철학자들의 낙원에서 자네를 미소짓게 했으면 좋겠네.

---

[*] 지금은 모병제로 바뀌었지만 페낙이 군 복무를 하던 시절의 프랑스는 징병제였다. 그러나 징병제하에서도 일정 기간 복무 후에 자동적으로 승급이 되는 것이 아니라, 소정의 심사를 통과해야만 계급이 올라간다. 심사에서 떨어지면 만기제대를 하더라도 계급은 이등병에 머문다.

21

요컨대 우리는 뭔가가 된다.

하지만 사람은 그리 많이 변하지 않는다. 생긴 대로 된다.

이제 책의 2부 마지막에 이르러 나는 의혹의 위기를 맞이하고 있다. 이 책의 필요성에 대한 의혹, 제대로 써낼 수 있을까 하는 내 능력에 대한 의혹, 단적으로 말해 나 자신에 대한 의혹, 내가 해온 모든 일, 나아가 내 삶 전체를 냉소적으로 고려해보면 금세 활짝 만개할 의혹이다…… 증식되는 의혹…… 이런 위기는 빈번하다. 이것이 열등생이던 과거의 나로부터 물려받은 유산이라 해도 어쩔 도리가 없다. 도무지 익숙해지질 않는다. 누구나 처음에는 의심하기 마련이지만 나는 그 의심을 파멸에 이르도록 품고 간다. 그것은 나를 내 본연의 비탈길로 밀어붙인다. 저항해보지만 하루하루 지날수록 나는 내가 묘사하려고 애쓰는 그 공부 못하는 학생으로 돌아가고 있다. 열세 살 때의 징후와 아주 똑같다. 몽상, 다음날로 미루기, 산만함, 건강염려증, 신경증, 우울한 희열, 널뛰는 기분, 푸념 그리고 마침내 컴퓨터 화면 앞에서의 졸도. 그 옛날, 해야 할 숙제와 준비해야 할 질문 앞에서 그랬던 것처럼…… 나는 지금 여기서 열등생이던 과거의 나를 비웃고 있다.

눈을 든다. 내 시선이 베르코르 고원 남쪽을 헤맨다. 지평선에는 집 한 채 없다. 길도 없다. 사람 하나 없다. 완만한 산들에 둘러싸인 자갈밭에는 소리 없는 깃털처럼 너도밤나무 숲이 여기저기 펼쳐져 있다. 허공 가득히 위협적인 하늘이 거대하게 발아하고 있다. 나는 정말이지 이런 풍경이 너무 좋다! 따지고 보면 나의 큰 기쁨 중 하나는 어렸을 때 내가 부모에게 요구했던 이런 유배지를 스스로 마련한 일일 것이다. 지평선 아래로는 누구에게도 보고할 만한 게 없다. (새끼 토끼를 공격하려고 벼르고 있는 저 위의 말똥가리 외에는.) 사막에서는 악마가 아니라 사막 자체가 유혹자다. 사막은 모든 것을 포기하고 싶게 만드는 자연의 유혹이므로.

자, 그만하면 됐다.

엄살 부리지 말고,

다시 일 시작해.

22

그리고 다시 일을 시작한다. 한 줄 한 줄 써나가며 완성되는 이 책과 함께 계속해서 뭔가가 되어간다.

뭔가 된다.

우리는 앞서거니 뒤서거니 뭔가가 된다.

예상대로 되는 일은 드물지만, 한 가지 확실한 사실은 뭔가 되어간다는 것이다.

지난주, 극장에서 나오는 길에 열 살쯤 된 여자아이가 숨이 차도록 쫓아 달려와 나를 붙잡고 말했다.

"아저씨, 아저씨!"

왜 그러지? 극장에 우산을 두고 나왔나? 소녀는 얼굴 가득 미소를 띠며 손가락으로 건너편 길에서 우리를 바라보고 있는 어떤 사람을 가리켰다.

"저분은 제 할아버지예요, 아저씨!"

할아버지는 조금 어색한 몸짓으로 인사를 했다.

"차마 인사를 못했는데, 아저씨가 우리 할아버지의 선생님이
셨대요."

"……"

세상에! 이애 할아버지라니! 내가 애 할아버지의 선생이었다
니!

그렇다. 우리가 그동안 그렇게 된 것이다.

"……"

당신은 어느 중3 여학생을, 스스로를 한심하게 여기던 그애의
고백("제가 얼마나 한심한지 몰라요!")과 함께 떠나보냈다. 그
리고 이십 년 뒤 어느 젊은 여인이 아작시오 거리에서, 밝게 웃
으며, 카페테라스에 앉아 당신을 외쳐 부른다.

"선생님, '지나가는 기사의 어깨를 건드리지 마세요!'"

당신은 발길을 멈추고 돌아선다. 젊은 여인이 당신에게 미소
짓고, 당신은 두 사람 모두 잘 아는 듯한 쉬페르비엘의 그 시 「오
솔길」의 다음 구절을 읊조린다.

　　그는 돌아설 것이며

그리고 밤이 될 것이다,
별 없는 밤,
곡선도 구름도 없는 밤.

그녀는 웃음을 터뜨리며 묻는다.

이제 무엇이 될까요?
하늘을 만든 그 모든 것,
달과 그의 행로
그리고 태양의 소리는?

그리고 당신은 여인의 미소 속에 되살아난 아이에게, 예전에 당신이 시를 가르쳐준 그 고집 센 아이에게 대답한다.

앞선 기사만큼이나 힘센
두번째 기사가
지나가는 것을 허락할 때까지
기다려야 할 겁니다.

파리의 어느 카페에서 친구들과 수다를 떠는 중이었다. 옆 테이블의 남자가 나를 뚫어져라 쳐다보더니 손가락으로 가리켰다. 나는 눈을 들어 그를 바라보았고, 고개를 갸우뚱하며 뭘 원하는지 물었다. 그러자 그가 내 이름이 아니라 다른 이름으로 나를 불렀다.

"돈 세군도 솜브라!"

그 이름은 시간을 훌쩍 뛰어넘는 현기증을 일으켰다.

"자네, 1982년에 내 반이었지! 중2 때."

"맞습니다, 선생님. 그해에 선생님이 저희에게 아르헨티나 소설가인 리카르도 귀랄데스의 『돈 세군도 솜브라』를 읽어주셨죠."

나는 이렇게 우연히 마주친 제자들의 이름이나 얼굴을 전혀 기억하지 못한다. 하지만 시의 첫 구절, 환기된 소설들의 첫 제목, 어느 특정한 수업에 대한 첫 암시는 글을 읽기 싫어하던 그 애나 아무것도 이해하지 못하는 척했던 그 소녀에 대한 무엇인가를 단번에 재구성해준다. 그리고 그들은 쉬페르비엘의 시 혹은 돈 세군도 솜브라라는 이름만큼이나 친숙해진다. 왜 그런지 모르지만 그애들은 시간의 침식을 겪지 않았다. 그들은 울먹이던 그 어린 소녀이면서 동시에 오늘날 자기 세대의 유행을 따르는 젊은 여인이고, 고집쟁이 그 소년이면서 동시에 대양에서 책을 읽으며 능숙하게 기계를 조종하는 선장이다.

매번의 우연한 만남은 우리 삶이 구름처럼 예기치 않은 모습으로 풀려간다는 사실을 입증해준다.

그러니 이런 운명적인 삶이 선생인 당신의 영향력에 그렇게 많이 휘둘린다고는 생각하지 마라! 나는 호주머니 회중시계의 시간을 본다. 아내 민이 어느 해 생일에 선물해주어 항상 차고 다니는 시계다. 이중 케이스로 된 이런 종류의 시계를 사보네트라고 부른다. 그러니까 나는 사보네트를 들여다보고 이제 십오 년 전으로 슬며시 밀려나, 미래의 침묵 속에 시험을 치르는 고2와 고3을 감독하고 있던 H 고등학교 F 강의실에 있다. 모두가 앞다퉈 답안지를 빼곡히 채우고 있었다. 교단에서 서너 줄 뒤 유리창 옆, 내 오른쪽에 앉아 있던 에마뉘엘만 빼고 말이다. 빈둥거리는 에마뉘엘의 시험지는 깨끗하다. 우리의 시선이 마주친다. 내 시선은 명백하게 이렇게 묻고 있다. 아니 뭐야? 백지라니? 얼른 써야지, 응? 에마뉘엘이 나에게 가까이 와달라고 신호를 한다. 그애는 이 년 전에 내 학생이었다. 약삭빠르고 활발하고 게으르면서 꾀는 많고 웃기고 과감한 애였다. 그런데 지금 보란듯이 백지 답안지를 내밀고 있다. 나는 다가가기로 한다. 꾸짖으려고. 그런데 그애가 한숨을 푹 쉬더니 이런 말을 내뱉으며 내 설교를 단박에 잘라버렸다.

"선생님은 이게 얼마나 지긋지긋한지 모르실 거예요!"

이런 학생에게 뭘 어찌해야 할까? 그 자리에서 당장 기를 꺾어버려? 나는 이런 질문을 하기에는 적절한 순간이 아님에도 어떤 기대감을 갖고 물었다.

"그래, 네가 관심 있는 게 뭔지 알 수 있을까?"

"이거요."

그애는 내가 알아챌 겨를도 없이 내게서 훔쳐간 사보네트를 돌려주며 대답했다. 그리고 내 만년필도 돌려주며 덧붙였다.

"이것도요."

"소매치기? 넌 소매치기가 되고 싶은 거냐?"

"마술사요, 선생님."

그는 정말로 그렇게 되었고, 지금도 유명한 마술사다. 난 아무것도 보탠 게 없다.

그렇다. 때로 계획이 이루어지고 적성이 실현되고 미래가 약속을 지키기도 한다. 어떤 친구가 날 식당에 초대하고는 놀라운 일이 기다리고 있을 거라 장담했다. 나는 그곳에 갔다. 놀라움은 대단했다. 그곳의 요리사가 레미였던 것이다. 180센티미터 장신에 흰색 주방장 모자를 쓴 모습이 인상적이었다! 처음에는 알아보지 못했다. 하지만 그는 이십오 년 전 자신이 작성하고 내가 고쳐준 과제지를 들이밀며 기억을 새롭게 했다. 20점 만점에 13점이었다. 주제는 "40세의 자화상을 그려보세요"였다. 그런데 내 앞에 서 있는 마흔 살의 이 남자, 옛 스승의 출현에 미소지으며 약간 소심해져 있는 이 남자는 예전의 과제에 그려놓았던 자신의 자화상과 똑같았다. 난바다를 항해하는 대형 여객선의 기계실에 비유했던 부엌이 있는 식당의 주방장. 선생은 빨간 펜으로 맞춤법을 고쳐주면서 언젠가 그 식당의 테이블에 앉아보고 싶다는 바람을 적었더랬다.

이는 당신이 선생이 된 것을 후회하지 않는 그런 상황이다. 이제는 선생이 아니지만 말이다.

우리는 뭔가가 되어간다. 살아가는 한 모두 뭔가가 되고, 때로는 뭔가를 이루어낸 사람들이 되어 서로 마주친다. 지난주에 공연장에서 만났던 이자벨은 마흔에 가까운 나이인데도 내 반 학생이었던 고1 열여섯 살 때의 모습과 놀라울 정도로 닮아 있었다…… 그애는 두 번 퇴학당하고 내 반에 들어와 또 좌초했다 ("그래도 삼 년 동안 겨우 두번째 퇴학인걸요!"). 지금은 빈틈없는 미소의 언어장애 치료사가 되어 있었다.

다른 이들처럼 그녀도 내게 물었다.

"그 여자애 기억나세요? 그 남자애는요? 그리고 또 걔는요?"

미안하다, 제자들아! 나의 형편없는 기억력은 사람 이름을 기억하기를 늘 거부한단다. 대문자들은 여전히 내게 둑을 쌓고 있다. 여름방학만 지나면 대부분의 이름이 다 잊히고 그 학기도 모두 잊힌다! 영구적인 흡입기가 내 두뇌를 말끔히 씻어내고 제자들 이름이며 내가 읽은 책들의 저자 이름, 그 책들의 제목이나 내가 본 영화들의 제목, 내가 거쳐왔던 도시들, 내가 따라가고 있는 길의 여정, 내가 마신 포도주 이름까지 모조리 빨아들여서…… 그렇다고 너희가 모두 내 망각 속에 잠겨버렸다는 의미는 아니다! 너희를 다시 볼 수 있는 시간을 단 오 분만 준다면, 레미의 믿음직한 얼굴, 나디아의 함박웃음, 에마뉘엘의 짓궂은 장난, 크리스티앙의 사려 깊은 친절, 악셀의 활달함, 아르튀르의 녹슬지 않는 유머는 우연히 만난 이 남자 혹은 이 여자 안에서 그 시절의 학생을 되살아나게 하고, 그들의 선생을 알아보는 즐거움을 가져다준다. 너희의 기억력이 언제나 내 기억보다 훨씬 민첩하고 믿을 만하다는 걸 나는 오늘 진심으로 고백할 수 있다. 우리가 그해의 어느 순간에든 반드시 외워야만 했던 그 주간 텍스트들을 함께 배우던 시절에도 말이다. 모든 장르에 걸쳐 그럭저럭 삼십여 가지쯤 되었던 그 텍스트들에 대해 이자벨은 자랑스럽게 외쳤다.

"선생님, 저는 그중에서 단 한 가지도 잊지 않았어요!"

"그래도 네가 더 좋아하는 게 있었을 거다……"

"네, 저희가 육십대쯤 되면 충분히 이해하게 될 거라고 하셨던 거요."

마침 문제의 그 텍스트가 이 책의 2부를 마감하기 위해 내 앞에 놓여 있다.

우리 할아버지께서는 늘 이렇게 말씀하셨다. "인생이란 놀 랍도록 짧구나. 지금 돌이켜 생각해보니 이렇게 한마디로 말할 수 있겠는걸. 예를 들자면 한 젊은이가—우연히 맞닥뜨린 불행한 사고는 제쳐놓는다 해도—별 탈 없이 흘러가는 평범한 나날조차도 나들이를 하기에는 턱없이 모자란다는 점을 두려워하지 않고 어떻게 옆 마을로 말을 타고 나설 작정을 할 수 있는지, 나로서는 이해하기 힘들다는 것으로 말이다."*

이자벨은 존경심을 표하며 그 작가의 이름을 말했다. 프란츠 카프카. 그리고 덧붙여 설명했다.
"선생님이 특히 좋아하시던 비알라트의 번역본이죠."

---

* 「이웃 마을 Das nächste Dorf」.

III

거기
혹은 '구현의 현재'

나는 결코 거기에 이르지 못할 것이다.

1

"선생님, 저는 결코 거기에 이르지 못할 거예요."

"뭐라고?"

"저는 결코 거기에 이르지 못할 거라고요!"

"어딜 가고 싶은데?"

"아무데도요! 어디 가고 싶은 게 아니고요!"

"그런데 왜 가지 못할 거라고 걱정이야?"

"제 말은 그게 아니에요!"

"네 말은 뭔데?"

"저는 결코 해내지 못할 거라고요, 그게 다예요!"

"네가 한 말을 칠판에 써봐. '나는 결코 거기에 이르지 못할 것 이다'라고."

나는 결코 거기에 이루지 모탈 것이다.

"틀렸잖아. 이루는 게 아니라 이르는 거니까 '루'가 아니라 '르'를 쓰는 거야. '모탈'도 '못할'로 고쳐야 하고."

나는 결코 거기에 이르지 못할 것이다.

"자, 네 생각엔 '거기'가 무엇인 것 같니?"

"모르겠어요."

"그럼 그게 무슨 뜻일까?"

"모르겠어요."

"그게 뭘 뜻하는지를 반드시 알아야 해. 왜냐하면 바로 '거기'가 널 두렵게 하거든."

"전 두렵지 않아요."

"두렵지 않다고?"

"네."

"거기에 이르지 못하는 게 두렵지 않아?"

"네, 신경 끄면 돼요."

"뭐라고?"

"아무래도 상관없다고요. 무시한다고요!"

"도저히 해내지 못하는 걸 무시한다는 거야?"

"그건 아무래도 상관없어요."

"그 말도 칠판에 써볼래?"

"뭐요? 상관없다는 말이요?"

"그래."

그건 아무래도 상간없다.

"'상관없다'라고 써야지."

그건 아무래도 상관없다.

"자, 이제 그 '그것'이 뭔지 말해봐."

"……"

"'그것'이 뭐지?"

"몰라요…… 모든 거요!"

"모든 거 뭐?"

"날 지겹게 하는 모든 거요!"

2

그해 첫 수업부터 학생들과 나는 '거기' '그것' '모든 것' '이 것'*을 공략했다. 이것들을 통해 문법 보루에 습격을 개시했던 것이다. 우리가 수업이라는 현재시제에 견고히 자리잡고자 한다면, 현실을 벗어나버리는 이 불가사의한 대리자들을 해결해야만 했다. 절대적으로 먼저 해치워야 할 일이다! 그래서 우리는 이 불분명한 대명사들을 사냥했다. 이 수수께끼 같은 말들은 마치 짜내버려야 할 고름처럼 나타났기 때문이다.

우선 '거기.' 결코 다다를 수 없는 그 유명한 '거기'라는 말부

---

* 프랑스어의 부정대명사 y, en, tout, ça를 옮긴 말이다. 이 대명사들은 하나의 말로 정의될 수 없고, 대개는 막연한 대상이나 상황을 지칭하기 때문에 말하는 순간의 정황과 문맥을 고려해 의미를 가늠해야 한다.

터 시작했다. 부사적 대명사라는, 처음 들으면 뭔 소린지 모를 딴 나라 말 같은 그 호칭은 건너뛰고, 그것의 배를 갈라 가능한 의미를 죄다 끌어내고, 정식으로 목록에 작성된 내장들을 제자리에 다시 들여놓은 다음 다시 꿰매어 그 문법적인 명칭을 붙여줄 것이다. 문법학자들은 이 단어에 불분명한 가치를 부여하고 있다. 그러니 이제 자세하고 분명하게 설명해보자!

그해, 어깨를 으쓱하며 욕설을 퍼붓듯 그 말을 내뱉던 아이의 경우, '거기'라는 말이 좀 전에 아이가 이를 갈며 풀었던 수학 문제에 대한 쓰디쓴 기억을 되살려놓았다. 수학 문제가 아이를 뒤집어지게 한 것이다. 연필을 집어던지고 공책을 탁 덮어버리고 (아무튼 난 아무것도 모르겠어요, 무시해버릴래요, 지긋지긋해요 등등) 문밖으로 내쫓긴 그 학생은 다음 수업인 내 국어 시간에 새로운 위기를 맞이하고 또다른 난관인 문법적 어려움에 부딪혔고, 그리하여 전 시간의 괴로운 기억이 급작스레 되살아났다.

"결코 해내지 못할 거라 그랬잖아요. 학교는 저한테 맞지 않아요, 선생님!"

(애야, 그건 백 년이나 이어지고 있는 국가 차원의 논쟁거리란다! 학교가 너를 위해 만들어진 건지, 네가 학교를 위해 만들어진 건지에 대해 교육계가 얼마나 치고받고 싸우는지 넌 모를 거다.)

"삼 년 전에 넌 네가 중3이 될 거라 생각했니?"

"진짜 못했어요. 초등학교 5학년 때는 낙제까지 당할 뻔했는걸요."

"거봐, 근데 넌 지금 중3이잖아. 넌 거기에 이른 거야."

(예전에, 교직에 몸담은 지 얼마 안 되었을 때 아마 내가 너에게 다소간의 호의를 베풀었을 것이고, 학교 상부에서는 그게 너에게 적합한지 정당한 자격으로 다소간의 논의를 했겠지만, 어쨌든 넌 거기에 이르렀고, 그래서 네가 지금 이 반에 있는 거고, 우리 모두 너와 함께 있고, 지금은 우리가 여기서 함께 한 해를 보낼 거고, 여기서 공부할 것이고, 그 기회를 빌려 몇몇 문제를 해결할 것이고, 모두에게 당장 시급한 문제부터 풀어가기 시작할 거다. 거기에 도달하지 못할 거라는 두려움, 그걸 다 팽개치고 싶은 유혹, 그리고 이 모든 것을 한데 욱여넣어버리려는 집착을 말이야. 이 도시에는 거기에 이르지 못할 거라는 두려움에 모든 걸 팽개쳐버리려는 사람들이 수없이 많단다. 하지만 그들은 절대 팽개치지 않아. 허세를 부리고, 풀이 죽기도 하고, 엇나가기도 하고, 욕도 하고, 부딪히고, 겁을 주기도 하지만, 팽개쳐버리지 못하는 단 하나는 바로 그들의 삶을 부패시키는 '거기'와 '그것', 그들을 지긋지긋하게 하는 그 '모든 것'이란다.)

"아무튼 그건 아무 쓸모 없어요!"

"좋아, 네가 방금 말한 그 '그건'과 '아무'에 대해서도 얘기해보자. 그리고 마침 말이 나왔으니 '쓰다'라는 동사에 대해서도 말해보자. '쓰다'라는 동사가 내 신경을 건드리기 시작했거든! 아무 쓸모 없어, 아무 쓸모 없어 하면서 네 입에서 나오는 그 '쓰다'라는 동사는 지금 무엇에 쓰이고 있니? 지금이야말로 그걸 물어봐야 할 때다."

그리하여 그해 우리는 '거기' '그것' '모든 것' '이것' '아무것'의 배를 갈랐다. 수업 시간에 튀어나올 때마다 그토록 우리를 의기소침하게 만드는 이 말들이 숨기고 있는 것이 무엇인지 찾아나섰다. 우리는 조난당한 아이들의 작은 배를 무겁게 만드는 무한히 늘어나는 그 가죽부대들을 비워내고, 침몰하려는 배에서 물을 퍼내듯 그것들을 덜어내어, 우리가 뱃전 너머로 던져버린 그것들의 내용물을 가까이서 조사해보았다.

'거기' : 우선은 수학 연습문제, 이것이 재앙의 불씨였다.

'거기' : 다음으로는 문법 연습문제, 이것은 꺼져가는 불씨를 되살렸다. (선생님, 문법은 수학보다 더 지겨워요!)

이런 식으로 계속된다. 포착되지 않는 영어의 '거기', 다른 것들처럼 점점 팽창되는 기술技術의 '거기'(십 년 뒤 이 기술이란게 그의 머리를 사로잡고 또 십 년이 지나면 그를 삼켜버릴 것이다), 모든 어른이 헛되이 아이에게 기대하던 결과들, 요컨대 아

이 학교생활의 모든 면을 보여주는 '거기.'

이로부터 '그것'이 출현해, 그건 아무래도 괜찮다는 말이 나온다. (무시할래요, 그러거나 말거나, 배 째라고 해요, 신경 끌래요 등등, 교사의 귀가 얼마나 버텨낼지 시험하려는 듯한 표현이 쏟아진다. 또다시 이십여 년의 세월이 흐르고 좆나게 힘들다라는 말이 목록에 추가된다.)

'그것', 아이의 실패에 대한 일상적인 확인,

'그것', 어른들이 아이에 대해 갖는 견해,

'그것', 차라리 선생님들에 대한 증오와 우등생들에 대한 경멸로 바꿔버리고 싶은 모욕감……

이로부터 '아무것'에도 쓸모없는 엄청난 '그것'을 이해하려는 노력을 거부하게 되고, 언제나 딴 데 있고 싶다는, 무엇이든 다른 일을 하고 싶고, 어디든 다른 데로 가고 싶다는 영원한 바람이 생긴다.

'거기'를 해부하는 조심스러운 작업은 아이들이 스스로 만들어내고 있는 자기 이미지를 드러내주었다. 거기에서 어떤 미래도 보지 못하기에 차라리 모든 걸 무시해버리고 싶은, 부조리한 우주에서 길을 잃어버린 한심한 존재들이라는 이미지를.

"꿈속에서도 앞날이 안 보여요, 선생님!"

미래가 없다.

'거기' 혹은 다가갈 수 없는 미래.

그런데 어떤 미래도 그려볼 수 없다는 건 현재에도 더는 자리 잡지 못하고 있다는 얘기다. 의자에 앉아 있지만 다른 곳에, 애도의 장소인 림보*에 묶여 있는 것이며, 흐르지 않는 시간에, 영속성 같은 것에, 누구에게든 혹독한 대가를 치르게 하는 형벌의 감정에 처하는 것이다.

그로부터 교사인 나의 단호한 결심이 비롯되었다. 문법적인 분석을 이용해 아이들을 지금, 여기로 데려와 부사적 대명사, 즉 하루에도 수천 번씩 아무 생각 없이 쓰는 그 중요한 말이 무엇에 쓰이는지를 이해하는 아주 특별한 즐거움을 느끼게 해주자는 것이다. 이 성난 아이 앞에서 도덕적이고 심리학적인 궤변을 늘어놓아 시간을 낭비하는 일은 완벽하게 쓸모없다. 지금은 토론할 때가 아니라, 아주 시급한 일을 해결해야 할 때다.

일단 '거기'와 '그것'이 비워지고 깨끗이 청소되면, 그것들에 합당하게 꼬리표를 붙였다. 까다로운 대화에서 상대를 지쳐 나가떨어지게 하는 데 아주 실용적인 두 개의 부사적 대명사. 우리는 그 대명사들을 언어의 지하 창고, 범접할 수 없는 헛간, 절대

---

* 천국과 지옥 사이의 성소를 일컫는 말로, 예수의 부활을 기다리던 구약시대의 의인들이 머물던 장소와 영세받기 전에 죽은 아이들이 머무는 곳으로 구별된다.

열어보지 않는 가방, 열쇠를 잃어버린 물품 보관함 속 짐꾸러미에 비유했다.

"피신처요, 선생님, 성스러운 피신처!"

이 경우 그리 좋은 피신처는 아니다. 몸을 숨기려고 들어간 곳이 우리를 삼켜버렸으니 말이다. '거기'와 '그것'이 우리를 삼켜버려 우리는 이제 우리가 누구인지도 모른다.

3

문법으로 생긴 병은 문법으로 치유하고, 철자법의 오류는 철
자법 연습으로, 책 읽기의 두려움은 책 읽기로, 모자란 이해 능
력에 대한 두려움은 텍스트의 몰입을 통해 치유하고, 깊이 생각
하지 못하는 습관은 몰두하는 대상을 엄격히 제한하는 이성의
차분한 강화를 통해 치유한다. 우리가 여기 있는 한, 지금 그리고
여기에서, 수업 시간 동안, 이 반에서 해야 한다.

　이런 신념은 나 자신의 학창 시절로부터 물려받았다. 사람들
은 내게 훈계도 많이 하고, 설득하려는 노력도 자주 했다. 물론
호의를 가지고 말이다. 선생님들 중에는 친절한 분이 없지 않았
다. 일테면 집안 절도범인 내 문제를 신속히 처리해준 중학교 교
장 선생님이 그렇다. 그분은 예전에 선박을 지휘한, 대양의 인내

심에 이력이 난 선원이었고, 한 집안의 가장이자 알 수 없는 병에 걸렸다는 부인에게 지극한 남편이었다. 가족에게 아주 헌신적이었으며 나 같은 말썽꾼이 모여 있는 기숙학교를 운영하고 있었다. 그분은 내가 스스로 주장하듯 그렇게 바보가 아니며, 아프리카로 유배를 떠나려는 나의 꿈은 도피의 시도이며, 내가 푸념으로 짓눌러버린 적성들의 장애를 거둬내려면 단지 진지하게 공부에 착수하면 된다는 것을 설득하느라 지치도록 많은 시간을 보냈다! 나는 나에게 관심을 갖고 그토록 걱정해주던 그분을 정말로 좋게 생각했고, 그러겠다고, 당장 다시 노력해보겠다고 약속했다. 그러나 곧이어 수학 시간이 되거나 저녁에 과학 숙제를 하려고 책상에 앉아 있으면 좀 전에 교장 선생님과의 면담에서 이끌어냈던 그 물리칠 수 없는 신뢰는 하나도 남아 있지 않았다. 왜냐하면 교장 선생님과는 대수나 광합성이 아니라 그저 의지와 집중에 대해 이야기를 나누었을 뿐이고, 우리가 얘기했던 것은 나, 즉 전적으로 발전할 수 있는 나에 대한 것이었기 때문이다. 그분은 내가 진정으로 공부를 시작한다면 그렇게 될 거라 확신했다! 그리고 나는 갑작스러운 희망에 부풀어 실천해보겠다고, 더는 말썽을 부리지 않겠다고 맹세했다. 하지만 아뿔싸! 십 분 뒤, 그 난해한 수학 언어를 마주하자 나의 그 자아는 연기처럼 사라져버렸고, 저녁 숙제 시간에 이상한 엽록소를 거쳐 탄

산가스를 위해 식물들이 불가해한 취향을 내보이는 것을 보고는 그만 포기하고 싶은 마음만 남게 되었다. 나는 또다시 아무것도 절대로 이해할 수 없었기 때문에, 아무것도 절대로 이해하지 못할 익숙한 천치로 되돌아갔다.

수없이 거듭된 이러한 실패로부터 학생들에게는 내가 가르치는 과목의 언어로만 이야기해야 한다는 신념을 갖게 되었다. 문법이 두렵다고? 그럼 같이 문법을 공부해보자! 문학에 관심이 없다고? 같이 읽어보자고! 왜냐하면 학생 여러분에게는 꽤나 이상하게 들릴 테지만, 여러분은 우리가 가르치는 과목들로 빚어졌기 때문이다. 심지어 여러분은 우리의 모든 과목의 재료이다. 학교에 있으면 불행하다고? 그럴지도 모른다. 인생에 들볶인다고? 몇몇은 그렇다. 하지만 내가 보기에, 여러분 모두는 말들로 이루어졌고, 문법으로 짜여 있고, 담론으로 가득차 있다. 아주 과묵하고 지독하게 어휘력이 부족한 사람조차 세상에 대한 나름의 표현이 머리를 떠나지 않으며, 그 표현은 문학으로 가득차 있다. 여러분은 제발 내 말을 믿어주기 바란다.

4

의도는 더없이 좋았으나 헛물만 켠 심리학적 개입. 고2 교실.
조슬린이 눈물바람을 일으켜 수업이 시작되지 않는다. 앎을 가
로막는 데는 슬픔보다 더한 차단벽이 없다. 웃음은 시선으로 멈
추게 할 수 있지만 눈물은……

"누구 웃기는 얘기 아는 사람 없어? 수업 시작하려면 조슬린
을 웃겨야겠는데. 머릿속을 한번 뒤져봐. 기가 막히게 웃긴 얘기.
시간은 단 삼 분이야, 더는 안 돼. 몽테스키외가 우릴 기다리거
든."

우스갯소리가 튀어나온다.

그 얘긴 정말 웃긴다.

조슬린을 포함한 모두가 웃는다. 난 조슬린에게 필요하다면

쉬는 시간에 찾아오라고 일러둔다.

"이제부터는 몽테스키외에게만 전념하는 거다."

쉬는 시간. 조슬린은 자신의 불행을 내게 털어놓았다. 부모님 사이가 좋지 않단다. 밤낮으로 싸운단다. 끔찍한 말을 주고받는단다. 집에서의 삶은 지옥이라고, 콩가루 상황이라고. 그렇군, 서로 맞지 않는다는 걸 알아채는 데 이십 년이나 걸린 장거리선수 둘이 또 나타났군! 하고 나는 생각했다. 이혼의 분위기가 가득하다. 성적이 나쁘지 않던 조슬린이 모든 과목에서 추락하고 있다. 이제 나는 그애의 슬픔 속에서 뭔가를 꿰맞춰 손질해보려 한다. 나는 아주 신중하게 말했다. 조슬린, 아마도 이혼이 더 나은 일일 거다, 결국에는 말이야…… 이혼해서 마음이 진정된 두 사람을 견디는 게 악착같이 서로를 파괴하려고 싸워대는 부부를 견디는 것보다 네게 더 나을 거다……

기타 등등.

조슬린은 다시금 눈물을 쏟아낸다.

"그러게 말이에요, 선생님. 부모님도 이혼하기로 결정해놓고, 얼마 전에 포기했지 뭐예요!"

아!

그래.

그랬구나, 그랬구나, 그랬어.

그렇군.

애송이 심리학자를 믿었다간 언제나 일이 더 복잡해진다.

"……"

"……"

"너, 메이지 퍼레인지라고 아니?"

"아니요, 누군데요?"

"빌 퍼레인지와 그 부인의 딸인데 부인 이름은 내가 잊었다. 당대에 유명했던 이혼 커플이지. 둘이 이혼할 때 어린 딸이 있었는데, 그애가 그 시절 얘기를 하나도 잊지 않았지. 그걸 한번 봐야 할 거다. 소설이야. 미국 작가의 작품이지. 헨리 제임스라고. 제목이 『메이지가 알고 있었던 것』이야."

한마디로 복잡한 소설이었는데, 조슬린은 부부싸움이라는 바로 그 영역에 자극받아 그 뒤로 몇 주 동안 그 책을 읽었다. ("저희 부모님은 퍼레인지 부부와 똑같이 말싸움을 벌이고 있어요, 선생님!")

그렇다, 진짜 피가 철철 흐르고 있으니, 부부싸움과 아이들의 슬픔이 문학보다 못할 리 없다.

그건 그렇다 치고, 몽테스키외가 명예롭게 우리 수업에 나타나주셨을 때는 그를 영접해야 한다.

5

 수업 시간에 앉아 있는다는 것…… 아이들이 당대의 학교들이 짜놓은 아주 특별한 시간표에 따라 오십오 분간의 수업 대여섯 개를 내내 집중해서 듣는다는 건 쉽지 않은 일이다.

 시간표를 짜는 일은 얼마나 골치 아픈지! 교실 수에 따라 학급별, 과목별, 시간별, 학생별로 반을 분배하고, 각 그룹을 절반으로 나누고, 선택 과목들을 짜고, 실험실 이용 가능 여부를 체크하고, 이 선생님과 저 선생님의 양립 불가능한 요구 조건들을 맞춰보고…… 요즘은 이런 요구 조건을 컴퓨터에 맡겨버려 교장 선생님의 머리를 구원해준 게 사실이다. "죄송합니다, 선생님의 수요일 오후 시간은 안 되겠네요. 제가 아니라 컴퓨터가 그렇게 답하네요."

"오십오 분간의 국어 시간. 그건 탄생과 과정과 종말, 요컨대 삶 전체를 얘기하기엔 짧은 시간이지" 하고 나는 학생들에게 설명하곤 했다.

내게 되돌아올 그들의 항변은 늘 똑같다. 문학의 삶은 수학의 삶으로 열려 있고, 수학의 삶은 역사의 완전한 실존을 향해 있고, 역사의 완전한 실존은 이유도 없이 또다른 삶, 영어나 독일어 혹은 화학이나 음악의 삶으로 자기들을 밀어붙인다고. 사실 그건 한나절 동안 벌어지는 여러 개의 환생이다! 아무런 논리도 없이 말이다! 그들의 시간표는 『이상한 나라의 앨리스』다. 화성의 토끼집에서 차를 마시다 중간 과정도 없이 하트 여왕과 크로케 게임을 하는 꼴이다. 루이스 캐럴의 분쇄기 속에서 하루종일을 보내는 일은 경이롭다는 말로는 부족하고 가히 곡예라 할 수 있겠다! 게다가 그것은 엄격한 태도를 부여하여 마치 프랑스식 정원처럼 오십오 분짜리 소관목으로 토막토막 잘린 완전한 난장판이다. 그렇게 똑같은 분량으로 절단되는 것은 정신분석가의 면담 시간과 소시지밖에 없다. 그것도 일 년 내내 매주 똑같이! 이변 없는 우연이란 그야말로 최악이다!

그들에게 대답하고 싶을 것이다. 친애하는 학생들이여, 불평은 그만하고 여러분이 우리 입장이 되어보세요. 정신분석가와 비교하는 게 틀린 것도 아니죠. 불쌍한 정신분석가는 날마다 진료실에 앉아 세상의 불행이 줄줄이 늘어서는 걸 지켜보고, 우리는 날마다 교실에 들어가 서른다섯 명씩 모여 있는 무지의 행렬을 지켜보죠. 그것도 정해진 시간에 말입니다. 우리 인생 전체는 여러분의 짧디짧은 청소년기에 비하면 훨씬 더 길답니다. 두고 봐요, 두고보면 압니다……

하지만 아니다. 학생에게 선생 입장이 되어보라고 절대 요구하지 말 것. 그건 냉소의 유혹이 너무 강하다. 그리고 학생의 시간과 우리의 시간을 재보라고 절대 제안하지도 말 것. 우리의 시간은 정말이지 학생의 시간과 다르다. 우리는 같은 시간의 흐름을 살지 않기 때문이다. 학생에게 우리나 학생 자신에 대해 얘기하는 일로 말하자면, 그건 말도 안 된다. 피해야 할 주제다. 우리가 결정한 것으로 만족할 것. 이 문법 시간은 흘러가는 시간 속에서 무균 인큐베이터가 되어야 하니까. 결국 나의 일이란 내 학생들이 그 오십오 분 동안 문법적으로 존재한다고 느끼게 하는 데 있다.

그럴 수 있으려면 각각의 시간이 비슷하지 않다는 관점을 잃지 않아야 한다. 아침나절의 시간과 오후 시간이 다르고, 기상 시간, 소화 시간, 쉬는 시간 앞뒤의 시간, 이 모든 시간이 제각각 다르다. 다음 시간이 수학이냐 체육이냐에 따라 그 수업 시간은 또 달라진다.

모범생들의 주의력에는 이런 차이가 전혀 변수가 되지 않는다. 그들은 축복받은 능력을 누린다. 분별 있게, 시간과 장소에 따라 적절히 태도를 바꾸고, 동요하는 청소년이었다가 주의깊은 학생이 되고, 사랑에 퇴짜 맞은 아이였다가 집중하는 수학 박사가 되고, 노름꾼이 공붓벌레로, 저기서 여기로, 과거에서 현재로, 수학에서 문학으로 옮겨온다…… 모범생과 문제아를 구별하는 것은 바로 그들의 구현 속도다. 문제아는 선생들이 흔히 꾸짖듯 생각이 딴 데 가 있기 일쑤다. 그들은 앞 시간에서 쉽게 벗어나지 못하고, 추억 속에서 질척거리거나 또다른 어떤 욕구에 몸을 던진다. 그들의 의자는 그들을 고1 교실 밖으로 튀어나가게 하는 도약대 같다. 그렇지 않으면 거기서 졸고 있든지. 그들의 정신이 온전히 여기 있게 하려면 내 수업에 안착하도록 도와주어야 한다. 안착시키는 방법? 그것은 결국 절대적으로 현장에서 습득된다. 내가 유일하게 확신하는 건, 내 학생들의 현존이 나의 현존에 밀접하게 의존하고 있다는 점이다. 학급 전체와 무엇보다 학생 개개인에 대한 나의 현존에, 또한 내 과목에 대한 나의 현존에, 그리고 내 수업이 진행되는 오십오 분 동안 육체적이고 지적이고 정신적인 나의 현존에 의존하고 있다.

6

아! 내 마음을 담지 않았던 수업에 대한 쓰디쓴 추억이여! 그런 날은 내 힘을 다시 불러모으려 애쓰는 동안 학생들이 부유하며 조용히 표류하는 게 느껴졌다. 수업을 망치는 그 느낌…… 내가 그곳에 없으니 아이들도 더이상 없고, 우리는 분리되었다. 그래도 시간은 흘러갔다. 나는 수업을 하는 사람의 역할을 하고 아이들은 듣는 역할을 한다. 우리 모두 아주 진지한 표정으로, 한쪽에서는 뭔가 떠들어대고 다른 쪽에서는 뭔가 끄적거리고 있었으니, 겉으로 보기에는 수업의 모양새를 갖춘 셈이라, 장학관이 들이닥쳤어도 만족해했을 것이다. 하지만 나는 빌어먹게도 그 자리에 없다. 오늘 나는 수업에 없고, 마음이 딴 데 가 있다. 내가 하는 말은 구현되지 않고, 학생들은 자기들이 듣고 있는 것에 전

혀 관심이 없다. 질문도 없고 대답도 없다. 나는 일방적인 주입
식 강의에 몸을 맡기고 있다. 그 우스꽝스러운 지식의 나열을 이
해시키려고 탕진해버린 무모한 에너지라니! 나는 볼테르, 루소,
디드로, 그 교실, 그 학교, 그 상황으로부터 한참 멀리 떨어져 있
었고, 그 거리감을 줄이려 애써봐도 방법이 없었다. 나는 선생이
아니라 박물관 안내원이었고, 기계적으로 의무적인 관람을 안내
하고 있었다.

　망쳐버린 시간이 나를 기진맥진하게 했다. 나는 지치고 화가
난 채로 교실에서 나왔다. 그 화는 하루종일 학생들에게 대가를
치르게 할 위험이 있다. 자기불만에 휩싸인 선생은 누구보다 재
빨리 학생을 야단치기 때문이다. 얘들아, 조심해라, 바짝 기어
라, 선생이 자기비하에 빠져버렸으니 맨 처음 걸려든 사람한테
불똥이 튈 거다! 그날 저녁은 집에 가서 숙제 검사 같은 것도 하
지 말아야 한다. 피로와 불쾌한 의식은 좋은 충고자가 될 수 없
다! 아니, 그날 저녁은 숙제 검사도, 텔레비전도, 외출도 그만두
고 잠자리로 직행! 선생의 첫째 자질은 수면이다. 일찍 자야 착
한 선생이 된다.

7

수업에 완전하게 몰두하는 선생님의 현존은 단번에 감지된다. 아이들은 학기 첫 순간부터 그것을 느끼며, 우리 모두가 그것을 경험했다. 선생님이 막 들어선다. 그는 절대적으로 여기 있다. 그것은 그가 바라보는 방식, 학생들에게 인사하는 방식, 자리에 앉아 자기 책상을 차지하는 방식에서 나타난다. 그는 아이들의 반응을 걱정하며 두리번거리지 않으며, 자기 안으로 움츠러들지도 않는다. 그는 처음부터 바로 자기 일에 빨려들어가 그 자리에 현존하고, 아이들 각자의 얼굴을 구별해내며, 학급은 즉시 그의 눈앞에 존재하게 된다.

이러한 현존감을 얼마 전 블랑메닐의 어느 학교 교실에서 새롭게 체험했다. 그곳의 젊은 동료 여교사가 자기 학생들에게 내

작품 하나를 정독시킨 뒤 나를 초청했다. 그날 그곳에서 얼마나 활기찬 아침나절을 보냈던지! 내 책의 소재, 내 소설 속 인물들의 속마음을 나보다 더 잘 꿰뚫고 있는 듯하던 그 독자들로부터 질문 세례를 받았다. 그들은 어떤 구절들에 대해서는 열광했고 내 글쓰기의 기벽을 유쾌하게 꼬집어냈다…… 나 역시 종종 그렇듯 그 선생은 약간 뒤로 물러나 교실의 질서 유지에만 신경을 썼고, 나는 공손하게 작성된 질문에 대답할 준비를 하다가, 상투적인 질문은 거의 없는 문학 논쟁의 소용돌이에 휘말려들어갔다. 열정이 그들의 목소리를 참을 수 있는 데시벨의 수준 너머로 몰고 가자, 이번에는 선생이 직접 내게 두 옥타브나 낮은 목소리로 질문을 던졌고, 반 전체가 그 음량으로 되돌아왔다.

나중에 카페에서 함께 점심을 먹을 때, 나는 그녀에게 그토록 생기 넘치는 아이들의 에너지를 제어하기 위해 어떻게 처신하는지 물었다. 그녀는 우선 이렇게 설명했다.

"절대 아이들보다 큰 소리로 말하지 않아요. 그게 요령이죠."

하지만 나는 그녀가 그애들을 다루는 제어력, 그곳에 있다는 행복감이 분명히 드러나는 아이들 모습, 질문의 적절성, 진지하게 경청하는 태도, 열정의 조절, 서로 의견이 일치하지 않을 때 스스로를 제어하는 힘, 반 전체의 에너지와 즐거움, 요컨대 미디어가 쏟아내는 난장판 교실의 끔찍한 모습과 너무나 대비되는 그 모든 것에 대해 좀더 알고 싶었다.

그녀는 내 질문을 다 듣더니 잠시 생각한 뒤 대답했다.

"아이들과 함께 있거나 숙제를 검토할 때 나는 딴 데 가 있지 않아요."

그리고 덧붙였다.

"내가 다른 곳에 있으면 절대로 아이들과 함께할 수 없죠."

그녀에게 다른 곳이란 그녀가 첼로 연주자로 활약하는 현악사중주단이었고, 그곳에서는 음악이 요구하는 절대성을 그녀의 첼로 연주에 강요했다. 게다가 그녀는 교실과 오케스트라 사이의 본질적인 관계를 이해했다.

"아이들 각자는 자기 악기로 소리를 내고 있는 건데, 그걸 거스를 필요가 없어요. 까다로운 일은 우리의 음악가들을 잘 꿰뚫어 보고 조화를 찾아내는 거죠. 좋은 학급이란 발맞춰 행진하는 군대가 아니라 모두 함께 같은 교향곡을 연주하는 오케스트라예요. 만일 그들이 땡땡거리기만 하는 작은 트라이앵글이나 브롱브롱 소리만 나는 갱바르드*를 물려받았다면, 적절한 순간에 최선을 다해 내는 그 모든 소리, 그들이 훌륭한 트라이앵글과 나무

---

* 말굽자석처럼 생긴 조그만 악기로, 하모니카처럼 입으로 물고 손가락으로 튕겨서 소리를 낸다.

랄 데 없는 갱바르드가 되는 일, 그래서 각자의 기여가 전체에
부여한 음악의 질에 자랑스러워하는 일이죠. 조화에 대한 감각
은 그들 모두를 발전시키고, 조그만 트라이앵글은 마침내 음악
을 알게 되는 겁니다. 아마도 제1바이올린만큼 화려하지는 않겠
지만 그 역시 똑같은 음악을 체험하는 거지요."

그녀는 어쩔 수 없다는 듯한 표정을 지으며 말을 이었다.

"문제는 사람들이 그 아이들에게 제1바이올린 주자만 중시하
는 세상을 믿게 한다는 거예요."

그리고 잠시 뜸을 들였다가 덧붙였다.

"어떤 동료들은 자신이 카라얀인 줄 알고 시골의 마을 합창단
지휘를 견디지 못하는 겁니다. 그들은 모두 베를린 필을 꿈꾸죠.
이해가 가는 일이에요……"

헤어지는 순간, 그녀에게 다시금 나의 감탄을 표했을 때 그녀
가 대답했다.

"당신이 오전 열시에 왔다는 점을 고려해야죠. 그 시간엔 아이
들이 깨어 있거든요."

8

아침에 출석을 부른다. 선생님이 부르는 제 이름을 듣는 일이 아이들에겐 두번째 기상인 셈이다. 아침 여덟시에 들려오는 자기 이름은 낭랑한 파장을 일으킨다.

어느 수학 선생은 이렇게 말한다.

"나는 출석 부르는 일, 특히 아침에 출석 부르는 건 아무리 바빠도 소홀히 할 수가 없어요. 아이들 이름을 양 숫자 세듯 불러 댈 수는 없잖아요. 나는 아이들 얼굴을 바라보며 이름을 부르고 맞이해요. 한 명씩 이름을 부르며 그들이 대답하는 소리를 듣는 거죠. 어쨌든 출석 체크 시간이야말로 선생이 학생들 각자에게 말을 걸어주는 하루 중 유일한 순간이니까요. 겨우 이름만 불러 주는 거라도 말이에요. 다른 학생이 아닌 바로 그 학생이 내 눈앞에 존재하는 아주 짧은 순간이죠. 나는 그애가 '네'라고 대답하는 소리를 듣는 순간, 되도록 그애의 기분을 파악하려고 노력합니다. 목소리가 좀 이상하다 싶으면 바로 그때 그 사실을 염두에 둬야 할 겁니다."

이름을 부르며 출석을 확인하는 일의 중요성……

아이들과 나는 조그만 놀이를 했다. 출석을 부르면 아이들이 대답하는데, 나는 그들의 '네'라는 대답을 똑같은 어조로 흉내내 메아리처럼 작은 소리로 되풀이했던 것이다.

"마뉘엘?"

"네!"

"'네.' 래티티아?"

"네!"

"'네.' 빅토르?"

"네!"

"'네.' 카롤?"

"네!"

"'네.' 레미?"

마뉘엘의 가라앉은 '네', 래티티아의 맑은 '네', 빅토르의 씩씩한 '네', 카롤의 구슬 같은 '네'…… 나는 그들의 아침 메아리다. 어떤 애들은 목소리를 가능하면 불투명하게 내려 하고, 어떤 애들은 나를 놀래주려고 어조를 바꾸거나 "왔어요" 혹은 "여기요" 혹은 "바로 저예요"라고 대답하기도 했다. 나는 어떤 대답이든 놀라움을 드러내지 않고 낮은 소리로 모든 대답을 되풀이했다. 그것은 우리의 공모의 순간이며, 이제 함께 일을 시작하게 될 한 팀의 아침 인사다.

이브리의 교사인 내 친구 피에르는 좀처럼 출석을 부르지 않는다.

"학기초에 두세 번은 부르지. 얼굴과 이름을 알아두려고. 그다음부터는 진지한 수업으로 곧장 들어서기 위해 출석을 생략한다네."

그의 학생들은 교실 앞 복도에서 줄지어 기다린다. 중학교 교실 어디서나 아이들은 뛰어다니며 서로 이름을 불러대고 책상과 걸상을 흐트러뜨리고 교실을 점령하고는 엄청난 소음을 일으킨다. 피에르는 줄이 잘 맞춰지기를 기다렸다가 교실 문을 열고 아이들이 하나하나 들어서는 모습을 바라보며 여기저기서 저절로 나오는 "안녕하세요"라는 인사에 화답하고, 교실 문을 다시 닫고 절제된 걸음으로 자기 책상 쪽으로 걸어간다. 그리고 걸상 뒤에 서 있는 아이들을 앉게 하고는 말을 시작한다. "좋아, 카림. 우리 어디까지 했지?" 그의 수업은 지난번에 끊겼던 곳에서 다시 시작하는 대화가 된다.

피에르가 자기 일에 부여하는 진중함, 학생들이 그에게 보내는 애정 어린 신뢰, 일단 어른이 되면 갖게 되는 스승에 대한 충직함으로 볼 때, 내 친구 피에르에게서는 언제나 그 옛날 우리 집안의 쥘 아저씨의 모습이 다시 보였다.

"따지고 보면 자네는 발드마른 지역의 쥘 아저씨야!"

그는 호탕하게 웃으며 말했다.

"자네 말이 맞아. 내 동료들도 나를 19세기 교사 취급한다네! 그들은 내가 외적인 존경의 표시를 수집한다고 생각하지. 줄을 맞추게 한다거나 걸상 뒤에 서 있게 하는 건 옛 시대의 향수에 기인하는 거라고 말이야. 하지만 그건 누구에게도 해가 되지 않는 약간의 예의일 뿐이야. 그런데 이 경우는 문제가 좀 달라. 아이들을 조용히 자리에 앉힘으로써 나는 그애들이 내 수업에 안착하는 시간, 침착함 속에 시작하는 시간을 주는 거거든. 나로서는 애들의 얼굴을 살펴보고, 결석한 애가 누구인지 알아내고, 모이고 흩어지는 한 집단을 관찰하는 거야. 요컨대 그 반의 아침 온도를 재는 거지."

오후의 마지막 수업 시간, 아이들이 피곤해졌을 때 피에르와 나는 모르는 사이에 동일한 의례를 거행하고 있었다. 우리는 아이들에게 도시(피에르는 이브리, 나는 파리)의 소리를 들어보라고 했다. 이 분간의 부동상태와 침묵이 뒤따랐고, 그 순간 바깥의 소란이 교실 안의 평화를 확인시켜주었다. 그런 시간에는 수업을 좀더 낮은 소리로 진행했고, 흔히 독서수업으로 마무리했다.

9

나의 세대는 맹목적인 복종의 표지標識로 여겨지던 관례들, 즉 굴욕적인 성적 평가, 반동적인 받아쓰기, 멍청이 같은 암산, 유치한 교과서 암기 따위를 어리석은 일이라고 소리쳤을 것이다. 이런 종류의 선언은……

나머지 일들처럼 교육도 사정은 마찬가지다. 우리는 특별한 경우(그런데 이 영역에서는 모든 경우가 특별하다)에 대한 반성을 그치자마자, 우리의 행위를 조율하기 위해 좋은 교리의 그늘, 유능한 권위의 보호, 법령의 담보, 이데올로기의 백지 위임장 따위를 찾게 된다. 그러고 나서 아무것도 동요하지 않는다는, 현실에 대한 일상적인 반박조차 없다는 신념의 빗장을 단단히 채운다. 삼십 년이 지난 뒤 국가교육 전체가 재난이 잔뜩 쌓인 빙산

덩어리를 피하고자 뱃머리를 돌렸을 때, 우리는 내면의 소심한 선회를 허용했다. 하지만 그것은 배 자체의 선회였고, 이제 영원한 졸업생인 우리는 새로운 지침의 뱃머리를 따라 새로운 명령의 지휘 아래, 물론 우리의 자유 의지라는 명목 아래 그 뒤를 따르고 있다.

10

받아쓰기*가 반동적이라고? 어쨌든 아무 효과가 없긴 하다. 만일 그것이 수준을 공표하겠다는 유일한 목표 아래 점수 깎기에만 연연하는 게으른 생각으로 실행된다면 말이다! 성적 평가가 굴욕적이라고? 물론이다. 얼마 전 텔레비전에서 보았던 어느 선생처럼 실행하면 그렇게 된다. 그 선생은 학생들에게 답안지를 나눠주며 각각의 범죄자 앞에서 선고를 내리듯 성적을 발표했다. 분노로 달아오른 선생의 얼굴과, 그 모든 한심한 아이들이

---

* 우리말로 '받아쓰기'로 옮겨지는 '딕테dictée'는 1850년대부터 줄곧 시행되어 온 프랑스의 초중등 교과의 하나이다. 우리의 받아쓰기가 맞춤법에 치중하여 초등 저학년에 한정된 것과 달리 프랑스에서는 철자와 문법 그리고 구문의 이해력까지 포함하며 성인들의 여가에까지 널리 활용되는 문학적 훈련을 의미한다.

절대 무지와 영구 실업으로 떨어질 거라는 설명. 세상에! 증오로 가득하던 그 교실의 침묵! 이러한 상호 관계에는 경멸이 드러난다!

11

나는 언제나 받아쓰기를 언어와의 완전한 만남으로 생각해왔다. 소리나는 대로의 언어, 이야기하는 대로의 언어, 사유하는 대로의 언어, 글로 쓰고 만드는 대로의 언어, 세심한 교정 훈련을 통해 분명해지는 의미. 왜냐하면 받아쓰기의 교정에는 텍스트의 정확한 의미에, 문법 정신에, 말들의 풍부함에 다가가고자 하는 목표 말고 다른 것은 없기 때문이다. 점수가 무엇인가를 측정해야 한다면, 그것은 받아쓰기를 한 아이가 그러한 이해의 길을 가고자 답파했던 거리를 재는 일이다. 여기서 중요한 것은 문학의 분석처럼 텍스트의 독창성(어떤 이야기를 하고 있는가?)에서 출발해 그 작동의 열정을 경유하여(어떻게 진행되는가?) 의미의 해명(이 모든 것이 정확히 무엇을 의미하는가?)으로 이행하는 일이다.

받아쓰기 시간이 다가올 때의 공포가 어떠했든 간에—선생님들이 받아쓰기를 마치 부자들이 가난한 동네를 약탈하듯 시행했다는 건 분명한 사실이다!—선생님이 맨 처음 받아쓰기 내용을 읽어줄 때면 난 언제나 호기심을 느꼈다. 모든 받아쓰기는 신비로움으로 시작한다. 어떤 걸 읽어주실까? 유년 시절의 몇몇 받아쓰기 문장은 너무 아름다워서 달콤한 사탕처럼 내 안에서 계속 녹아내리곤 했다. 나중에야 치욕스러운 점수로 혹독한 대가를 치르긴 했지만 말이다. 하지만 철자법 빵점, 혹은 마이너스 15점이나 마이너스 27점의 점수를 받았어도 나는 언제나 받아쓰기로 누구도 쫓아내지 못하는 도피처를 만들었다. 결과는 이미 알고 있으니 채점 답안지로 날 피곤하게 해도 소용없는 일이었다.

내 학생들이 그토록 자주 내게 되풀이하게 될 말을 어렸을 때 나 또한 얼마나 여러 번 선생님들에게 주장했던가!

"어쨌든 저는 받아쓰기는 언제나 빵점일 거예요!"

"아 그래, 니콜라? 왜 그렇게 생각하지?"

"언제나 빵점이었으니까요!"

"저도 그래요, 선생님!"

"너도 그렇다고, 베로니크?"

"저도요, 저도요!"

"그렇다면 이건 전염병이네! 철자법이 늘 빵점인 사람 손들 어봐."

예컨대 이건 학기초 첫 대면 시간에 중3 학생들과 나눈 대화다. 대화는 긴 시리즈가 될 첫번째 받아쓰기로 자연스레 이어졌다.

"알았다, 어디 한번 보자. 자, 종이 한 장씩 꺼내서 받아쓰기라 고 적어라."

"아, 싫어요, 선생니이이임!"

"잔말 말고, 받아쓰기, 썼어? 자, 부를 테니 써라. 니콜라는 철자 법에서 항상 빵점일 거라고 주장하……"

그것은 아이들이 스스로를 형편없다고 고백한 것에 대한 즉각 적인 반향으로, 즉석에서 생각해낸 돌발 받아쓰기였다.

니콜라는 철자법에서 항상 빵점일 거라고 주장하는데, 그 유일한 이유는 한 번도 다른 점수를 받아보지 못했기 때문입 니다. 프레데리크, 사미, 베로니크도 같은 생각입니다. 맨 처 음 받아쓰기 때부터 그들을 쫓아다니던 빵점이 그들을 뒤따라 와 삼켜버린 것입니다. 그애들 말로는 저마다 빵점 속에 살고 있고 거기서 벗어날 수 없다고 합니다. 자기들 주머니에 열쇠 가 들었다는 것을 모르고 하는 소리입니다.

문장을 만들어내는 동안, 아이들의 호기심을 흥겹게 일깨우려는 생각으로 각자에게 역할을 나눠주면서 문법적으로 설명할 것들을 고려했다. 동사 변화와 목적어의 위치, 보어의 위치, 보어 인칭대명사의 위치, 주격 관계대명사 등등을.

받아쓰기가 끝나자 우리는 즉각 교정을 시작했다.

"좋아, 니콜라. 맨 첫 문장을 읽어봐라."

"'니콜라는 철자법에서 항상 빵점일 거라고 주장하는데.'"

"그게 첫 문장이야? 거기서 끝나? 확실해?"

"……"

"주의해서 읽어봐."

"아! 아니에요. '그 유일한 이유는 한 번도 다른 점수를 받아보지 못했기 때문입니다.'"

"그렇지. 맨 처음 나오는 활용 동사는 뭐지?"

"'주장하는데'?"

"그래. 원형은?"

"'주장하다'요."

"몇 군 동사지?"

"어……"

"3군 동사지. 그건 좀 있다가 설명해주마. 시제는 뭐지?"

"현재형이요."

"주어는?"

"저요, 그러니까 '니콜라'요."

"인칭은?"

"3인칭 단수요."

"그래, '주장하다' 동사의 현재형 3인칭 단수지. 동사의 어미를 주의해라. 자, 이제 베로니크 차례다. 이 문장의 두번째 동사는 뭐지?"

"'못하다'요!"

"'못하다'? 확실해? 다시 읽어봐!"

"……"

"……"

"아, 아니에요, 선생님. 죄송합니다. '받아보지'예요. 그러니까 '받다' 동사요."

"어떤 시제지?"

교정은 처음부터 다시 시작해야 한다. 바로 거기서부터 출발해야 한다는 걸 확인했으니까. 중3인데 그러느냐고? 당연하다! 중3이라도 모든 걸 처음부터 다시 시작한다! 고등학교 들어가기 전까지는 교육과정이 무엇을 강요하든 간에 원점에서 다시 시작해도 결코 늦지 않다! 어쨌든 나는 영원한 기초 부족을 그대로 인정하지도 않고, 그 뜨거운 감자를 다음 동료 교사에게 철두철

미하게 속여넘기지도 않을 것이다! 자, 원점부터 다시 출발이다. 각각의 동사를 묻고, 명사, 형용사 등 각각의 관계를 하나하나 묻고, 매번의 받아쓰기에서 아이들이 재구축해야 할 언어를 단어마다 하나씩, 그룹별로 차례로 묻는 것이다.

"'이유'란 단어는 보통명사로 여성형 단수다. 한정사는?"

"'그'요."

"어떤 한정사지?"

"관사요!"

"어떤 종류의 관사?"

"정관사요!"

"'이유'에 품질형용사가 붙어 있니? 앞에? 뒤에? 멀리? 가까이?"

"예, 앞에 있어요. '유일한'이요. 뒤에는…… 아무것도 없어요. 뒤에 붙은 형용사는 없어요. '유일한'뿐이에요."

"형용사 일치를 잊었으면 일치시켜라."

학기초에 매일 하는 이 받아쓰기는 우리가 적어가던 학급일지에 간단한 이야기 형태로 소개되었다. 미리 준비된 게 아니었다. 마침표를 찍자마자 이런 식의 세심한 집단 교정이 이어졌다. 그다음에는 교사의 비밀스러운 교정, 즉 내가 집에서 일일이 교정을 하고, 다음날 점수, 그 유명한 점수와 함께 채점 답안지를 돌려준다. 처음으로 빵점을 모면한 니콜라의 얼굴이 어떨지 보려는 것이다. 마침내 철자법의 단단한 껍질을 깨뜨리고 나온 니콜라, 베로니크, 사미의 표정을! 드디어 숙명에서 벗어난 것이다! 오! 얼마나 멋진 부화인가!

받아쓰기가 반복될수록 문법적 추론을 해내는 과정이 자동 장치처럼 진행되어 교정은 점점 더 빨라졌다.

나머지는 사전 챔피언을 가리는 일이었다. 그것은 올림픽 훈련의 일부였다. 여가로 즐기는 운동 같은 것. 초시계를 손에 쥐고, 찾는 단어에 되도록 빨리 도착해 사전에서 끌어내 교정하고, 학급 공책과 개인별 작은 수첩에 다시 적어놓은 후 다음 단어로 넘어가는 것이다. 나에게 사전 통달 훈련은 언제나 주요 당면 과제였고, 이 영역에서 대단한 기량의 선수들을 키워내 열두 살의 어린 선수들이 단 두 번 혹은 최대한 세 번의 손놀림으로 단어를 찾아내게 했다! 알파벳 분류와 사전 두께의 관계에 대한 감각, 나의 수많은 제자가 나를 완전히 때려눕힌 영역이 바로 그곳이었다! (우리는 분류 체계의 연구 영역을 서점과 도서관으로 확장해 수업 시간에 읽었거나 내가 얘기해준 책들의 저자명, 제목, 그리고 출판사 이름을 찾아나갔다. 자기가 선택한 제목에 일등으로 도착하는 내기였다. 간혹 어떤 서점에서는 우승자에게 그 책을 선물로 제공하기도 했다.)

이런 식으로 매일 진행되던 받아쓰기는 반에서 실력이 가장 형편없던 학생에게 받아쓰기의 지휘권을 넘겨주는 일로 이어지기까지 했다.

"사미, 내일의 받아쓰기는 네가 준비해주렴. 여섯 줄 정도의 글이면 돼. 대명동사 두 개, '가지다' 동사로 이루어진 분사, 1군 동사 부정법, 지시형용사 하나, 소유형용사 하나, 우리가 함께 찾아냈던 어려운 낱말 두세 개, 그리고 네가 선택한 한두 가지의 문법 사항을 포함한 글이면 된다."

베로니크, 사미, 니콜라, 그리고 다른 아이들도 돌아가며 텍스트를 생각해와 그들 자신이 우리에게 읽어주고 교정을 이끌었다. 이러한 작업은 반 아이들 각자가 자기 날개로 날아가 아무런 도움 없이 머릿속으로 조용히 저 자신의 정교한 교정자가 될 수 있을 때까지 계속된다.

실패—당연히 실패자가 나온다—의 원인은 흔히 학교교육 바깥에 있다. 난독증, 치유 불능의 난청…… 예를 들어 어느 중4 학생에게 나타났던 증상은 그 무엇과도 비슷하지 않았다. 모든 모음을 이상하게 적었는데 결국 고주파의 소리를 듣지 못하는 것으로 판명되었다. 아이의 엄마는 제 자식이 청각장애일 수도 있다는 생각을 단 일 초도 하지 못했다. 시장으로 심부름을 보냈을 때 한두 가지를 잊는다거나, 엉뚱한 대답을 한다거나, 엄마가 말하는데 잘 듣지 않는 것처럼 보일 때, 혹은 책을 읽거나 퍼즐 게임을 하거나 모형 배 만들기에 푹 빠져 있을 때 엄마는 아이가 오락에 빠져 침묵하는 거라고 생각했다. "나는 아이가 굉장한 몽상가라고만 생각했어요." 아이의 귀에 문제가 있을 거라는 상상은 엄마의 능력을 벗어나는 일이었다.

(입학 전에 모든 아이가 아주 정밀한 청력 검사와 시력 검사를 의무적으로 받게 해야 한다. 그렇게 하면 교사들은 그릇된 판단을 피하고, 가족은 아이의 장애에 대처하고, 무엇보다 아이는 설명할 수 없는 정신적 고통에서 해방될 것이다.)

일단 모든 아이가 빵점에서 벗어나면 받아쓰기의 횟수는 줄어들고 그 분량은 좀더 길어져 일주일 단위로 문학작품들, 그러니까 위고, 발레리, 프루스트, 투르니에, 쿤데라 같은 작가의 작품에서 내용을 뽑게 된다. 때로는 그 글귀가 너무 아름다워서 암기를 하게 된다. 예컨대 알베르 코엔의 『내 어머니의 책』 같은 텍스트가 그렇다.

하지만 어째서 인간들은 그렇게 고약한가? 왜 그렇게 성급하게 증오심을 품고 심술을 부리는가? 왜 복수에 급급하고 그토록 성급하게 악한 말을 해대는가? 곧이어 죽게 될 가련한 인간들이. 이 땅에 와서 웃고 움직이다 갑자기 더는 움직이지 않는 인간들, 그들이 벌여놓은 그 끔찍한 모험이 인간을 선하게 만들지 않는다는 것은 믿을 수 없는 일이다. 왜 그들은 당신에게 앵무새 같은 음성으로 그렇게 빨리 대답하는가? 당신이 부드럽게 대하면 그들은 당신을 하찮은 인물이라고, 위험하지 않은 사람이라고 생각하는 것인가? 그렇다면 다정한 사람들은 평화를 얻기 위해, 혹은 더 비극적으로 말해, 사랑을 받기 위해 일부러 악한 척해야 하는가? 그렇다면 가서 누워 지독하게 잠이나 잘까? 잠든 개한테는 벼룩도 생기지 않는다고 하지. 그래, 가서 자자, 잠은 자질구레한 불편이 사라지는 죽음 같은 장점이 있다. 가서 편안한 관 속에 자리를 잡자. 이 빠진 사람이 틀니를 빼서 침대 옆 물컵에 담가놓듯, 나도 내 머리를 들어내고, 너무 쿵쿵대는 심장도 들어내고, 제 의무를 너무나 잘 해낸 그 불쌍한 녀석들을 들어내어, 불쌍한 억만장자인 내 머리와 심장을 신선한 용액 속에 담가놓고, 다시는 돌아갈 수 없을 어린아이처럼 잠들어 있는 동안, 인간들은 보이지 않고 세상은 돌연 한적해진다.

마침내 영광의 시간이 찾아왔다. 내가 중1이나 중3 교실에 고1이나 고2 학생들이 작성한 논술의 철자법 수정을 맡기는 날이 다가온 것이다.

나한테 빵점을 받던 녀석들이 교정자로 변신한 것이다! 아이들은 앞다투어 답안지로 덤벼든다!

"선생님, 이 답안지는 성수 일치를 하나도 안 했어요!"

"이 답안지의 문장들은 도대체 어디서 시작하고 어디서 끝나는지 모르겠어요."

"틀린 걸 고칠 때 여백에 뭐라고 써요?"

"글쎄, 그거야 네 맘이지……"

냉혹한 교정자들의 지적 사항을 발견한 답안지 주인들의 재미있는 항의란!

"아니, 뭐지! 제 답안지에 써놓은 말들 좀 보세요. '바보'! '멍청이'! '한심한 놈'! 그것도 빨간 글씨로요!"

"네가 성수 일치를 잊었기 때문일 거다……"

고학년에서도 교정 활동이 이어지는데, 저학년에게 적용한 방법론을 빌려온 것이다. 즉 논술문을 제출하기 전에 동사와 명사를 살펴 알맞게 일치시키는, 요컨대 문법적인 조정에 몰두하는 일로서, 이렇게 하면 몇몇 문장의 오류를 찾아내는 과정에서 확실한 추론에 접근하는 장점이 있다. 이 일을 계기로 아이들은 문법이 조직화된 사유의 첫번째 도구라는 사실과, 흔히 말하는 논리적 분석(물론 우리는 그것에 대해 끔찍한 추억을 간직하고 있긴 하다)이 사고의 흐름을 가다듬어준다는 사실을 깨닫게 되는

데, 이것이 몇몇 수업의 목표가 되기도 한다. 그리고 우리의 사고는 종속절의 올바른 사용을 통해 다듬어진다.

고학년에게 짧은 받아쓰기를 시키기도 하는데, 일테면 매끄러운 논리 전개에서 종속절의 역할을 가늠하기 위해서다. 한번은 라브뤼예르의 문장이 우리를 도와주었다.

"자, 종이를 한 장씩 준비해라. 그리고 라브뤼예르가 종속절과 주절을 대립시킴으로써 어떻게 세상의 종말과 다른 세상의 시작을 알리는지―단 하나의 문장 안에서―살펴봐라. 내가 텍스트를 읽어주고 요즘 이해하기 어려운 말들은 풀이해주마. 잘 듣고 여유있게 받아 적어라. 천천히 읽을 테니까 너희는 한 걸음씩 따라오면 돼. 마치 너희 자신이 생각을 이어가는 것처럼."

귀족들이 아무것도 알려고 하지 않는 동안, 나는 단지 군주들의 이해관계와 공무만이 아니라 그들 자신의 일에 대해 말하는 것인데, 그들이 가장으로서 집안의 경제와 수완에 무지하고, 스스로 이러한 무지를 자화자찬하고, 스스로를 방치해 집사들 때문에 가난해지거나 집사들에게 지배당하고, 미식가나 포도주 감정가로 만족하고, 타이스와 프리네 집에 가거나 패거리와 패거리 뒷얘기로 만족하고, 파리에서 브장송과 필리스부르그에 이르기까지 얼마나 많은 직책이 있는가 하는 얘기로 만족하는 동안, 시민들은 왕국 안팎에서 교양을 쌓고, 통치를 연구하고, 섬세한 정치인이 되어 국가라는 전체의 강점과 약점을 알아내고, 좀더 나은 자리를 찾아낼 생각을 하고, 자리를 잡고, 스스로를 고양하고 강력해져 군주의 공적인 수고를 덜어준다.

"자, 이제 공격이다."

귀족들은 자기를 경멸하는 자들을 숭배한다. 그자들을 사위로 삼는다면 행복하겠지만.

"두 개의 문장 중에서 두번째 문장의 '행복하겠지만'(그들은 행복하다)은 생략문이고, 두 문장은 두 개의 종속절로 짜여 있다. 즉 '자기를 경멸하는'이라는 관계절과 마지막의 살인적인 조건문인 '그자들을 사위로 삼는다면', 이렇게 두 개의 종속절로 되어 있는 거지."

12

왜 이런 텍스트들을 외우지 않을까? 어째서 문학을 제 것으로 품지 않을까? 오래전부터 이런 일은 더이상 하지 않기 때문일까? 더는 유행이 아니라서 이런 문장들을 낙엽처럼 날려버리는 걸까? 이런 만남을 마음에 두지 않는다는 걸 생각이나 할 수 있나? 만일 이런 텍스트들이 어떤 존재라면, 이 뛰어난 글들이 얼굴, 형체, 목소리, 미소, 향기를 지녔다면 그것들을 흘려보내고 난 뒤 몹시 초초해하며 나머지 삶을 보내게 되지 않을까? 왜 다 사라져버릴 기억의 흔적만 간직하고 있는가를 자책하면서……
(그래, 고등학교 때 어떤 텍스트를 공부했던 것 같은데, 그게 누구 작품이더라? 라브뤼예르? 몽테스키외? 페늘롱? 몇 세기 작품이지? 17세기? 18세기? 단 한 문장으로 하나의 질서에서 다른

질서로 미끄러지는 것을 묘사했던……) 무슨 까닭에 이렇게 엉망진창이 되었을까? 단지 그 옛날 명망 있던 선생님들이 종종 어리석은 시들을 암송시키고, 몇몇 늙고 어리숙한 선생님들이 도서관의 책을 늘리듯 기억이란 단련시켜야 하는 근육이라고 생각했기 때문이었나? 아! 아무것도 이해하지 못한 채 외우던 그 매주의 시들! 각각의 시는 이전에 외운 시를 몰아내고, 무엇보다 우리를 망각으로 이끄는 듯했다! 선생님들이 그 시를 우리에게 제시했던 이유는 그 시를 좋아했기 때문이었나? 아니면 그들의 스승이 문예사에 길이 남을 작품이라고 주입시켰기 때문이었나? 그 선생님들도 나에게 빵점을 주었다. 그리고 방과후에 남아서 벌을 받으며 숙제하던 시간들! "페나키오니, 물론 우리는 그 시를 암송하지 않았어!" "아니요, 선생님, 저는 어제저녁에도 그 시를 알고 있었어요. 형에게 읊어주기도 했는걸요. 단지 어제저녁에는 시였는데, 오늘 아침에 선생님이 기대하신 것은 암송이니, 그런 함정이 저는 당황스러워요."

물론 나는 이런 얘기는 하나도 하지 않았다. 그러기에는 겁이 너무 많았다. 교단 발치에서 행해지던 그 끔찍한 암기시험을 떠올리는 것은 기억을 권장하는 일을 모조리 무시하는 오늘날의 세태를 납득하기 위해서일 뿐이다. 그러니까 문학과 철학의 가장 아름다운 문장들을 포용하지 않겠다고 작정한 것은 그 유령들을 쫓아내기 위해서일까? 어리석은 자들이 기억력의 소관으로만 만들어버려 추억에서 몰아낸 텍스트들을? 사정이 그렇다면 그것은 하나의 어리석음이 다른 어리석음을 쫓아낸 것이다.

체계적인 정신을 가진 사람은 암기할 필요가 전혀 없다고 반박할 수도 있다. 그런 정신의 소유자는 작품의 진수를 이용할 줄 안다는 것이다. 그는 의미 있는 것을 포착해, 내가 그것에 대해 뭐라든 간에, 아름다움의 감정을 손상 없이 간직한다. 게다가 자신의 서재에서 어떤 책이든 단번에 집어내 좋은 글귀를 단숨에 정확히 찾아낸다. 나로 말할 것 같으면, 라브뤼예르 책이 어디 있는지 알고 있고, 책장에서 그 책을 금세 찾아낸다. 콘래드, 레르몬토프, 페로스, 챈들러…… 나의 이 모든 동반자들은 내가 익히 잘 아는 서재의 풍경 속에 알파벳 순서로 흩어져 있다. 사이버공간은 들먹일 것도 없이 나는 검지 끝으로 이 모든 인류의 기억을 찾아볼 수 있다. 외운다고? 기억해야 할 것들의 용량이 기가를 넘어서는 시절이다!

이 모든 말은 사실이지만, 핵심은 다른 데 있다.

나는 마음으로 익혀, 아무것도 보충하지 않고, 모든 것에 덧붙인다.

여기서 마음이란 언어의 마음이다.

언어 속에 잠겨드는 것, 모든 답이 여기 있다.

물속에 빠져 있으면서도 자꾸 물을 찾게 되는 일.

중1부터 고3까지 수많은 텍스트를 배우게 하면서(일주일에 하나씩 학생 모두에게 일 년 내내 외우게 한다) 그들을 거대한 언어의 물결 속에 생생하게 휩쓸리게 하는 것이다. 여러 세기를 거슬러오른 그 물결은 우리의 문을 두드리고 우리의 집안을 가로지른다. 물론 학생들은 처음에는 반발한다. 물이 너무 차다고, 너무 깊다고, 물결이 너무 거세다고, 자기들은 체력이 너무 약하다고. 타당하다! 그들은 침수의 두려움을 드러내곤 했다.

"절대 못해요!"

"저는 기억력이 없어요!"

(태생적인 건망증 환자인 나에게 이런 항의를 하다니!)

"너무 길어요!"

"너무 어려워요!"

(왕년의 바보였던 나에게 그런 말을!)

"그리고 시들이 요즘 말 같지 않아요!"

(아! 아! 이런!)

"이것도 점수에 들어가나요, 선생님?"

(그걸 말이라고!)

성숙한 자신들에 대한 모욕이라는 항의는 말할 것도 없다.

"외우라고요? 우린 이제 초딩이 아니에요!"

"저는 앵무새가 아니에요!"

그들은 마지막까지 항의했고, 그건 정당했다. 그들이 그렇게 말하는 건 그런 말을 들어왔기 때문이다. 부모들, 아! 그들은 어찌나 변했는지 부모들 스스로 때로 이렇게 말한다. "페나키오니 선생님, 아이들에게 텍스트를 외우게 한다면서요? 세상에, 제 아들은 이제 어린애가 아니랍니다!" 어머님, 언어에 있어서만큼은 아드님은 영원히 어린애일 것이고, 어머님 자신도 아주 어린 아기이며, 저는 우스꽝스러운 어린애입니다. 우리 모두가 문학의 구어적인 원천이 넘쳐흐르는 거대한 강에 실려가는 잔챙이 물고기인 한은 말입니다. 아드님은 언어 안에서 헤엄치는 걸 좋아하게 될 테고, 언어에 실려 목을 축이고 젖을 취하며, 아름다움을 전해주는 사람이 될 것입니다. 자랑스럽게 말입니다. 아이를 믿으세요. 아이는 자기 입속의 말맛, 머릿속 생각의 빛나는 불꽃을 아주 좋아하게 될 것이고, 자신의 대단한 기억력, 그 무한한 유연성, 그 울림통, 가장 아름다운 문장을 노래하게 하고 가장 분명한 생각을 울려퍼지게 하는 놀라운 음량을 발견하게 될 것입니다. 언젠가 기억 속의 그 끝없는 동굴을 발견할 때는 언어 속에 잠겨 헤엄치며 깊숙이 잠수해 텍스트들을 건져올리는 일을 좋아할 것입니다. 평생 그것들이 그곳에서 자기 존재의 일부를 이루고 있다는 걸 알게 되어, 즉흥적으로 그것들을 외울 수도 있고, 말들의 묘미를 위해 입 밖으로 소리내볼 수도 있다는 걸 좋아하게 될 겁니다. 그 덕분에 아이는 다시 입말이 된 문학의 전통을 아마도 다른 누군가에게 전하게 될 것입니다. 공유하기 위해서든 유혹의 유희를 위해서든 잘난 척하기 위해서든 그것은 위험을 무릅쓰고 하는 일입니다. 그렇게 함으로써 아이는 문자 이전의 시간, 생각의 존속이 오직 우리의 목소리에만 의존하던 그 시간과 다시 연결될 겁니다. 어머님은 그것을 퇴행이라고 말씀하시지만, 저는 재회라고 말하겠습니다! 앎이란 무엇보다 육체적인 것입니다. 앎을 포착하는 것은 우리의 귀와 눈이고, 그것을 옮기는 것은 우리의 입입니다. 물론 앎은 책으로부터 우리에게 오지만, 책은 우리를 벗어납니다. 생각이란 소란스러우며, 읽고자 하는 의욕은 말하려는 욕구의 유산입니다.

13

참! 마지막으로 한마디 더 하지요. 어머님들, 걱정하지 마십시오. (세대가 바뀌어도 변치 않는 세상의 어머님들에게 덧붙이자면) 자녀들의 머릿속에 이 모든 아름다움이 들어 있다 해도 그것이 소리나는 대로 글자를 마구 써가며 하는 친구들과의 채팅을 막지도 못할 테고, 어머님들을 고함치게 하는 그 괴상한 문자도 막지 못할 겁니다. "세상에, 이게 무슨 글자니! 요즘 애들은 어떻게 이런 걸 글이라고 쓰는 거야! 아니 대체 학교는 뭘 하는 거야?" 그러니 안심하십시오. 저희는 자녀들 공부만 시킬 뿐 어머님들의 주된 근심거리는 건드리지 않을 테니까요.

14

그러니까 매주 하나의 텍스트를, 아이들과 나는 일 년 내내 즉흥적으로 외워야 했다. 그리고 난이도를 높이기 위해 번호를 붙였다. 첫 주 것은 1번 텍스트, 둘째 주 것은 2번 텍스트, 스물세 번째 주 것은 23번 텍스트. 이 모든 게 어리석고 기계적인 행태로 보일지 몰라도 제목을 대신하는 이 번호들은 자랑스러운 지식에 우연의 즐거움을 보태려는 일종의 유희였다.

"아멜리, 19번 외워봐."

"19번이요? 뱅자맹 콩스탕의 『아돌프』 초반에 나오는 소심함에 관한 텍스트요?"

"그래 그거, 외워봐라."

아버지는 소심했다…… 아버지의 편지는 다정했고, 합리
적이고 민감한 충고로 가득했다. 하지만 서로 마주하고 있으
면 아버지에게선 뭐라 표현할 수 없는 거북한 어떤 것이 느껴
졌고, 그것이 나를 힘겹게 했다. 그때는 소심함이 무엇인지 몰
랐다. 마치 밝힐 수 없다고 느낀 그 고통스러운 감정을 스스로
에게 한풀이하려는 듯, 나이가 많이 들어서까지 우리를 쫓아
다니고, 우리 마음속의 가장 깊은 느낌을 억누르고, 우리의 말
을 얼어붙게 하고, 우리가 말하려는 모든 것을 우리의 입술 안
에서 왜곡시키고, 그리하여 모호한 말이나 다소간 신랄한 냉
소로만 우리를 표현하게 하는 그 내적인 고통이 무엇인지 몰
랐다. 아버지가 심지어 당신 아들에게도 소심했다는 걸 몰랐
으며, 겉으로 내보이는 그 냉담함에 가로막힌 내 애정의 징표
를 아버지가 오랫동안 기다리고 있었다는 것도 몰랐으며, 눈
물 젖은 눈으로 나를 떠나보냈고, 다른 이들에게는 내가 당신
을 사랑하지 않는다고 불평했다는 것도 몰랐다.

"아주 훌륭하다. 20점 만점에 18점. 자, 이번에는 프랑수아,
8번."

"8번이면, 우디 앨런이에요!『사자와 양』."

"해보렴."

사자와 양은 잠자리를 함께 쓸 테지만, 양은 잠을 많이 자지 않을 것이다.

"완벽해! 20점 만점! 사뮈엘, 12번."

"12번은 루소의 『에밀』이에요. 인간의 상태에 대한 묘사지요."

"맞다."

"잠깐만요, 선생님. 프랑수아는 우디 앨런의 텍스트 두 줄 외우고 20점 만점인데 저는 『에밀』의 절반을 외워야 하나요?"

"그게 인생이라는 로또의 가혹함이란다."

"알았어요."

당신은 현재의 사회 질서에 만족하여, 이 질서가 불가피한 혁명에 종속되어 있으며, 당신 자손들과 관련된 그 혁명이 어떤 것인지에 대해 예언도 예감도 할 수 없다는 생각은 하지 못한다. 위인은 하찮아지고, 부자는 가난해지며, 군주는 신하가 된다. 요행수가 그토록 희귀한데 당신이 그로부터 면제될 것이라 생각하는가? 우리는 위기의 상태와 혁명의 세기에 다가

서고 있다. 그때 우리가 무엇이 되어 있을지 누가 말할 수 있는가? 인간은 자신이 만든 모든 것을 파괴할 수 있다. 지울 수 없는 성질은 자연이 새겨놓은 것뿐이며, 자연은 제후도 부자도 위대한 영주도 만들어내지 않는다. 그러니 권세만을 좇도록 길러진 그 폭군이 비천함 안에서 무엇을 하겠는가? 황금으로만 살아갈 줄 아는 그 징세청부업자가 빈곤 속에서 무얼 하겠는가? 자기 자신은 전혀 이용할 줄 모르고 자기 존재를 자기와 무관한 것에만 던져놓을 줄 아는 그 사치스럽고 우매한 자가 모든 것이 결핍된 상태에서 무엇을 하겠는가? 그러므로 자기를 떠난 그 상태를 떠날 줄 알고 운명을 넘어 인간으로 남을 줄 아는 자는 행복할 것이다! 왕관의 잔해 아래 분노하며 땅에 묻히고자 하는 그 패배한 왕을 찬양하고 싶으면 그렇게 하라. 하지만 나는 그를 경멸한다. 나는 그가 왕관을 위해서만 존재하며, 왕이 아니면 아무것도 아니라는 것을 안다. 하지만 왕관을 잃고 그것 없이 존재할 수 있는 자는 왕관보다 위에 있다. 그는 비겁한 자, 고약한 자, 미친 자가 평범하게 완수할 수 있는 왕이라는 직책으로부터 인간의 상태로 올라서며, 그것은 극소수의 인간이 완수할 수 있는······

"이보다 잘할 수 없겠지?"

나는 아이들을 텍스트 속에 방치하지 않는다. 나 역시 그들과 함께 그 속에 빠져든다. 수업이 진행되는 동안 아이들의 텍스트 분석을 따라가면서, 가장 어려운 글을 함께 배우기도 했다. 나는 수영 강사처럼 했다. 가장 약한 아이들은 물 밖으로 얼굴을 내밀고 내 설명의 발판에 매달려 조금씩 힘겹게 앞으로 나아가다가 혼자서 헤엄치게 되었다. 처음엔 몇 문장을 그러다가 곧이어 소리내어 읽지 않고 머릿속에서 한 문단을 외워나갔다. 아이들은 읽은 내용을 이해하게 되자 기억의 능력을 찾아냈고, 수업이 끝나기도 전에 많은 학생이 텍스트 전체를 외우게 되어 수영 강사의 도움 없이도 긴 수영장을 답파하는 일이 종종 일어났다. 아이들은 자신의 기억력을 즐기기 시작했다. 그건 스스로도 전혀 예상치 못한 일이었다. 마치 지느러미가 자라난 것처럼 기억이라는 새로운 능력을 발견한 것만 같았다. 그토록 빨리 기억해낼 수 있다는 사실에 놀라워하면서 아이들은 텍스트를 두 번 세 번 실수 없이 반복했다. 심리적인 압박감이 없어지자, 기억한 것을 이해하게 되었다. 아이들은 나열된 단어를 암기하는 것에 그치지 않았다. 단지 기억하는 것만이 아니라 언어의 지성, 즉 타자의 언어, 타자의 사유 안에서 소리를 낸 것이다. 단순히 『에밀』을 암기한 것이 아니라 루소의 추론을 복원한 것이다. 긍지. 그 순간 우리가 루소나 된 듯 자처한 것은 아니었다. 그러나 어쨌든 우리 입을 통해 표현된 것은 장자크 루소의 저주받은 선견지명이었다!

15

　때로 아이들은 장난을 치기도 했다. 함께 연습하고 속도 경쟁을 하고 제 목소리와 다른 어조로 텍스트를 외우기도 했다. 분노, 경악, 두려움, 더듬거림, 정치적인 웅변이나 정열적인 사랑의 어조 따위를 흉내냈다. 어떤 때는 당시의 대통령이나 장관, 가수, 텔레비전의 뉴스 앵커 등을 모방하기도 했다. 또한 위험한 유희, 즉 민첩한 정신력을 겨냥한 아슬아슬한 놀이를 즐기기도 했다. 학기말의 어느 날 저녁, 고1 학급에서 곡예처럼 절묘한 시합이 벌어졌다(아이들은 선생을 놀래주려고 비밀을 지켰다). 수업이 끝나갈 무렵, 카롤린이 세바스티앙을 손가락으로 지목하며 말했다.

　"도전해봐. 3번의 첫 문단, 11번의 두번째 절, 6번의 네번째

절, 그리고 15번의 마지막 문장."

지목받은 세바스티앙은 마음속으로 각 번호에 해당하는 글에서 따와 합성한 문장들을 독특하고도 괴상한 하나의 텍스트처럼 주저 없이 암기했다. 그러고 나서 이번에는 그 아이가 다음 도전 내용을 지목했다.

"이번엔 네 차례야. 「미라보 다리」를 외워봐."

그러고는 세부 조건을 달았다.

"거꾸로."

"그야 쉽지."

그러더니 내 놀란 귀에 미라보 다리 아래서 센 강이 그 마지막 구절부터 거꾸로 흐르기 시작하더니 랑그르 고원 아래로 사라져갔다. 카롤린은 만족스러운 듯 그 시의 저자 아폴리네르의 이름을 뒤집어 "르네리폴아!"라고 외쳤다.

"선생님은 이렇게 하실 수 있어요?"

교육감이라면 아마도 센 강이 그 원천부터 뒤집히거나, 요동치는 세탁기처럼 한 해 동안 배운 모든 텍스트를 뒤섞어놓거나, 중1 아이들이 선배들의 가장 놀라운 철자법 오류들을 패배자의 전리품처럼 플래카드에 매달아 장식해놓는 일 따위를 달가워하지 않을 것이다. 고학년의 답안지를 저학년의 살인적인 교정에 맡기는 일을 비난할 수도 있다. 이런 일은 고학년을 모욕하고 저학년을 우쭐하게 하는 것 아닌가요? 어쨌든 이런 일을 가지고 장난치면 안 되지요! 나에게도 변명이 필요할 것이다. 걱정 마십시오, 교육감님. 지식을 가지고 유희를 할 줄 알아야 합니다. 유희란 노력의 숨고르기이고, 심장의 또다른 박동이며, 학습에 심각한 해를 끼치기는커녕 오히려 그 반대입니다. 그리고 교과를 가지고 노는 일은 그것을 제어하는 훈련이 됩니다. 아이들을 링에 뛰어오르는 권투선수 취급하지 마십시오. 그것은 경솔한 일입니다.

자기들이 배운 텍스트들을 뒤섞으면서도 학생들은 문학이라는 경이로움에 대한 존경심을 잃지 않았고 기억력을 숙달시켰다! 아이들은 앎을 격하시킨 게 아니라 자기 능력에 순진하게 감탄했다! 잘난 척하지 않으면서 즐겁게 자긍심을 표현했다. 그리고 루소를 놀려대고 아폴리네르를 위로하고 코르네유를 즐겁게 해주었다. 농담에 자질이 있던 코르네유는 좀더 긴 영속성을 누릴 것이다. 뭐니뭐니해도 아이들은 저희끼리 노는 가운데 신뢰의 분위기를 정착시켰고 그것은 각자의 신중한 생각을 강화시켜주었다. 그들은 두려움과 결별했다. 그것은 마침내 해냈다는, 드디어 성공했음을 외치는 그들 나름의 방식이었다.

때로는 나도 그애들과 함께 즐겼다.

우리는 하찮은 이야기를 아주 흥미롭게 여기고, 그것이 보기

드문 지성과 공존할 때 빚어지는 효과를 살피기도 했다. 『라모의 조카』라는 난해한 고지를 정복하느라 감탄과 동시에 탈진해버린 우리는 스스로에게 카랑바*의 휴식을 허용했다. 각자 카랑바 한 개씩이었다(내게는 그럴 예산이 있었다). 달콤한 사탕 속에 들어 있는 가장 실없는 이야기에 걸려든 사람, 우리가 텐트를 쳤던 지성의 꼭대기에서 가장 모욕적인 농담에 걸려든 사람은 카랑바를 하나 더 얻었다. 그리고 우리는 디드로를 읽는 사람들이란 생각에 더 으쓱해져서 가벼운 발걸음으로 다시 등정을 이어갔다. 텍스트의 이해가 험하고 고독한 정신의 정복이라면, 실없는 농담은 믿음직한 친구들끼리만 공유하는 휴식 같은 공모라는 걸 우리는 알고 있었다. 절친한 사람들과는 실없는 얘기들을 주고받게 되며, 그것은 자기들만의 정교한 정신에 암묵적인 존경을 표하는 방식이다. 그렇지 않은 사람에게는 수를 쓰고, 앎을 늘어놓고, 허풍을 떨고, 수작을 부리기도 한다.

---

* 껍질을 벗기면 캐러멜과 함께 종이에 적힌 우스개 이야기가 하나씩 나오는 사탕.

16

　내 학생들은 어떤 아이들이었나? 대다수는 그 나이 때의 내 모습 그대로였고, 명문 고등학교에 들어가지 못한 남녀 학생들이 다니는 여느 학교에서나 볼 수 있는 그런 학생들이었다. 대부분 유급을 했고 보잘것없는 평판을 유지했다. 아니면 그저 한구석에 따로 떨어져, '시스템' 바깥에 있다고 느꼈다. 노력, 지속, 구속, 요컨대 학업에 대한 감각을 잃어버려 그 생각만 하면 현기증이 인다는 아이들도 있었다. 그애들은 삶이 흘러가도록 방치했고, 80년대부터는 광적인 소모에 몸을 내맡긴 채 '자기 자신을 전혀 이용할 줄 모르고 자기 존재를 자기와 무관한 것에만 던져놓았다.' (물질적인 차원으로 바꿔놓고 보면 루소의 사색은 이 아이들에게 잘 들어맞았다).

물론 아이들 모두가 하나같이 특별한 케이스였다. 지방 고교
의 우등생이던 한 아이는 그랑제콜을 향해 출발하는 범선에 마
지막으로 올라타게 되었다. 그런데 그 일로 극심한 스트레스를
받아 머리카락이 한 움큼씩 빠져버렸다. 열다섯 나이에 신경쇠
약에 걸린 것이다! 약간의 자살 성향이 있던 어느 여학생은 동맥
을 끊었고("왜 그런 짓을 했어?" "어쩌나 보려고요!"), 어떤 여
학생은 거식증과 폭식증을 번갈아 앓았고, 어떤 애는 가출했고,
아프리카 출신의 또다른 애는 피비린내 나는 혁명에 충격을 받
았고, 어떤 애는 지칠 줄 모르는 수위 아줌마의 아들, 또 어떤 애
는 늘 부재하는 외교관의 둔한 아들, 어떤 애들은 집안 문제로
존재감을 잃었고, 어떤 애들은 그런 상황을 뻔뻔하게 즐겼다. 눈
두덩은 검고 입술은 자줏빛이던 중세풍의 과부는 어떤 일에도
놀라지 않는다고 자신하더니, 아들이 징 박은 가죽점퍼에 머리
는 무스를 발라 넘기고 가죽부츠를 신고 카샹의 기술고등학교에
서 도망쳐나와 우리 학교에서 장기 교육과정을 다시 밟게 되었
을 때, 어안이 벙벙해하며 문화의 허탈한 실상에 눈을 떴다. 그
애들은 모두 자기 세대를 살아가던 학생들이었다. 일테면 70년
대의 불량배들, 80년대의 펑크족이나 고스족, 90년대의 네오바
바족이었다. 그들은 세균에 감염되듯 유행을 좇으며 의복, 음악,
음식, 놀이, 전자 등의 유행을 소비했다.

교사 초년 시절인 70년대에 내가 맡았던 학생 중 절반은 수아송 중학교의 소위 '개량' 학급을 채우고 있었는데, 그런 학급이야말로 선생들의 직업적인 유머처럼 '개량할 수 없는' 학급이었다. 사법기관의 감시를 받는 학생도 더러 있었고, 포르투갈 소작인이나 지방 상인, 혹은 대토지(동부의 대평원을 뒤덮은 그 토지는 제1차세계대전 동안 '유럽의 자살'에 제물로 바쳐진 젊은이들로 비옥해진 땅이었다) 소유자의 아들도 있었다. 우리의 불량배들은 '정상적인' 학생들과 같은 건물, 같은 식당, 같은 놀이를 공유했고, 이러한 행복한 혼합은 지도부에 신임을 가져다주었다. 뒤늦게야 발견되는 문맹은 비단 오늘날의 일이 아니다. 내가 중3이나 중4 학급에서 읽기와 철자를 다시 가르쳤던 것은 바로 이 '개량된' 소년 소녀 들 덕분이었다. 결코 이를 수 없던 '거기'에 대해 질문했던 것도 바로 그들과 함께였다. 우리가 그저 여기 있는 존재라는 것, 지금의 존재이며 함께하는 존재이고 그럼으로써 자기가 되는 존재일 뿐이라는 걸 몰랐기 때문이다.

　　그 학교에서 수학 선생님과 나는 아이들에게 체스도 가르쳐주었다. 정말이지 꽤 잘들 했다. 우리는 거대한 벽걸이 체스판을 만들기도 했다. 내가 그 학교를 떠날 때 아이들은 그 벽걸이 체스판을 나에게 주었고("우리는 또 만들 수 있어요"라면서), 나는 지금도 그것을 아주 경건하게 간직하고 있다. 난해한 게임으로 유명한 체스에 실력이 있다는 것, 옆 반과의 대전에서 승리하면서 갖게 된 자신감("우리가 라틴 전공반 애들을 이겼어요, 선생님!")은 그해 수학 과목에서 드러난 그들의 진전, 그리고 성공적인 중학교 졸업 증서의 획득과 무관하지 않을 것이다. 학기말에는 모든 반이 함께 어울려 알프레드 자리의 『위뷔 왕』을 무대에 올렸다. 연출은 내 친구 꽝숑이 맡았는데, 지금은 마르세유에서 교편을 잡고 있는 그 여선생 또한 쥘 아저씨 타입이었고, 모든 무지에 아주 씩씩하게 대항해 싸웠다. 덧붙이자면, 위뷔 왕 부부가 큰 침대에 함께 누워 있는 장면이 지방 주교의 눈에 띄어 스캔들을 일으키기도 했다. (공연 장소인 체육관 구석자리에서도 왕 부부의 모습이 보이도록 침대를 수직으로 배치했다.)

1969년부터 1995년까지, 엄선해서 정원을 뽑은 한 학교에서 보낸 이 년을 제외하면, 내가 맡은 학생들 대부분이 옛날의 나처럼 학교생활에서 크고 작은 어려움을 겪는 아이들이었다. 가장 심한 상태에 이른 아이들은 그맘때의 나와 거의 같은 증상을 보였다. 자신감 상실, 모든 노력의 포기, 집중 불가, 산만, 과대망상, 불량배 패거리 조직. 가끔은 술도 마시고 마약도 했는데, 자기들 말로는 약한 거라고 했지만 아침에 보면 눈이 축축이 젖어 있곤 했……

그들은 내 학생이었다. (이 소유형용사는 그 어떤 소유도 의

미하지 않으며, 우리가 교직에 있는 동안의 시간, 어느 학생들에 대한 책임이 전적으로 우리에게 달려 있는 시간을 지칭한다.) 내 직업의 일부는 스스로를 가장 많이 포기해버린 내 학생들을 설득해, 따귀보다는 정중한 대우가 더 영향력 있는 반성에 이르게 한다는 것을 믿게 하는 것이었다. 공동생활에는 구속이 따른다는 것, 숙제 검사의 시간과 날짜는 협상할 수 없다는 것, 날림으로 한 숙제는 다음날 다시 해야 한다는 것, 이것이든 저것이든 뭐라도 해야지 '결코 아무것도'라는 말은 '결코' 없다는 것, 나와 내 동료들은 절대 그들을 중간에 포기하지 않는다는 사실을 설득시키는 것이었다. 그들이 '거기'에 이를 수 있게 하려면 노력이라는 말의 개념을 다시 가르쳐주고, 결과적으로 고독과 침묵의 맛을 되찾아주고, 무엇보다 시간을, 즉 권태를 제어하는 법을 가르쳐야 했다. 때로는 아이들을 지속되는 시간 속에 앉혀놓기 위해 권태를 연습하라고 충고했다. 아무것도 하지 말 것을 요구하는 것이다. 놀지도 말고, 먹지도 말고, 대화도 하지 말고, 공부도 하지 말고, 요컨대 진짜로 아무 일도 하지 말라고 하는 것이다.

"오늘 저녁 이십 분간 권태 연습을 하는 거다. 공부 시작 전에 아무것도 하지 않는 거야."

"음악 듣는 것도 안 돼요?"

"그거야말로 안 돼."

"이십 분이요?"

"그래, 이십 분. 시계를 손에 쥐고. 오후 5시 20분부터 5시 40분까지. 곧장 집으로 돌아가 아무에게도 말을 건네지 말고, 도중에 딴 데로 새지도 말고, 게임기도 무시하고, 친구들도 못 본 체하고, 너희들 방으로 곧장 들어가 침대 옆 구석에 앉아 책가방도 열지 말고, 워크맨도 끼지 말고 게임기도 들여다보지 말고, 허공에 눈을 박고 이십 분을 기다려봐."

"뭐하러 그래요?"

"어떻게 되나 보게. 흘러가는 시간에 집중하고, 일 분도 놓치지 말고 어땠는지 내일 얘기하는 거야."

"우리가 했는지 어떻게 검사하실 거죠?"

"나야 할 수 없지."

"그리고 이십 분이 지난 다음에는요?"

"허기진 사람처럼 각자의 일에 달려드는 거야."

17

만일 이런 수업의 성격을 규정해야 한다면, 열등생 제자들과 내가 '마술적 사고'에 맞서 싸운 수업이라고 말하겠다. 마술적 사고란 동화에서처럼 우리를 영원한 현재에 묶어놓는 생각이다. 일테면 철자법에서 더이상 빵점을 맞지 않는 것이 마술적 사고에서 벗어나는 일이다. 운명을 끊는 것, 원을 벗어나는 것, 깨어나는 것, 현실에 한 발 내딛는 일, 직설법 현재를 돌보는 일, 이해하기 시작하는 일이다. 잠에서 깨어나는 그런 날이 반드시 와야 한다. 어느 날, 어느 순간에! 세상 누구도 무능함의 사과를 영원히 깨물고 있진 않는다! 우리는 마법의 희생자가 되어 동화 속에 있는 게 아니다!

가르친다는 일은 아마도 그런 것일 게다. 마술적 사고와 결별하게 하고, 매번의 수업에서 기상 시간을 울려주는 일.

아! 이런 발언이 요즘 변두리의 가장 골치 아픈 학급을 떠맡고 있는 선생님들을 얼마나 짜증나게 할지 잘 안다. 사회적이고, 정치적이고, 경제적이고, 문화적이고, 가정사적인 그 모든 저해 요소를 돌아볼 때 이런 표현의 경박함이란…… 하지만 마술적 사고는 열등생을 자신의 무능함 속에 악착같이 웅크리고 있게 하는 데 무시할 수 없는 역할을 한다. 그리고 그것은 오래전부터 어디서나 계속되어왔다.

마술적 사고…… 한번은 고2 학생들에게 바칼로레아의 주제를 제시하는 선생님을 묘사해보라고 한 적이 있다. 작문 숙제였다. 바칼로레아 국어 문제를 제시하는 선생님을 묘사해 올 것. 고등학교 2학년이면 어린애들도 아니고, 생각할 시간도 충분히 주었다. 숙제는 일주일 뒤에 내라고 했다. 전국의 학교를 위한 전 영역의 국어 문제를 단 한 명의 선생님이 낼 수는 없을 것이고, 아마도 집단으로 출제할 것이며, 일을 분담하고 위원회가 서로 다른 영역별로 주제의 내용을 결정할 것이며 등등…… 아이들이 이 정도의 추측은 충분히 할 수 있을 거라 생각했다. 그런데 전혀 그렇지 않았다. 학생들은 단 한 명도 예외 없이 턱수염 난 늙은 현자가 전지전능하게 혼자서, 지식의 올림포스 꼭대기에 앉아 프랑스 전역에 바칼로레아 주제를 신성한 수수께끼처럼 발설하는 모습으로 묘사했다. 나는 이 숙제가 아이들이 교육 당국에 대해 갖고 있는 이미지를 보여줄 것이고, 그것을 통해 그들이 느끼는 심리적인 압박감의 성질을 밝혀줄 거라 상상했다. 목표에는 도달했다. 우리는 곧장 바칼로레아 기출문제집들을 구해, 지난 몇 년간의 논술 주제를 모두 추려 분석하고 주제의 구성을 연구하기에 이르렀다. 그리하여 고찰의 테마가 네다섯 가지를 넘지 않으며, 그것들 역시 두세 가지 형식으로만 제시된다는 사실을 알아냈다. (요컨대 오렌지를 곁들인 오리구이 요리법의 변형보다 절대 더 복잡하지 않다. 오리가 없으면 닭을 쓰면 되고, 오렌지가 없으면 무를 쓴다. 닭도 오리도 없다면 소고기와 당근을 쓰면 된다. 소스도 마찬가지다. 개인적인 교양에서 끌어낸 인용으로 여러분의 추론을 펼쳐라.) 이러한 구조적 분석에 힘을 받은 아이들은 다음번 숙제로 그들 자신이 논술 주제를 구성해보는 임무를 맡게 된다.

"선생님, 이것도 성적에 들어가나요?"

(이 질문은 얼마나 자주 듣는지!)

"물론이지! 모든 일에는 대가가 따르는 법이다."

신난다! 주제 하나 달랑 만들어내는 일이 논술문 전체를 작성하는 것과 똑같은 평가를 받는다니! 엄청 신나는 일이다! 아이들은 두 손을 싹싹 비빈다. 이번 주말은 헐렁하겠거니 예상한다.

하지만 나는 걱정하지 않는다. 이 일이 그렇게 만만하진 않을 것이다. 학생들은 주제에 대해 심각하게 생각할 것이며, 내용도 좋고 형식도 맞춘 주제, 구조도 갖추고 모든 것을 고려한 주제를 만들어 오겠노라 약속, 다짐, 맹세 들을 한다. 약속할게요, 선생님! (어쨌든, 시험 출제자라는 전능한 역할은 아이들을 꽤나 부추겼다.)

아이들은 그럭저럭 문제를 풀어왔다. 자기들의 영역에 대해 아는 대로, 그리고 당시 관심을 끌던 몇몇 시사 문제를 바탕으로 논술 주제를 작성했다. 교육부에 취직시켜도 될 성싶었다. 한 여학생은 이런 공식적 주제의 형식 자체가 마술적 사고에서 벗어나지 않는다는 점을 직시하게 했다.

"'개인적인 교양에서 끌어낸 인용으로 여러분의 추론을 펼쳐라'라고 되어 있는데, 선생님, 바칼로레아 보는 날, 어떤 인용을 하나요? 어디서 끌어내라는 거죠? 자기 머리인가요? 모두가 텍스트를 우리처럼 배우지는 않아요! 그리고 개인적인 교양이라니, 뭘 말하는 거죠? 우리가 가장 좋아하는 가수들에 대해 말하라는 건가요? 우리가 읽는 만화들인가요? 이런 형식은 좀 마술적이지 않나요?"

"마술적이 아니라 이상적이지."

그다음 주에는 스스로 제안한 주제로 논술을 작성하라는 숙제를 내주었다. 주제에 탁월하게 접근했다고 말할 수는 없지만, 아이들이 제출한 숙제에는 마음이 담겨 있었다. 나는 마술적 사고가 훨씬 덜한 논술문을 수확했고, 아이들은 바칼로레아의 절대적인 요구 사항을 훨씬 더 잘 이해한 점수를 얻어냈다.

18

"선생님, 이것도 성적에 들어가나요?"

당연히 성적 문제가 있었다.

마술적 사고를 공격해 터무니없는 것에 맞서 싸우고자 한다면, 성적 평가는 중요한 문제가 된다.

어떤 과목을 가르치든 교사가 질문을 던질 때마다 학생들이 내놓을 수 있는 답변은 세 가지다. 정답과 오답과 터무니없는 답. 나 역시 학창 시절에 터무니없는 답을 꽤 남용했다. "분수는 공통분모로 약분해야 해!"라든지, 좀더 나중에는 "사인 b분의 사인 a는 사인으로 약분해서 b분의 a만 남아!"라는 식으로 말이다. 내 학창 시절의 오해 중 하나는 선생님들이 내 터무니없는 답변을 오답으로 평가한 데서 비롯되었을 것이다. 나는 완전히 아무 대답이나 할 수 있었고, 그것으로 내가 유일하게 보장받은 것은 점수를 받을 수 있다는 사실뿐이었다! 보통은 빵점이었다. 나는 이 사실을 아주 일찍 깨달았다. 그리고 빵점이란 점수는 평화를 얻는 가장 좋은 방법이었다. 적어도 당분간은 말이다.

그런데 열등생을 마술적 사고에서 해방시키는 필수 불가결한 조건은 터무니없는 답변에 점수 주기를 단호히 거부하는 것이다.

초기의 문법 교정 시간에 빵점을 줄곧 맞던 나의 '개량'반 학생들은 터무니없는 답변을 아낌없이 베풀었다.

예컨대 중3인 사미가 그랬다.

"사미, 이 문장에서 처음 나오는 활용 동사는 뭐지?"

"'브레망vraiment'이요, 선생님. 브레망입니다."*

"왜 브레망이 동사라고 생각했지?"

"ent로 끝나잖아요!"

"그럼 그 원형은 뭐야?"

"……?"

"얼른 말해봐! 원형이 뭐냐고! 1군 동사인가? 그럼 브레메vrai-mer 동사인가? 주 브레프Je vraime, 튀 브레프tu vraimes, 일 브레

---

* 프랑스어 동사 중에서 1군에 속하는 동사는 3인칭 복수형의 어미가 ent로 끝난다. 그래서 사미는 vraiment('정말로'의 뜻을 가진 부사)을 동사로 착각한 것이다.

므il vraime? 이렇게 변화하나?"

"……"

터무니없는 대답이 오답과 다른 점은 어떤 추론의 시도도 거치지 않는다는 것이다. 흔히 자동적으로 튀어나오는 터무니없는 대답은 반사적인 행위일 뿐이다. 그 학생은 오류를 범한 게 아니라, 아무 지표(여기서는 ent라는 어미)나 붙잡아 아무 대답이나 해버린 것이다. 던져진 질문에 대답한 게 아니라 자기한테 질문이 던져졌다는 사실에 대답한 것이다. 누군가 답을 기대하는가? 그러면 그애는 답을 준다. 정답이든 오답이든 터무니없는 답이든 상관없다. 게다가 학교생활을 시작하면서부터 그애는 이 유희의 규칙이 대답을 위한 대답을 하는 데 있다고 생각했다. 초조함에 몸까지 부르르 떨어가며 손가락을 치켜들고 의자에서 튀어올랐다. "저요, 저요, 선생님, 제가 알아요, 제가 안다고요!"(이건 '저도 존재해요, 저도 존재합니다!'라는 의미다.) 그러고는 아무 답이나 말해버리는 거다. 하지만 우리는 아주 빨리 적응한다. 선생님이 정확한 답을 기다리고 있다는 걸 안다. 우리가 언제나 답을 가지고 있는 건 아니다. 설령 오답이라도 말이다. 해야 하는 대답에 대해 아무런 생각이 없을 수도 있다. 선생님이 던진 질문을 겨우 이해만 할 뿐이다. 그걸 고백할 수 있나? 침묵을 선택할까? 아니다. 차라리 아무 대답이나 하는 게 낫다. 가능하면

천진난만하게. 제가 엉뚱하게 빗나갔나요, 선생님? 후회할 거라고 생각하는가? 그저 운을 한번 걸어봤고, 그게 실패한 것뿐이다. 저한테 빵점을 주시고 사이좋게 지냅시다. 터무니없는 대답은 무지에 대한 외교적인 고백이지만, 그래도 어쨌든 어떤 관계를 유지하려는 노력이다. 물론 전형적인 반항 행위를 표현하는 것일 수도 있다. 이 선생님이 나를 귀찮게 굴고 나를 꼼짝 못하게 해. 선생님한테 왜 그러느냐고 물어볼까?

이 모든 경우 이런 대답에 점수를 주는 것—일테면 답안지를 교정하면서—은 아무 대답에나 점수를 주기로 하는 것이며, 결과적으로 그 자체가 터무니없는 교육 행위를 저지르는 일이 된다. 여기서 학생과 선생은 다소 의식적으로 동일한 바람을 표출한다. 타자의 상징적인 제거라는 바람을. 선생님이 던진 질문에 아무렇게나 대답함으로써, 나는 그를 선생님으로 생각하는 일을 멈추는 것이다. 그는 내가 터무니없는 대답으로 비위를 맞추거나 제거해버리는 어른이 된다. 선생인 나는 터무니없는 답을 오답으로 간주함으로써 그를 학생으로 대하는 일을 멈춘다. 그는 내가 영원한 빵점의 연옥으로 유배시킨, 주제를 벗어난 주체가 된다. 하지만 그렇게 함으로써 선생인 나 자신도 사라져버린다. 내 눈앞에서 학생의 역할을 거부하는 이 학생들 곁에서 나의 교육자적인 기능은 멈춰버린다. 그리고 그애들의 학생기록부를 작성할 때는 언제나 그들의 기초 부족을 변명으로 내세울 것이다. 부사를 동사로 착각한 학생은 특히나 기초가 부족하지 않은가? 당연하다. 하지만 명백하게 터무니없는 대답을 오답으로 처리하려는 선생 역시 우연의 도박에 전념하는 게 더 낫지 않을까? 적어도 거기서는 돈만 잃을 뿐, 제자들의 학사學事를 가지고 장난치지는 않을 테니까.

열등생인 그 아이에게는 빵점의 연옥이 잘 어울리기(스스로 그렇다고 생각하기) 때문이다. 그곳은 아무도 그를 몰아내지 않을 요새다. 아이는 터무니없는 뭔가를 쌓아가며 요새를 강화하고, 나이와 기분과 장소와 기질에 따른 다양한 설명으로 요새를 치장한다. "전 너무 바보예요" "정말 모르겠어요" "선생님은 저를 이해 못해요" "제겐 증오심이 있어요" "선생님들은 제 골을 빠개요" 등등. 아이는 교육에 관한 문제를 모든 게 민감한 사안이 되어버리는 인간관계의 모호한 영역으로 옮겨버린 것이다. 선생 또한 학생이 고의적으로 그러는 거라고 생각하고는 똑같이 행동한다. 터무니없는 대답이 마술적 사고의 황폐한 결과라는 생각을 선생이 하지 못하는 건, 아주 흔히는 학생이 일부러 선생 자신을 비웃고 있다는 감정 때문이다.

그때부터 스승은 자기만의 '거기'에 갇혀버려 "저놈과는 영 안 되겠다"고 말하게 된다.

어떤 선생도 이 같은 실패를 면제받지 못한다. 나 역시 그런 종류의 깊은 상처를 간직하고 있다. 그것은 내게 친숙한 환영들이다. 내가 그들의 '거기'로부터 빼내주지 못한 학생들의 부유하는 얼굴들, 그리고 나를 나의 '거기'에 가둬놓았던 그 얼굴들.

"이번에는 정말이지 아무것도 할 수가 없어."

19

"아! 드디어!"

"드디어 뭐?"

나는 이 목소리를 알고 있다. 목소리는 이 책의 첫 줄을 쓸 때
부터 내 안에서 배회하고 있다. 그것은 매복한 채 엿본다. 틈새
를 기다린다. 그것은 열등생이던 지난날의 내 모습이다. 언제나
경계하고 있는. 교사로서의 내 활동에 대해 지금의 나보다 더 비
판적인 시선을 건네는 경향이 있는. 나는 그 족쇄로부터 결코 벗
어날 수 없었다. 우리는 함께 늙어왔다.

"뭐가 드디어야?"

"드디어 너만의 '거기'에 도달하고 있잖아! 교사인 너의 '거
기.' 네 무능의 지점. 지금까지 네가 쓴 글을 읽어보면 넌 아주 나

무랄 데 없는 선생처럼 보이잖아, 하 참! 기가 막혀서! 창작으로
온갖 철자 습득 장애를 구해주고, 각자에게 잊지 못할 문학을 가
득 채워주고, 혼란스럽기 그지없는 정신을 체계적으로 만들어주
고 있잖아! 그렇다면 실패는 전혀 없네?"

"……"

"그 수에 넘어가지 않은 아이는 한 명도 없었다는 거야?"

내 유령들을 깨우기 위해 나의 심연으로 거슬러올라가는, 복
수심에 불타는 형편없는 꼬마 녀석! 그 일은 성공한다. 곧이어
세 개의 얼굴이 나타난다. 고3 교실 구석에 앉아 있는 세 명의
얼굴. 그애들은 바칼로레아 국어 시험에서 몇십 점을 더 따라잡
아야 했고 『이방인』을 설명해내야 했건만 내가 얘기해주는 카뮈
에 대해 철통처럼 꽉 닫혀 있었다. 수업에는 꼬박꼬박 출석했지
만 생각은 완전히 딴 데 가 있었다. 점을 찍어놓은 듯 앉아 있는
세 명의 이방인. 나는 그들에게서 관심의 표시라곤 전혀 끌어내
지 못했고, 그들의 침묵은 나를 일방적인 수업에 꼼짝없이 묶어
놓았다. 나의 세 명의 '뫼르소'들…… 그들은 내게 일종의 강박
관념이 되어버렸다. 교실 안의 나머지 학생들도 내 시선을 다른
데로 돌려놓기에는 역부족이었다.

"그게 다야?"

"……"

"그게 다냐고, 단지 그 세 명뿐이야?"

아니, 고1 반의 미셸이 있다. 열일곱 살쯤이던 그애는 다니던 학교마다 계속 퇴학당해 나의 추천으로 우리 학교로 왔는데, 기록적인 짧은 시간 안에 엄청 큰 싸움을 벌이고 마침내 내 눈앞에서 폭발한 뒤("에이 씨발! 난 당신한테 그 무엇도 요구한 적 없다고!") 알 수 없는 곳으로 사라져버렸다.

"다른 애들 얘기도 할까? 한 무리의 좀도둑이 있었지. 내 도덕적인 교훈에도 불구하고 백화점들을 휩쓸고 돌아다녔던. 자, 됐나?"

"그런 얘길 들으니 좀 낫군."

"꺼져버려, 모두에게 훈계나 하는 너의 지지리 못난 즐거움을 난 너무 잘 알아! 내가 네 말을 들었더라면 누구도 가르치려 들지 않았을 거고, 아침 일찍 일어나 라 고드 암벽의 작은 능선이나 산책하러 갔을 거다."

비웃음.

"결과적으로 난 언제나 너와 함께 여기 있잖아. 열등생의 어원이 삐딱하게 옆으로 걷다가 콱 달라붙는 게라잖아……"

대화의 끝. 다음번에 계속. 그는 내 심연 속으로 모습을 감춘다. 하지만 성급하게 준비했던 몇몇 수업에 대한 후회, 결심까지 해놓고 뒤늦게야 되돌려준 몇 묶음의 채점 답안지에 대한 후회

속에 나를 남겨두고 말았다.

　우리 교사들의 '거기'…… 돌연한 피로가 몰려드는 그 밀폐된 장소에서 우리는 우리의 포기를 가늠한다. 더러운 감옥. 그곳에서 우리는 해결책보다는 죄인을 찾아내는 일에 더 골몰하며 맴돌고 있다.

20

그렇다, 우리 교육자들이 한데 모여 웅성대는 소리를 잘 들어 보면, 낙담하는 순간 우리의 열정은 우선 죄인을 찾아내는 일에 쏠린다. 게다가 국가교육이란 각자가 자신의 죄인을 쉽게 지목하도록 구조화되어 있는 듯하다.

오락기 위의 구슬들처럼 부산한 애들을 앞에 두고 초등학교 선생님들이 묻는다.

"그러니까 유치원에서는 가만히 서 있는 걸 가르치지 않았나요?"

새로 입학한 중1 아이들이 문맹이라고 판단한 중학교 선생이 비난을 퍼붓는다.

"대체 초등학교에서는 뭘 하는 거죠?"

자신을 표현할 줄도 모르는 어휘 결핍의 고1 학생들을 보고 고등학교 선생이 한탄한다.

"중학교 때까지 애들이 도대체 뭘 배운 겁니까?"

첫 과제를 면밀히 검토한 대학교수가 놀라며 묻는다.

"이애들이 진짜로 고등학교를 나오긴 한 건가요?"

젊은 신입사원을 마주한 산업체 간부가 목청을 높인다.

"설명해봐요. 대학에서는 대체 뭘 하는 겁니까?"

이에 그리 어리석지 않은 여자 신입사원이 대답한다.

"대학은 당신의 조직이 원하는 것을 정확하게 형성합니다. 즉 교양 없는 노예와 맹목적인 고객이죠! 그랑제콜은 여러분의 십장들—앗, 죄송, 여러분의 '간부들'—을 규격화하고, 여러분의 주주들은 주가 현황판을 돌아가게 하죠."

"가정의 직무유기요"라고 교육부 장관이 한탄한다.

"학교는 더이상 예전의 학교가 아니에요." 가정이 유감을 표한다.

여기에 자기 체면을 지키려는 온갖 제도권의 내부 소송이 보태진다. 예를 들면 영원한 신구 논쟁 같은 것.

"'바보를 양산하는 교육제도'를 부끄러워하라!"고 우민화정책의 격렬한 비판자인 '공화주의자들'이 고함친다.

"엘리트 공화주의는 물러나라!"고 민주주의 발전의 이름으로 교육자들이 대꾸한다.

"노조들이 국가기관의 기능을 마비시키고 있다!"고 정부 부처의 공무원들이 비난한다.

"우리는 경계를 늦추지 않고 있다!"고 노조들이 반박한다.

"중학교 1학년의 문맹률이 그 정도라니! 우리 때만 해도 그렇지 않았어!" 왕년의 관리가 한탄한다.

"그 시절에야 중학교가 귀족 계급의 임원들만 받아들였으니까. 그때가 좋았죠?" 짓궂은 사람이 빈정댄다.

"이놈은 제 어미를 꼭 닮았군!" 분노한 아버지가 노발대발한다.

"당신이 조금만 더 엄했더라면 얘가 이 지경이 되진 않았을 거예요!" 격분한 어머니가 대꾸한다.

"이런 집안 분위기에서 어떻게 공부를 해요?" 낙담한 청소년이 이해심 많은 선생의 귀에 대고 한탄을 늘어놓는다.

체계적인 잔혹함을 이용해 자기 선생을 오랜 신경쇠약 치료를 받도록 병원으로 보내버린 열등생조차 흡족한 얼굴로 먼저 이렇게 설명한다.

"그 선생님한텐 권위가 없었어요."

그리고 이 모든 걸로도 충분하지 않다면, 우리에겐 늘 우리의 무능을 책임질 누군가를 우리 자신 안에서 지목할 수 있는 원천이 있다.

"난 아무것도 할 수 없어요. 그냥 이 모양인걸요." 열등생이던 나는 선량한 지킬 박사가 되지 못하게 방해하는 하이드 씨를 아프리카 오지로 추방해줄 것을 요구하며 엄마에게 그렇게 편지에 썼다.

21

산뜻한 꿈을 꿔보자. 이 여선생은 젊고, 솔직하고, 규격화되지 않았으며, 운명의 무게에 짓눌리지 않았고, 완벽한 존재감이 있다. 그녀의 교실에는 모든 학생들, 프랑스 전역의 학부모, 동료 교사, 고용주 들로 가득하고, 거기에—의자를 보태서—지난 십 년간의 교육부 장관들도 합류했다.

"정말로 우리가 아무것도 할 수 없나요?" 젊은 여교사가 묻는다.

교실에는 대답이 없다.

"'아무것도 할 수 없다'는 그 말이 제가 방금 들은 말인가요?"

침묵.

그러자 젊은 여교사는 전 교육부 장관에게 분필을 건네며 요구한다.

"우리는 아무것도 할 수 없다라고 칠판에 써주세요."

"그 말을 한 건 내가 아니라 교육부 공무원들이오!" 전 장관이 항의하며 말을 잇는다. "새 장관이 올 때마다 그들이 일러주는 첫마디가 바로 그겁니다. '어쨌든 장관님, 우리는 아무것도 할 수 없습니다!'라고 말이오. 하지만 나는 온갖 개혁안을 제안했으니 그런 말을 했다는 의심을 받을 순 없어요! 그런데도 그렇게나 많은 저해 요소가 개혁적인 나의 재능이 표출되는 걸 막았으니 그건 내 잘못이 아니오!"

"그 말을 누가 했는지는 중요하지 않아요. 우리는 아무것도 할 수 없다라고 칠판에 쓰기나 하세요." 젊은 여교사가 미소 띤 얼굴로 대답한다.

우리는 아무것도 할 수 업다.

"없다에 ㅅ 받침을 덧붙이세요. 그런 게 바로 문제의 일부랍니다. 사소한 문제가 아니죠!"

우리는 아무것도 할 수 없다.

"좋아요. 장관님 생각엔 우리가 해야 할 일이 뭔가요?"

"모르겠소."

"자, 여러분. 그러니 그게 무엇인지 반드시 찾아내야 합니다. 그러지 않으면 우리 모두 실패하게 됩니다."

IV

너 그거 일부러 그러는 거야

"일부러 그런 거 아니에요."

1

작년 여름, 베르코르. V와 나는 밭에서 돌아오는 조제트의 소떼를 무심히 바라보면서 라바스퀼의 테라스에서 한잔하고 있었다. 나처럼 은퇴할 나이에 접어든 V는 요즘 내가 쓰고 있는 글에 대해 물었다. 나는 대답해주었다.

"아! 공부 못하는 학생! 그거라면 내가 빠삭하지! 난 똑똑한 학생이 아니었거든, 괜한 소리 아니라고."

잠시 뜸을 들인 뒤.

"게다가 기회가 되자 바로 학교를 떠나버렸지. 허, 참!"

조제트는 자전거를 타고 소들을 뒤따랐다. 자전거 바퀴를 굴리는 페달 위에서 새하얀 목양말이 빠르게 움직였다.

"내가 어리석었던 거지." V가 말을 이었다. "하지만 어쩌겠어,

그 나이엔 제멋대로만 하려 드는데."

잠시 뒤.

"왜냐하면 학교도 나름 쓸모가 있거든! 몇 푼 안 되는 돈 벌려고 죽어라 고생하지 말고 학교에 남아 있었더라면 오늘날 사장이 되어 다국적 기업을 이끌었을 거야! 어이, 별일 없나, 조제트!"

"……"

"내 말은 기업을 벼랑으로 이끌었을 거란 얘기야. 기업은 파탄 지경에 이르게 하고 두둑한 돈을 챙겨 회장의 축하 인사를 받으며 떠나는 거지."

소떼가 지나갔다.

"그러기는커녕……"

V는 생각에 잠겼다. 자서전의 유혹을 받는 듯하더니 곧 포기했다.

"어쨌거나 일부러 그랬던 건 아니야……"

그는 이 확언에 잠시 멈칫했다.

"농담 아닐세. 사람들은 내가 일부러 그랬다고 생각했지만, 절대 아니야! 강아지 같았던 거지 뭐. 그저 맛있는 과자나 졸졸 따라다니는."

2

사실 가족과 선생님들이 공부 못하는 학생에게 가장 흔히 하는 비난 중 하나가 바로 그 불가피한 지적인 "너 그거 일부러 그러는 거야!"다. 직접적인 비난이든("핑계 대지 마. 너 그거 일부러 그러는 거야!"), 수많은 설명에 뒤이은 분노든("세상에, 이럴 수는 없어. 너 그거 일부러 그러는 거야!"), 제삼자에게 건네진 정보, 즉 혐의자가 부모의 방문 앞에서 듣고 놀라게 될 말이든("분명 그 녀석이 일부러 그러는 거야!") 간에 말이다. 나 역시 그 말을 수없이 들어왔고, 나중에는 어떤 학생을 손가락으로 지목하며, 혹은 읽기를 배운 내 딸애가 조금 더듬기라도 하면 이 비난을 날렸다. 내가 하고 있는 그 말이 무슨 말인지 자문하게 되었던 그날까지 그랬다.

너 그거 일부러 그러는 거야.

어쨌거나 이 문장의 주인공은 일부러라는 부사다. 문법을 무시하고 그 부사를 대명사 너에 직접 연결하면, '너 일부러!'가 된다. 거야는 부차적이고 그러는은 완전히 무색무취다. 중요한 것, 즉 비난받는 사람의 귀에 울려대는 말은 누가 뭐래도 너 일부러라는 말이고, 이것은 꼿꼿이 세워진 검지를 떠오르게 한다.

죄인은 바로 너야,

유일한 죄인,

그것도 고의로 그런 죄인이지!

이것이 메시지다.

어른들의 "너 그거 일부러 그러는 거야"라는 말은 어리석은 일을 저지른 아이의 "일부러 그런 거 아니에요"라는 말과 쌍을 이룬다.

격렬하지만 별 기대 없이 맞받아친 "일부러 그런 거 아니에요"는 거의 자동적으로 다음과 같은 대꾸를 끌어들인다.

"그러길 바란다!"

"그나마 다행이네!"

"설상가상이군!"

이 반사적인 대화는 어제오늘 일이 아니며 세상의 모든 어른은 적어도 처음에는 자신들의 반격이 정신적인 것이라고 생각한다.

"그거 일부러 그런 거 아니에요"에서 일부러는 그 위력을 조금 잃고, 그런은 어떤 힘도 얻어내지 못한 채 일종의 보조 역할로 남고, 그거는 여전히 별로 중요하지 않다. 죄지은 자가 여기서 우리 귀에 울려주려고 애쓰는 말은 아니에요라는 부정어에 연결된 대명사 나다.

너 일부러라는 어른의 말에 아이의 나 아니에요가 대응하는 것이다.

부사도, 목적어도 없이 나만 있고, 그 안에서 아니다에 들러붙은 이 나는, 이 경우, 나는 나에게 속해 있지 않다는 말을 하고 있다.

"아니, 분명코 넌 일부러 그랬어!"

"아니, 난 일부러 그러지 않았어요!"

"너 일부러!"

"나 아니에요!"

귀머거리들의 대화, 문제를 회피하고 파국을 연장할 필요. 우리는 해결책도 환상도 없이, 한쪽은 복종하지 않는다고, 다른 쪽은 이해받지 못했다고 확신하고는 헤어져버린다.

여기서는 문법이 여전히 유용해 보일 수 있다.

예컨대 우리가 이 불화의 영역에 버려진 거의 눈에 보이지 않는 그 말, 즉 우리 대화의 모든 끈을 부드럽게 잡아당겼던 그거라는 말에 관심을 갖기로 동의한다면 말이다.

자, 예전의 문법 연습을 조금 해보자. 내가 '개량'반 아이들과 했던 것처럼, 그냥 한번 보자는 거다.

"'너 그거 일부러 그러는 거야*'라는 표현에서 그거le가 어떤 품사인지 말할 수 있는 사람?"

"저요, 저요! 관사예요, 선생님!"

"관사? 어째서 관사지?"

"그거를 표현하는 le, la, les가 관사잖아요! 정관사요!"

의기양양한 어조. 뭔가 안다는 것을 선생에게 보여주었다는 표정…… un, une, des는 부정관사이고, le, la, les는 정관사, 자, 봐요, 맞잖아요!

"그래? 정관사라고? 그러면 그 관사가 한정하는 명사는 도대체 어디 있지?"

"……"

찾아보지만,

명사는 없다.

난처함.

---

* 원어는 Tu le fais exprès.

관사가 아니다.

그럼 이 그거ₗₑ는 뭔가?

"……"

"……"

"그건 대명사예요, 선생님!"

"브라보! 어떤 종류의 대명사지?"

"인칭대명사요!"

"그래?"

"보어대명사요!"

"그래, 아주 잘했다! 바로 그거다."

이제 교실을 떠나 우리 얘기로 다시 돌아와 어른들 사이에서 이 보어대명사를 분석해보자. 신중하게. 이 보어대명사들은 위험한 말이고, 분명한 의미 아래 깊이 숨어 있는 반反인칭적인 폭약이라 뇌관을 잘 제거하지 않으면 여러분 얼굴로 폭발해버린다. 예를 들어 이 그거ₗₑ…… "너 그거 일부러 그러는 거야"라는 비난의 말을 하면서 그때의 그거라는 말이 그 상황에서 무엇을 표현하는지 우리는 몇 번이나 자문해보았던가? 일부러 뭘 그런다는 것일까? 가장 최근의 바보짓? 아니다. 이 비난을 던졌을 때의 우리 어조(어조 또한 있기 때문이다!)는 그 죄인이 언제나 일부러 그런다는 사실과, 매번 일부러 그러는데 최근의 바보짓은 그런 고집의 확인이라는 것을 분명히 암시한다. 그렇다면 일부러 뭘 그런다는 것일까?

복종하지 않는다?

공부하지 않는다?

집중하지 않는다?

이해하지 않는다?

이해하려고 노력조차 않는다?

반항한다?

몹시 화가 나게 한다?

선생들을 화나게 한다?

부모들을 절망시킨다?

최악의 결점에 굴복한다?

현재를 망쳐 미래를 침몰시킨다?

세상을 조롱한다?

어, 그런 거야? 세상을 조롱하는 거야? 우리를 선동하는 거야?

그래, 말하자면 이 모든 거라고 하자.

그러면 부사의 문제가 떠오른다. 왜 일부러인가? 무슨 목적으로? 무슨 이유로? 그가 일부러 그런다는 것은 반드시 어떤 목표를 추구하기 때문이다.

뭐하러 일부러 그러는가?

순간을 즐기려고? 단지 그 순간을 즐기기 위해? 하지만 불가피한 다음 순간, 즉 그가 나와 함께 보내는 다음의 십오 분은 내가 야단을 치기 때문에 아주 고약한 시간이다! 그는 야단맞는 일에 무심한 채로 게으름의 상태를 평온히 살고 싶은 걸까? 쾌락주의 같은 것? 하지만 그는 무위도식의 행복이 경멸적인 시선의 대가, 자기혐오를 낳는 결정적인 지탄의 대가를 치른다는 것을 너무 잘 알고 있다. 그러면? 왜 그럼에도 불구하고 일부러 그러는가?

다른 열등생들의 존경을 받으려고? 열중하는 게 배신이라서? 젊은이가 노인에게 반항하듯, 일부러 선한 것에 대항하며 악을 즐기는 걸까? 자기 나름의 사회화 방식일까?

아무려나. 어쨌든 그것은 모더니티에 관한 가장 인기 있는 명제다. 무능한 이들의 소집단화 현상. 공부 못하는 학생들이 너나 없이 불량배가 우글거리는 거대한 저지대로 도피하는 것. 이런 설명은 사회학적인 진실에 어느 정도 근거한다는 편리한 점이 있으며, 그 현상이 존재한다는 사실에는 어떤 의구심도 없다. 하지만 이 설명은 무리의 현상이건 아니건 간에 언제나 독자적인 그 아이라는 개인을 몰아낸다. 아이는 이러저러한 순간 혼자 있게 되며, 자신의 실패를 홀로 마주하고, 자신의 미래를 홀로 마주하고, 밤에 잠들기 전에도 자기 자신과 홀로 마주한다. 이제 아이를 살펴보자. 잘 바라보자. 그 아이가 행복할 거라는 데 단

돈 한푼이라도 걸 사람이 누가 있겠는가? 그 아이가 일부러 그러는 거라고 누가 의심할 수 있겠는가?

너 그거 일부러 그러는 거야……

사실을 말하자면 이러한 설명 중 그 어느 것도 완전히 만족스럽지는 않다. 모든 설명이 다소간 그럴듯하지만……

여기서 한 가지 가정을 해보자.

문법 규칙 같은 것은 접어두고, 그 대명사가 문장 외부의 어떤 대상을 지칭한다고 볼 수 있을까? 예컨대 우리 자신을…… 우리 자신의 눈에 비친 우리 이미지의 하강. 우리의 이미지 또한 바람직한 거울을 많이 필요로 한다.

무능하고 초조한 어른, 이해할 수 없는 거절의 희생자인 어른의 이미지를 타인—여기서는 한심한 학생—이 나에게 되돌려준다고 비난하는 듯한 그것. 그렇지만 내가 그 아이에게 주입시키려는 원칙들이 건전하다는 것은 틀림없는 사실이다! 그리고 그 아이에게 흩뿌려준 앎이 정당하다는 것도!

그 아이의 고독에 어른인 나 자신의 고독이 대답한다.

너 그거 일부러 그러는 거야.

그리고 그것이 반 전체의 문제가 될 때, 서른 명의 학생이 일부러 그러기 시작할 때, 교사인 나는 문화적 린치의 대상이 되고 있음을 확실히 체감한다. 그리고 그 대명사가 한 세대 전체—"우리 때는 그런 건 상상할 수도 없었어!"—에 영향을 미친다면, 연이은 세대들이 일부러 그런다면, 그때 우리는 멸종 위기에 처한 종족의 마지막 대표들로, 젊은이들(그 시절의 우리 자신)을 이해할 수 있었던 전前 시대의 생존자로 살아가는 것이다…… 그리고 우리는 노년의 삶에서 외로움을 절감한다. 물론 여전히 명석하고, 아주 세심하고, 얼마나 유능한데! 요컨대 우리들 사이에서는 말이다. 젊었을 때는 문명화된 세대의 얼마 안 되는 증인이었던 우리가 생각은 여전히 제대로 하고 있는데도 현실로부터 어쩔 수 없이 소외된 것처럼.

소외된……

소외감은 단지 순환하는 수많은 원 밖으로 내던져진 사람들에만 미치는 것이 아니므로 우리들, 즉 힘 있는 다수인 우리 역시 위협한다. 우리를 둘러싼 것을 조금이라도 이해하지 못하는 순간, 엉뚱한 분위기가 시류를 타는 순간, 소외감은 우리 역시 위협한다. 그때 우리는 얼마나 당혹스러운가! 그리고 그것은 우리로 하여금 죄인들을 지목하도록 밀어붙인다.

"너 그거 일부러 그러는 거야!"

고작 대명사 하나가 그토록 엄청난 고독을 말하다니!

3

초조한 다수가 느끼는 소외감에 대한 보충 설명. 내가 어렸을 때, 그렇게 일부러 그러는 사람이 적어도 둘은 되었다. 파블로 피카소와 나. 천재 화가와 열등생. 열등생은 아무것도 하지 않았고, 천재 화가는 뭐든 했다. 하지만 둘 다 일부러 그랬다. 그것이 우리의 유일한 공통점이다.

어른들은 일요일마다 식탁에 모여 앉아 끊임없이 피카소를 헐뜯었다. 끔찍해! 속물들을 위한 그림이지! 허접스러운 게 주류 예술로 승격해서는……

이런 항의에도 불구하고 피카소는 해초처럼 퍼져나갔다. 데생, 회화, 판화, 도자기, 조각, 연극 무대장식, 심지어 문학까지, 모든 것이 피카소를 거쳐갔다.

"그 사람은 전속력으로 작업하는 것 같아!"

거대한 대양에서 흘러든 번식력 강한 해초가 평온한 예술의 작은 만灣들을 오염시킨 것이다.

"내 지성에 대한 모욕이에요! 나를 모욕하는 일은 절대 받아들이지 않을 거예요."

그리하여 어느 일요일, 나는 피카소를 옹호하기에 이르렀다. 조금 전까지 거듭 피카소를 비난하던 주느비에브 펠레그뤼 부인에게, 이성적으로 그 예술가가 그날 아침 오로지 당신을 모욕하겠다는 목적으로 잠에서 깨어나 소품 하나를 대충 그려냈을 거라고 생각하느냐고 물은 것이다.

진실을 말하자면, 이 선량한 사람들은 소외감으로 고통받기 시작한 것이었다. 고독 속으로 들어선 것이다. 그들은 무서운 침몰의 힘을 그 화가의 탓으로 돌렸다. 그 협잡꾼이 오로지 자기만의 새로운 우주를 구현했다고, 피카소의 무리가 이제 세상의 모든 펠레그뤼들을 단 하나의 동일한 얼간이로 변형시킬 위협적인 내일을 구현했다고 말이다.

"그래도 나는 아니야! 난 절대 그 사람한테 넘어가지 않을 거야."

주느비에브 펠레그뤼 부인은 바로 그녀 자신인 그녀의 위胃가 다른 것들과 마찬가지로 파블로 피카소를 소화하리라는 것, 천천히 그러나 가차없이 소화할 거라는 사실을 몰랐다. 그리하여 사십 년 뒤 그녀의 손자 손녀가 이제껏 한 번도 본 적 없는 가장 흉측한 가족용 차량을 몰고 다니기까지 할 거라는 것. 그리고 펠레그뤼의 후손들이 그 예술가의 이름이 붙은 거대한 좌약 같은 자동차*를 타고 어느 일요일 아침 피카소 박물관 앞에 내릴 거라는 사실도 몰랐다.

---

* 프랑스의 대중적인 승용차 중에 '피카소'라는 이름의 차가 있다.

4

권력을 가진 다수의 잔인한 순진함…… 아! 규범의 지지자들.
그것이 어떤 종류의 규범이든. 문화적 규범, 가족의 규범, 회사
의 규범, 정치적 규범, 종교적 규범, 무리의, 클럽의, 떼거리의,
동네의 규범, 건강 규범, 근육의 규범 혹은 두뇌의 규범…… 규
범의 수호자들은 이해할 수 없는 것의 냄새를 맡자마자 움츠러
들고, 그것에 저항하며 살아가기 때문에 자기들을 보편적 공모
에 맞서는 유일한 사람들이라고 단언할지도 모른다! 틀에서 벗
어나면 위협을 받게 될 거라는 그 두려움…… 아, 희생자의 위
치에 있을 때 권력을 쥔 자의 잔혹함이란! 가난이 후려칠 때 부
자의 잔혹함! 가정을 깬 이혼녀의 면전에서 검증받은 부부의 잔
혹함! 유랑민의 냄새를 맡은 뿌리박힌 자의 잔혹함! 신앙 없는

사람을 찔러대는 신앙인의 잔혹함! 불가사의한 백치를 관찰하는 학위 받은 자의 잔혹함! 특정 지역 출신이라는 사실에 자만하는 어리석은 자의 잔혹함! 그리고 이런 것은 길 건너편의 적을 의심하는 변두리의 하찮은 두목에게도 적용된다. 규칙을 이해한 사람들은 그것을 소유하지 않은 사람들 앞에서 얼마나 위험해지는가!

아이들도 이런 점을 경계해야 한다.

5

진정으로 소외된 사람들을 직면했을 때 자신이 소외되었다고
느끼는 어떤 사람의 고약한 두려움. 난 그것을 언젠가 혼자 맞이
했던 아침에 제대로 헤아려볼 수 있었다.

그날 아침, 나는 침대에서 몸을 일으키지 않았다. 민은 남서
부 지방 어디론가 떠나고 없었다. 툴루즈 지방의 한 기술고등학
교 학생들을 방문하러 간 것이다. 작가 초대 같은 것. 그래서 그
날 아침에는 카페인의 후원 아래 이루어지는 사랑의 기상이 없
었다. 얼른 일어나 일에 착수해야 하는데도 침대에 누워 허공
에 시선만 던지고 있었다. 그 옛날 해야 할 숙제를 앞에 두고 그
랬던 것처럼("막내 방해하지 마라, 공부하니까"). 결국 나는 라
디오를 켰다. 좋아하는 방송으로. 마침 내가 좋아하는 프로그램

이 나오는 요일과 시간이었다. 일주일에 한 번씩, 정평이 난 지성들이 출연해 요즘에는 아주 희귀한 어조로, 즉 뭔가를 팔아보려고 기를 쓰지 않으면서 이야기를 나누는 프로였다. 각자가 읽은 책을 적절히 참조하면서 최근에 쓴 글들에 대해 차분히 의견을 교환하는 것이다. 오늘 아침처럼 게으름을 피우는 나에게 딱 맞는 프로였다. 누군가 나를 위해 생각을 대신해줄 것이다. 아무에게도 말하지 마세요, 맨 처음 나온 연재소설을 읽어가듯 느긋하게 생각을 소비할 겁니다. 재밌겠는걸. 시그널뮤직에 입맛을 다시고 소개가 시작되자마자, 선회하며 미끄러져내리는 문장들 속에 나를 내맡기고, 논쟁의 소용돌이를 부드럽게 타고 올라갔다. 나는 지식의 토양 안에서 친절한 목소리와 유연하게 끊어 읽는 문장, 근거 있는 발언, 진지한 어조, 날카로운 분석에 마음이 놓여 아주 기분이 좋아진다. 사회자는 등장한 주제들의 관계를 나무랄 데 없이 이어가고, 일어날 수 있는 분쟁을 완화시키면서 자기 나름의 생각을 풍부하게 전개한다. 나는 언제나 이 프로를 좋아했으며 무엇보다 그 우아한 성격이 마음에 들었다. 여기서는 현실을, 마음 놓이게는 아니더라도, 읽어낼 수 있을 정도로 다듬어준다. 그날 아침의 화제는 '교외' 청소년을 중심으로 돌아가고 있었다. 어느 순간 세 명의 목소리가 한 영화에 대해 말하고 있었다. 나는 귀를 쫑긋했다. 사회자에게 심리적인 충격을 준

듯한 영화였다. 그것은 변두리에 관한 영화였다. 아니, 마리보의 희곡을 바탕으로 한 영화였다. 아니, 교육 프로젝트에 관한 영화였다. 맞다. 그거다. 국어 선생님의 지도 아래 마리보의 연극을 상연한 변두리 고등학생들에 관한 영화였다. 영화 제목은 〈레스키브〉였다. 기록영화는 아니다. 기록물처럼 시나리오를 쓴 영화다. 현실을 말하지는 않되 되도록 충실히 재현하고자 시도한 영화다. 나도 봤던 영화인지라 더욱 집중해 이야기를 들었다. 솔직히 나는 그 영화에 열광하지 않았었다. 또 학교를 다룬 영화라니, 게다가 변두리 지역에서 일어나는, 또다시 반복되는…… 그럼에도 그 영화를 보긴 했는데, 아마도 격세유전적인 호기심에 이끌렸을 것이다. (쥘 아저씨의 망혼들이 말했다. "어이, 조카, 잔말 말고 가서 〈레스키브〉를 보게나!") 그리고 영화는 괜찮았다. 어느 여선생이 연극의 길을 통해 자기 학생들을 아름다운 문예의 길로 인도하는 내용이었다. 그 반 학생들은 마리보의 「사랑과 우연의 유희」를 무대에 올린다. 아이들은 에너지와 집중력을 쏟으며 연습에 몰두한다. 그것은 그들의 사랑 얘기도, 가족이나 동네의 문제도, 청소년들의 경쟁심도, 그들의 소소한 밀거래도, 언어의 어려움도, '익살광대'의 활약이라는 연극의 명성도 고갈시키지 못한 에너지와 집중력이었다. 나는 변두리 지역의 고등학교에서 근무할 때 끌어냈던 확신을 더욱 공고히 하면서 극장을 나왔다. 쥘 아저씨는 죽지 않았다! 오늘날에도 여전히 수많은 쥘 아저씨와 쥘리 아줌마가 존재하며, 구조 작업의 엄청난 어려움에도 불구하고 자기가 있는 자리에서 아이들을 찾아나서 프랑스어의 오솔길을 통해, 이 영화에서는 18세기의 언어를 통해, 그 아이들을 자기들 높이로 끌어올리고 있다.

사회자의 감정은 전혀 달랐다. 그는 조금도 안심하지 못했다. 최소한의 열정도 없었다. 그는 마리보를 자주 읽지 않게 되면서부터 거칠어진 그 청소년들의 언어에 질겁하며 극장을 나섰다고 했다. 세상에! 그 말투! 그 끝없는 고함! 그 폭력! 그 트림! 그 빈곤한 어휘! 상스러움이 난무하는 그 성적인 욕설! 아, 영화를 보는 동안 그 사회자가 품고 있던 프랑스어가 얼마나 괴로웠을까! 그의 프랑스어가 얼마나 힘들었을까! 자신의 근본마저 위협을 느꼈을 것이다! 위협이라기보다 단죄받는 거다! 그런 언어에 대한 증오로 인해 치유될 수 없는 단죄를 받는 것이다! 프랑스어는 어떻게 될 것인가? 고함쳐대는 이 열등생 무리 앞에서 프랑스어는 뭐가 될 것인가?

불행하게도 나는 이 어처구니없는 방송을 녹음하지는 못했다…… 하지만 핵심은 이것이다. 그 청소년들에 대해 말하던 이는 더이상 한 인간이 아니라, 그 사람 안에 있는 두려움이었다. 게다가 함께 방송에 출연했던 사람들도 좀 놀란 듯했다. 그를 안심시키려고 소곤거리는 말과 몸짓을 청취자도 짐작할 정도였지만 헛일이었다. 두려움은 걷잡을 수 없이 컸다.

머리칼이 삐쭉 솟을 정도로 공포감에 사로잡혀 하마터면 큰 침대에 혼자 앉아 중얼거릴 뻔했다. 아내를 그런 야만인들에게 떠나보내다니 내가 미친놈이지, 그애들이 아내를 날로 삼켜버릴 거야! 그러느니 차라리 그 사회자를 내 손으로 붙잡아 안심시키고 싶었다. 이봐, 이봐, 진정해, 없는 사람은 목소리가 큰 법이야. 그게 그런 사람의 특징 중 하나지. 역사적으로나 지리적으로 불변하는 성격. 그런 자들은 언제나 세상 어디서나 큰 소리로 말해. 가난한 사람들에 둘러싸여 있을 땐 더 크게 말하지. 모두 다 큰 소리로 말하니까 얘기를 듣게 하려면 더 크게 말해야 하거든, 알겠어? 없는 사람 집은 벽도 얇아. 그리고 욕도 엄청 많이 하는 게 사실이야. 하지만 악의는 없어, 안심해. 가난한 남쪽 지방으로 내려갈수록 성적인 욕설을 많이 하지. 종교적인 욕설도 하고, 그 둘을 함께 섞어 하기도 해. 하지만 자연스럽게 그렇게 말해. 왜냐하면 당신 같은 사람을 길에서 마주쳐 그게 잘못이라는 지적질을 당할 일이 없거든. 자, 내 어린 시절만 봐도 그래. 마을의 가난한 사람들은 "퓌트 비에르주!"*라는 욕을 했어. 남부 이

---

* Pute vierge. 창녀와 성모마리아(혹은 순결한)라는 모순된 두 단어를 결합한 욕

탈리아 출신의 가난한 사람들은 자기네 식으로 "포르카 마돈나"라고 했고. 그렇다고 그들이 토요일 저녁의 창녀나 일요일 아침의 성모마리아를 미워한 건 아냐. 그건 그냥 말하는 방식이고, 제 손가락에 망치를 잘못 내리쳤을 때 내뱉는 말일 뿐이지, 그게 다야! 검지에 잘못 내리친 망치질, 아얏! 그리고 사소한 모순어법이야. "순결한 창녀"!…… 가난한 사람들은 모순어법을 잘 쓴다는 걸 아는지? 정말 그래! 그건 말이지, 우리 사이의 공통점이야. 우리는 만년필, 그들은 망치, 하지만 우리는 모두 모순어법을 사용해! 위로가 되지 않나, 응? 당신은 비속어가 범람해 우리 언어의 정교함을 모조리 휩쓸어버리지 않을까 그토록 걱정하는데, 안심해도 돼! 아! 또하나 말하고 싶은 건, 그들의 비속어를 겁내지 말라는 거야. 요즘 가난한 사람들이 쓰는 비속어는 지난날 가난했던 사람들의 은어일 뿐, 더도 덜도 아니야! 오래전부터 가난한 사람들은 은어를 써왔지. 왜 그런지 알아? 부자들에게 자기들도 뭔가 감출 게 있다고 믿게 하기 위해서야! 물론 가난한 사람들은 아무것도 감출 게 없지, 너무 가난하니까, 여기저기 암거래되는 보잘것없는 것뿐이지. 하지만 자신들이 감추고 있는 게 세상 전부라고 믿게 하려는 거야. 금지된 어떤 우주, 너

설로 '빌어먹을' '망할'이란 뜻으로 쓰인다.

무 광대해서 표현하려면 한 언어 전체가 필요할 그런 우주. 하지만 물론 그런 세상도, 그런 언어도 없어. 단지 하찮은 어휘의 공모일 뿐이고, 조금 따스하게 있고 싶어서, 절망을 감추고 싶어서 그러는 거지. 은어는 언어가 아니라, 단지 어휘일 뿐이야. 가난한 자들의 문법은 우리 것이거든. 물론 주어, 동사, 보어만으로 최소한으로 축소된 문법이지. 하지만 안심해, 우리의 문법, 당신의 문법, 당신 것이자 우리 모두의 것인 프랑스 문법을, 가난한 사람들이 자기들끼리의 소통을 위해 필요로 하는 거야. 당연히 무한수의 모임을 갖는 젊은이들에게 속한 어휘가 남긴 하지, 당신이 두드러지게 빈곤한 어휘라고 폄하한(당신처럼 높은 곳에서 고찰해보면 의심할 여지가 없지) 어휘 말이야. 하지만 그것 역시 안심해도 돼. 가난한 자의 어휘란 지극히 빈약해서 대부분 역사의 바람에 아주 빨리 휩쓸려 사라지고, 가늘디가는 잔가지 같아서 그 안에 생각이 실릴 수 없으니까…… 그것들 중 사전에 실리는 말은 거의 없어. 예컨대 요즘 젊은 애들이 쓰는 'meuf' 'keuf' 'teuf'* 같은 말이 내가 발견한 전부야. 사실 좀 전에 사전에서 찬찬히 찾아봤는데 그것밖에 없더군, 별것도 없이 그게 다더라고. 아주 공통적으로 쓰이는 단 세 개의 단어. 그것도 시대

---

* 여자, 경찰, 축제의 은어.

가 바뀌면 사라져버릴 말들이지. 사전이란 영속성이 있는 극소수의 말만 보증해주거든.

마지막으로 당신을 완전히 안심시켜주지. 우체국에 가봐, 시청 문을 열고 들어가봐, 지하철을 타봐, 박물관이나 보험공단 사무실에 들어가봐. 거기 창구 뒤에 앉아 당신을 맞이해주는 사람들이 바로 그 한심한 언어를 쓰는 젊은이들의 어머니요 누나요 아버지요 형이거든. 아니면 나처럼 병이 나서 병원에 입원을 해보든지. 그러면 당신을 휠체어에 태워 수술실로 데려다줄 젊은 남자 간호사가 이렇게 말해줄 거야.

"쫄지 마세요, 완전 쌩쌩해질 겁니다."

6

더 가관인 것은 변두리 학교 선생님들의 초청을 받아 갈 때, 그곳 학생들이 맨 처음 던지는 질문 중 하나가 내 노골적인 언어에 관한 것이라는 사실이다. 당신의 소설에는 왜 그렇게 상스러운 말이 많은가? (그래, 그 사회자가 끔찍하다고 했던 바로 그 청소년들도 그와 똑같은 우려를 표명하고 있었다. 왜 그렇게 언어적인 폭력이 많은가?) 물론 아이들이 그런 질문을 하는 것은 자기 선생님들을 조금이나마 즐겁게 하려고, 때로는 나 자신을 곤경에 빠뜨려보고 싶어서겠지만, 그것은 또한 아이들이 보기에는 그런 말이 글로 쓰였을 때만 진짜로 상스러워지기 때문이다. '쌩깐다'라는 말을 입에 달고, 쉬는 시간 내내 '좆까'라고 지껄이고, '니미 씹할'이라는 말도 엄청 들리지만, 좆, 쌩까다, 니미 씹하다 같은 말이 책 속에, 흰 종이에 검은 글자로 인쇄된 걸 보는 일은 생경하다. 그것들의 일상적인 자리는 화장실 벽이어야 하는데……!

학생들과 나 사이에 프랑스어에 관한 대화가 아주 빈번하게 벌어지는 것도 바로 이러한 우리의 대화 단계에서다. 내 소설 속 은어들, 즉 대체와 은폐, 공모의 언어인 은어에서 출발해 은어의 사용에 대해, 폭력은 물론이고 사랑에서도 쓰이는 그 은어(은어는 무엇보다 어조에 민감하며, 모욕에서 어루만짐으로 넘어가는 데 그만한 게 없다)에 대해, 몇 세기 전부터 언어의 통일을 고심하고 있는 프랑스라는 나라에서의 은어의 오랜 기원에 대해, 은어의 다양성에 대해, 즉 도둑의 은어, 동네의 은어, 직업, 환경, 공동체의 은어에 대해, 지배 언어에 의한 그 점진적인 동화작용에 대해, 그리고 은어의 완만한 소화과정에서 비용*의 시대부터 오늘에 이르기까지 문학이 담당하는 역할(나 자신의 소설에 은어가 나오는 것도 여기서 비롯된다)에 대해…… 그러다보면 우리는 서서히 언어의 역사에 대해 이야기하게 된다.

"왜냐하면 말들에는 역사가 있기 때문입니다. 말들은 어느 날 갑자기 알이 나오듯 우리 입에서 튀어나온 게 아닙니다! 말들은

---

* 중세 말 프랑스의 대표적인 시인.

진화하며, 그 존재는 우리 존재만큼이나 예측할 수 없습니다. 어떤 말들은 처음과 정반대의 의미를 갖기도 합니다. 예컨대 '신경이 곤두선énervé'이란 말은 신경을 제거한 작은 개구리를 지칭했던 것으로, 물웅덩이처럼 푹 퍼진 작은 실험용 양서류를 일컬었지요. 그런데 그 말은 여기 있는 물루, 즉 옆 친구가 '신경을 곤두서게énerver' 해서 정말로 '열 받은vénère' 우리 친구 물루의 상태를 표현하게 되잖아요. 어떤 말들은 은어로까지 파생됩니다. '불쌍한 암소pauvre vache'라는 표현을 보세요. 그토록 평화롭던 초원의 암소가 시간이 지나자 사람들이 싫어하는 이들을 지칭하는 말이 되었잖습니까. 17세기의 매춘녀, 19세기 말의 경찰 그리고 오늘날에는 우리에게 못된 짓vacheries을 하는 악인들을 지칭하고 있습니다. 대수롭지 않은 암소라는 말에서 왜인지는 모르지만 '엄청나게vachement'라는 부사가 나오기도 했고요."

이런 대화가 오가는 중에 어느 선생님이 학생들에게 질문을 했다.

"'정상적인' 말인데 여러분 사이에서 은어가 된 예를 하나 누가 들어줄 수 있나?"

"……"

"생각해봐! 여러분이 누군가를 무시할 때 하루에도 몇 번씩 하는 말을."

"……"

"……"

"'부퐁bouffon'요? 부퐁 같은 거요?"

"그래, 그런 거."

"……"

나는 '부퐁'이란 말을 90년대 초반에 처음으로 들었다. 어느 아침, 교실에 들어서는데 두 녀석이 수탉처럼 서로를 덮칠 태세였다.

"선생님, 얘가 절 '부퐁' 취급했어요!"

18세기 이탈리아로 거슬러올라가는 이 말은 궁정의 어릿광대를 지칭했는데, 그날 아침 내 앞에서는 '나쁜 놈'의 동의어로 드러났다. 다시 십오 년이 지난 지금, 그 욕설은 이 학급의 아이들에게, 〈레스키브〉에 나왔던 아이들과 좀더 일반적으로는 그들과 같은 환경과 세대의 젊은이들에게, 그들의 규칙을 공유하지 않는 모든 사람을 지칭한다. 나의 노모가 젊은 날에 이미 부르주아라고 부르던—하지만 노모 역시 부르주아였다—사람들 말이다 ("그 사람은 생각이 정말이지 너무 부르주아적이야").

'부르주아'…… 이 말이야말로 온갖 색채를 가지고 있다! 귀족의 경멸에서부터 낭만주의 청년의 광포를 거쳐 노동자의 분노, 초현실주의자들의 저주, 마르크스레닌주의자들의 보편적인 유죄판결, 모든 종류의 예술가들의 멸시까지. 부르주아의 아이는 존재론적인 치욕이라는 모호한 감정 없이는 공개적으로 부르주아의 자격을 가질 수 없다는 경멸적인 함의의 비난을 받을 정도로 그 말이 겪어온 역사는 엄청나다.

부르주아에게는 가난한 자에 대한 두려움이, 가난한 자에게는 부르주아에 대한 경멸이 있다…… 지난날, 내 청소년기의 불량배들은 이미 부르주아를 두렵게 했고, 내 청년 시절의 건달들은 마을 사람들을 불안하게 했다. 오늘날 부퐁들을 두렵게 하는 것은 집단주택단지인 '시테'의 젊은이들이다. 그렇지만 지난날의 부르주아가 길에서 불량배를 마주치는 일이 없었던 것처럼, 오늘날의 부퐁이 길을 걷다가 먼 훗날 감방으로 향하게 될 그런 청소년을 마주칠 위험은 없다.

〈레스키브〉의 청소년들에게 겁을 집어먹은 우리의 사회자는 개인적으로 몇 명의 시테 아이와 마주쳤던 것일까? 기껏해야 손가락으로 꼽을 만한 숫자가 아니었을까? 그거야 하나도 중요하지 않다. 그저 영화 속 아이들의 이야기를 듣거나, 라디오에서 흘러나오는 그애들의 음악을 삼십 초만 귀기울여 듣거나, 사회문제가 있을 때 변두리에서 불태워지는 자동차를 보기만 해도 그는 태생적인 공포에 사로잡혀 그들을 우리 문명을 눌러 이길 열등생 부대로 지목하고도 남을 것이다.

V

막시밀리앵
혹은
이상적인 죄인

"선생님들이 우리 머리를 복잡하게 해요!"

1

벨빌의 겨울 저녁, 어둠이 내린 쥘리앵라크루아 거리. 집으로 돌아가는 길이었다. 파이프를 물고, 가방을 들고, 몽상에 잠겨. 그때 벽에 기대서 있던 어떤 사람이 주차장 차단기처럼 자신의 팔을 내려뜨리며 나를 멈춰 세운다. 심장이 쿵 하고 내려앉는다.

"불 좀 빌리자!"

그냥, 그렇게, 우리를 가르는 사십 년 나이 차에 대한 고려도 없이. 열여덟 혹은 스물쯤 되어 보이는 건장하고 우람한 체격의 흑인, 짐짓 차분함을 가장하며 자신의 근육과 선한 욕망을 확신하고 있는 녀석이었다. 불을 요구하고 있으니, 불을 건네주면 끝날 일이다.

나는 가방을 내려놓고, 라이터를 꺼내 녀석의 담배 쪽으로 불을 내민다. 그가 고개를 숙여 양볼이 움푹해지도록 담뱃불을 빨아들이고, 빨갛게 타들어가는 담배 불빛 위로 드러난 내 얼굴을 처음으로 바라보았다. 그의 두 눈이 깜빡거렸고, 자신의 팔을 다시 내려뜨리더니 입술에서 담배를 거두며 더듬더듬 말했다.

"아, 죄송합니다. 선생님……"

망설임.

"혹시……? 글 쓰시는…… 작가 아니세요?"

나는 조그맣게 기뻐하며 이렇게 말할 수도 있으리라.

아, 독자시군요, 라고. 하지만 익숙한 본능이 다른 말을 귀띔해준다. 이런, 학생이군, 녀석의 국어 선생이 말로셴 시리즈 중 한 권을 숙제로 내주었군. 좀 있으면 도와달라고 부탁해올 것이다.

"그래, 나는 책을 쓴다네. 그런데 왜 묻는 건가?"

내 짐작이 틀리지 않았다.

"왜냐하면 저희 선생님이 그 『요정…』, 『요정…』을 읽으라고 했거든요."

제목에 '요정'이란 말이 들어가는 건 알고 있군.

"벨빌이랑 노부인들 이야기가 나오고……"

"그래, 『기병총 요정』이지. 그래서?"

이제 녀석은 결정적인 질문을 던지기 전에 손가락으로 머리카락을 비비 꼬는 어린애가 되어버린다.

"텍스트를 해석하는 숙제가 있어서요. 저를 좀 도와주시겠어요? 두세 가지만 알려주시면 되는데."

나는 가방을 다시 들었다.

"자네 나에게 어떻게 불을 요구했는지 아나?"

당황.

"나를 겁주려고 그랬나?"

반박.

"아닙니다, 선생님! 엄마를 걸고 맹세해요!"

"네 어머니를 난처하게 하지 마. 넌 나를 겁주려고 했어(거의 그 단계에 도달했다는 건 밝히지 않으려고 조심했다). 그리고 오늘 걸려든 사람이 내가 처음이 아니겠지. 오늘 몇 사람한테나 그런 식으로 말했지?"

"……"

"근데 넌 날 알아봤고, 널 도와주길 바라고 있어. 그런 숙제가 없었다면 길을 가로막고 사람을 불러 세워 어떻게 하지? 상대가 겁을 먹으면 만족스러운가? 그런 거야?"

"아닙니다, 선생님, 아녜요……"

"예의란 거 알잖아. 하루에도 백번씩 하는 말 아닌가? 응? 방금 전 자넨 나에게 결례를 했어. 그래 놓고 도와주길 바라는 거야?"

"……"

"이름이 뭐냐?"

"막스입니다."

그러고는 재빨리 온전한 이름을 댔다.

"막시밀리앵입니다."

"그래, 막시밀리앵, 넌 좋은 기회를 놓친 거다. 나는 여기 살지, 저기 보이는 르자주 거리의 저 창문들, 저 위에 말이다. 네가 예의바르게 불을 요구했다면 우리는 이미 저기 저 집에 들어가 내가 네 숙제를 도와주고 있었을 거다. 하지만 지금은 안 돼, 절대 안 돼."

마지막 시도.

"제발, 선생님……"

"다음번에, 막시밀리앵, 네가 사람들에게 예의를 갖춰 이야기할 때. 하지만 오늘은 아니다. 오늘은 네가 나를 화나게 했어."

2

나는 막시밀리앵과의 만남을 자주 떠올린다. 그에게나 나에게
나 이상한 경험이었다. 단 몇 초 만에 나는 불량배 앞에서 벌벌
떨다가 학생 앞에서 체면을 되찾았고, 그는 부퐁을 위협하는 즐
거움을 누리다가 빅토르 위고 동상(벨빌의 르자주에서 오랫동
안 같이 지내온 아이들은 농담삼아 나를 위고 아저씨라고 부른
다) 앞에서 얼굴이 새하얘진 것이다. 막시밀리앵과 나는 서로에
게 두 가지 모습을 재현하고 있었다. 위협적인 불량배와 도움을
받아야 하는 학생, 위협당한 부퐁과 도움을 주어야 하는 작가.
다행히 담뱃불 빛이 이것들을 뒤섞어놓았다. 잠깐 사이 우리는
불량배이면서 고교생이었고, 부퐁이면서 소설가였다. 복잡한 가
운데서도 현실이 승리했다. 우리가 담배 에피소드에 머물러 있

고 막시밀리앵이 나를 알아보지 못했다면, 나는 불량배 앞에서 잔뜩 겁을 집어먹었다는 창피함을 느끼며 집으로 돌아왔을 것이다. 그는 자기 친구들한테 그걸 자랑삼아 떠들어댔을 것이고, 나는 자판을 두드리며 그 사실을 한탄했을 것이다. 요컨대 삶은 단순하게 머물렀을 것이다. 동네 불량배가 착한 시민을 모욕했다는, 현대의 판타지에 부응하는 세상의 관점을 보여주었을 것이다. 다행히 라이터 불빛이 좀더 복합적인 현실을 폭로했다. 배울 것이 많은 청소년과 가르쳐줄 것이 많은 어른의 만남으로. 다른 무엇보다 이런 걸 가르쳐줄 거다. 막시밀리앵, 황제가 되고 싶으면, 그건 오직 너 자신만으로 이루어질 테니, 익살꾼 부퐁을 위협하는 놀이는 더이상 하지 말라고. 마이크를 쥐고 있는 가짜 겁쟁이들이 차분하게 네 등 위에 세워올리는 끔찍한 열등생의 조각상에 일 그램의 진실도 보태지 말라고 말이다.

"아하……"

좀 전에 쓴 글을 다시 읽고 있는데 내면의 조그만 빈정거림이 들려왔다.

"아하, 아하, 아하……"

이 조롱은 틀림없이 또 그놈이다. 열등생이던 어린 시절의 내 모습.

"이런, 아주 멋진 문장이네! 막시밀리앵이란 그놈이 그런 아름다운 도덕적인 교훈을 받아들였군!"

그리고 평소처럼 못을 박는다.

"자기만족의 작은 충동?"

"……"

"다시 말해 넌 그 학생을 도와주지 않았군……"

"……"

"그애가 공손하지 않아서? 그래서야?"

"……"

"그래서 스스로에 대해 만족해?"

"……"

"네 원칙은 뭐에다 썼지? 앞서 펼친 멋진 원칙들 말이야. 기억해봐. '책 읽기의 두려움은 책 읽기로, 모자란 이해 능력에 대한 두려움은 텍스트의 몰입을 통해 치유하고……' 이런 비슷한 선언. 깔고 앉아버렸나?"

"……"

"사실 넌 그날 저녁 막시밀리앵한테 쩔쩔맸어! 아마도 너무 화가 났거나 너무 겁을 먹었겠지. 너 역시 겁먹는 일이 있고, 특히 피곤할 때 그러지. 그 아이의 팔을 잡고 집에 데려와 텍스트 해석하는 일을 도와주고, 필요하다면 그 아이와 토론도 했어야 한다는 걸 넌 아주 잘 알고 있어. 야단칠 땐 치더라도 말이야. 그건 숙제를 하고 난 다음에 했어야지! 요구에 대답하는 게 당장 급한 일이었지, 운좋게도 요구가 있었잖아! 형식이 잘못되었다고? 좋아! 뭔가 이해관계가 있었다고? 모든 요구에는 이해관계가 있다는 거, 그건 너도 잘 알잖아. 계산된 관심을 텍스트를 위한 관심으로 바꾸는 게 네 일이야. 그런데 막시밀리앵을 길거리에 세워두고 그냥 집으로 돌아간 건 너와 그 아이를 갈라놓은 벽을 그대로 세워놓은 거였어. 그 벽을 더 공고히 하기까지 했지. 여기 라퐁텐의 우화가 하나 있어. 내가 들려줄까? 넌 여기서 주인공역할을 하고 있다고!"

아이와 선생님

이 이야기에서 나는 쓸데없는 훈계라는
어떤 어리석음을 보여줄 것이다.
어린아이 하나가 센 강가에서 장난치며 폴짝거리다가
쓰러지듯 물에 빠졌다.
하늘이 도와 그곳에 버드나무 한 그루를 허락했고,
신의 뜻에 따라 그 나뭇가지가 아이를 구해주었다.
버드나무 나뭇가지에 아이가 매달려 있는데,
그곳으로 선생 하나가 지나가고 있었다.

아이가 그에게 소리쳤다. 살려주세요, 죽을 것 같아요.

소리나는 곳을 돌아본 선생은

계제에 맞지 않는 아주 근엄한 어조로

아이를 꾸짖어야겠다고 생각했다.

아! 이런 새끼 원숭이 같으니!

쯧쯧, 어리석은 마음에 그곳까지 올라갔구나!

그런 장난을 쳤으니 책임을 져야지.

네 부모님은 얼마나 불행하겠느냐,

너 같은 장난꾸러기를 늘 감시해야 하니!

얼마나 힘이 드시겠어! 부모님이 불쌍하구나!

이렇게 할말 다 하고 나서 그는 아이를 물가에 내려놓았다.

나는 여기서 많은 사람이 생각하지 못하는 점을 비난한다.

아주 수다스럽고, 트집만 잡고, 너무 알은체하는 자는

내가 하는 말을 잘 알 것이다.

이 세 부류의 사람들 모두 아주 힘센 한 민족을 이루고 있고

창조주는 그 족속들을 축복했다.

그들은 세상만사에서 제 혀를 놀리는 일만 생각할 따름이다.

그런데 여보게, 먼저 위험에서 구해주고,

설교는 그다음에 하게나.

3

막시밀리앵은 요즘의 열등생 모습이다. 오늘날 학교에 대한 이야기는 본질적으로 막시밀리앵 같은 아이들의 이야기다. 1,240만 프랑스 젊은이들이 해마다 학교에 등록하고, 그중 약 100만 명의 학생이 이민자 출신이다. 그런데 20만 명은 학교생활의 심각한 어려움에 처해 있다. 이 20만 명 중 얼마의 학생이 언어적이거나 신체적인 폭력(교직생활을 지옥으로 만들어버리는 교사에 대한 학생의 욕설, 위협, 폭행, 건물 훼손)으로 기울어버릴까? 사분의 일? 5만 명? 그렇다 치자. 1,240만 명의 학생 중 0.4퍼센트는 막시밀리앵의 이미지를 너끈히 제공한다. 문명을 삼켜버리는 열등생에 대한 그 무서운 환상은 학교에 대한 이야기가 시작되자마자 우리의 온갖 정보 수단을 독점하고, 가장 신중한 상상력까지 포함해 모든 상상력을 열광시킨다.

내 계산이 틀렸고 0.4퍼센트의 두 배 혹은 세 배까지 늘려야한다고 가정해도 수치는 여전히 하찮은데도, 어른인 우리로서는 더없이 부끄러운 일이지만 그런 젊은이에 대한 두려움은 그대로다.

시테 출신이건 외곽 출신이건 흑인이건 마그레브 이민자 2세대건 혹은 유배된 골족이건, 유명 상표와 핸드폰 애호가에, 자유로운 영혼이면서도 집단으로 몰려다니고, 후드를 푹 눌러쓰고, 담벼락과 지하철에 낙서를 해대고, 복수심 가득한 가사로 마디마디 잘린 음악을 선호하며, 큰 소리로 말하고 시끄럽게 떠들어대는, 깡패, 마약상, 방화범, 장차 종교적 극단주의자가 될 녀석. 막시밀리앵은 그 옛날 변두리 노동자의 현대판 형상이다. 그 옛날 부르주아가 라프 거리나 불량배가 출몰하는 마른 강가의 술집에서 천민들과 어울려 놀기를 좋아했듯이, 요즘의 부퐁들은 막시밀리앵과 가까이 지내는 걸 좋아한다. 단지 이미지로만, 영화, 문학, 광고, 정보의 온갖 소스로 버무려진 이미지로만 좋아한다. 막시밀리앵은 두려움을 일으키는 이미지인 동시에 팔리는 이미지이기도 하다. 가장 폭력적인 영화의 주인공이자 가장많이 입고 다니는 상표의 매개자. 막시밀리앵의 생활 반경이 대도시 언저리에 국한되어 있지만(도시 정책과 부동산 가격, 그리고 경찰의 감시 때문에) 그의 이미지는 도시의 가장 화려한 심장부까지 퍼져 있다. 부퐁들은 자기 아이들이 막시밀리앵처럼 옷을 입고 막시밀리앵의 비속어를 쓰고, 게다가 더 기가 막히게도 막시밀리앵의 목소리에 자기 목소리를 일치시켜가는 걸 보게 된다! 그리하여 프랑스어의 죽음과 문명의 종말을 외치는 것이다. 두렵기도 하지만 그만큼 매혹적이라, 한 걸음만 바로 벗어나도, 자신의 깊숙한 곳에 막시밀리앵이 신성화되어 있음을 우리는 안다.

4

가까이서 들여다보면 막시밀리앵은 젊음만능주의라는 동전의 이면이다. 우리 시대는 젊음의 의무로 이루어져 있다. 젊어야 하고, 젊게 사고해야 하고, 젊게 소비해야 하고, 젊게 늙어야 하고, 유행은 젊고, 축구도 젊고, 라디오방송도 젊고, 잡지도 젊고, 광고도 젊고, 텔레비전도 젊은이로 가득하고, 인터넷도 젊고, 사람들도 젊고, 살아 있는 베이비붐 세대의 마지막 사람들도 젊게 남아 있고, 우리의 정치인들마저 마침내 다시 젊어졌다. 젊음 만만세! 젊음에 영광을! 젊어야만 한다!

단, 막시밀리앵처럼 되지 않는다는 조건으로.

5

"선생님들이 우리 머리를 복잡하게 해요!"

"그렇지 않아, 너희 머리는 이미 다른 것들에 사로잡혀 있어. 선생님들은 너희 머리를 원상 복구하려고 노력할 뿐이야."

언젠가 리옹 지방의 어느 기술고등학교에서 나누었던 대화다. 그 학교는 사람 하나 없이 온갖 종류의 창고만 가득한 황무지를 지나서야 나타났다. 끝이 보이지 않는 높다란 벽들과 석면시멘트 지붕의 촘촘한 벽돌 건물 사이를 십 분쯤 걸어가는 길이었다. 근방에 사는 학생들이 매일 아침 걸어다니는 등굣길치고는 참으로 한심한 산책로였다.

그날 우리가 무엇에 대해 이야기했던가? 물론 독서와 글쓰기에 대해, 소설가의 머릿속에 이야기가 찾아드는 방식에 대해,

'무엇무엇 같은'의 동의어가 아닌 '문체'의 의미에 대해, 인물과 인격의 개념에 대해, 결국 보바리즘*에 대해, 소설을 읽고(혹은 영화를 보고) 난 뒤 너무 오랫동안 그것에 빠져드는 위험에 대해, 현실과 상상에 대해, 일상의 현실을 다룬 방송 프로에서 현실을 상상으로 착각하게 하는 것에 대해, 학생들이 진지하게 생각하는 순간 열광하게 되는 모든 것에 대해…… 좀더 일반적으로 말하자면 학생들과 문화의 관계에 대해 이야기했다. 그애들이 작가를 직접 본 것은 그때가 처음이었음은 말할 것도 없고, 그들 중 누구도 연극 공연에 참여한 적이 없고, 극소수의 아이들만 리옹 시까지 가봤다. 내가 이유를 묻자 지체 없이 답이 나왔다.

"부퐁들한테 불량배 취급이나 당할 텐데 뭐하러 가요!"

요컨대 세상에는 질서가 잡혀 있었다. 도시는 그들을 두려워하고, 그들은 도시의 심판을 겁내고 있었다. 요즘 세대의 많은 젊은이처럼, 이 소년 소녀 대부분은 높다란 창고들 사이에서 해바라기하는 식물들처럼 쑥쑥 키만 자랐다. 몇몇은 유행을 따르고 있었고—자기들의 유행이라고 생각했지만 천편일률적인—모두가 랩이 퍼뜨린 말투를 과용하고 있었다. 그 말투는 그

---

* 플로베르의 『마담 보바리』의 주인공 에마 보바리처럼 책 속의 허구적 세계에 사로잡힌 병적인 상상과잉상태.

들이 감히 찾아가지 못하는 도심의 최첨단 유행을 따르는 젊은 부퐁들한테까지 영향을 미쳤다.

우리는 마침내 학업에 대한 이야기를 하게 되었다.

바로 그 단계에서 막시밀리앵(그렇다, 나는 이 책에서 모든 열등생, 즉 도시 외곽의 열등생이건 세련된 동네의 열등생이건 모두에게 최고로 아름다운 이 이름, 막시밀리앵을 붙여주기로 했다)이 도움이 되었다.

"선생님들이 우리 머리를 복잡하게 해요!"

그애가 열등생이라는 건 한눈에 보였다. (왜 한눈에 보였는지를 설명하려면 길다. 하지만 열등생들은 금방 눈에 띄는 게 사실이다. 나를 초대했던 모든 학급에서, 부자 학교, 기술계 고등학교, 여러 도시의 중학교 등등 어디서든 막시밀리앵들은 선생들이 그들에게 건네는 긴장된 주의나 과장되게 호의적인 시선에서 알아볼 수 있고, 그들이 입을 열기도 전에 터져나오는 친구들의 웃음에서, 그리고 뭔지 모르게 어긋나 있는 그들 목소리, 즉 변명하는 말투나 동요하는 격렬한 어조에서 알아볼 수 있다. 그리고 입을 다물고 있을 때는—막시밀리앵은 흔히 침묵한다—그 초조하고 악의적인 침묵에서 알아볼 수 있다. 그것은 뭔가를 저장해가는 학생의 주의깊은 침묵과 확연히 다르다. 열등생은 존재에 대한 변명과 실존의 욕구, 기어코 제자리를 찾고 그의 우울증 치료제인 폭력을 불사하고라도 자신의 실존을 받아들이게 하고 싶은 욕구 사이에서 끊임없이 갈등한다.)

"어째서 그렇지? 선생님들이 너희 머리를 복잡하게 한다니?"

"선생님들이 저희 머리를 복잡하게 한다고요, 말 그대로예요! 아무짝에도 소용없는 것들로요."

"예를 들면 어떤 게 아무 소용 없는 거지?"

"모두 다죠! 뭐…… 교과 과목들도 그렇고요! 그건 살아가는 일이랑 아무 상관 없잖아요!"

"네 이름이 뭐지?"

"막시밀리앵이요."

"막시밀리앵, 네가 잘못 생각한 거다. 선생님들은 네 머리를 복잡하게 하는 게 아니라 네 머리를 원상 복구하려고 애쓰는 거다. 왜냐하면 네 머리는 이미 뭔가에 붙잡혀 있거든."

"제 머리가 붙잡혀 있다고요?"

"너 지금 발에 뭐 신고 있니?"

"제 발에요? 제 N이죠, 선생님!"(N은 여기서 상표 이름이다.)

"너의 뭐라고?"

"제 N이요, N을 신었다고요!"

"너의 그 N이 뭐지?"

"아니, 그게 뭐냐니요? 제 N이라니까요!"

"내 말은 그게 무슨 물건이냐는 거야, 그게 뭔 물건이야?"

"제 N이라고요!"

막시밀리앵한테 망신을 주려는 게 아니었기 때문에, 이번에는 다른 학생들에게 질문을 던졌다.

"막시밀리앵이 자기 발에 뭘 신고 있다는 거지?"

아이들은 거북한 침묵 속에 서로 눈빛을 교환했다. 한 시간 넘게 함께 보내며, 같이 토론하고 생각하고 농담하고 많이 웃었으니 그들이 나를 도와줄 줄 알았다. 하지만 막시밀리앵이 옳았다는 걸 인정해야만 했다.

"걔의 N이요, 선생님."

"좋아, 잘 알겠다, 그게 N이구나. 하지만 물건으로 말하면 뭐지? 그게 무슨 물건이냐고."

침묵.

어느 여학생이 불쑥 나섰다.

"아! 물건으로요? 그럼 농구화죠!"

"그래. 이런 종류의 물건을 '농구화'보다 좀더 일반적인 이름으로 말하면 뭐지?"

"신······발이요?"

"그렇지, 그건 농구화, 조깅화, 운동화, 구두 등등 신발로 통칭되는 모든 것들이지. 하지만 N은 아니야! N은 상표지, 물건 이름이 아니라!"

이때 담임선생님의 질문.

"신발은 걸어다니는 데 쓰이고, 상표는 뭐에 쓰이지?"

교실 구석에서 터져나온 돌발 발언.

"뽀다구 내는 데요!"

모두의 폭소.

선생님의 답.

"그래, 잘난 체하는 데 쓰이지."

선생님은 풀오버를 가리키며 다른 학생에게 질문한다.

"사미르, 네가 입고 있는 건 뭐지?"

즉각적인 동일한 답변.

"제 L이요, 선생님!"

순간 나는 끔찍한 절망을 연기했다. 마치 사미르의 대답이 내
게 독약을 먹였다는 듯 그들 앞에 쓰러져 죽어가는 척했다. 그때
또다른 목소리가 웃으며 소리쳤다.

"아니에요, 아니에요, 저건 풀오버예요! 괜찮아요, 선생님, 쓰
러지지 말고 계셔주세요. 쟤의 L은 풀오버예요, 풀오버요!"

부활.

"그래, 저건 풀오버지. 풀오버란 말은 영어에서 나왔지만 상
표보다는 그래도 그게 낫다. 내 어머니라면 털옷이라 했을 거고,

할머니는 뜨개옷이라 했을 거다. '뜨개옷'은 옛날 말이지만 상표 이름보다는 낫지. 막시밀리앵, 너의 머리를 복잡하게 하는 건 선생님들이 아니라 바로 상표들이다. 나의 N, 나의 L, 나의 T, 나의 X, 나의 Y! 이 상표들이 너희들의 머리를 사로잡고, 너희들의 돈을 빼앗고, 너희들의 말을 빼앗고, 너희들의 몸 또한 사로잡고 있지. 그것들이 마치 유니폼처럼 너희들을 살아 있는 광고매체로, 가게 안의 플라스틱 마네킹처럼 만들고 있어!"

그리고 내 어린 시절의 샌드위치맨 이야기를 들려주었다. 우리집 맞은편 길거리에서 광고를 하던 늙은 아저씨였는데 몸의 앞뒤로 겨자소스 광고판을 메고 있었다.

"상표들은 너희들에게도 똑같은 일을 시키고 있는 거다."

덜 어리석은 막시밀리앵이 말했다.

"우리에게 대가를 지불하지 않는다는 점만 빼고요!"

또다른 여학생의 개입.

"그렇지 않아요. 시내 고등학교 정문에 가면 사람들이 불량한 애들이랑 제일 멋부리는 애들을 뽑아서는 반에 가서 광고하라고 공짜로 옷을 입혀주는걸요. 애들을 상표로 치장해주고 장사하는 거죠."

막시밀리앵의 대꾸.

"거 멋진데!"

담임선생님.

"그렇게 생각하니? 난 상표들이 아주 비싸긴 해도 그보다는 너희들이 훨씬 가치 있다고 생각하는데."

그리고 가격과 가치의 개념에 대한 심오한 토론이 이어졌다. 돈으로 좌우되는 가치가 아니라 다른 것들, 그 유명한 가치들, 의미를 잃었다고 여겨졌던 가치들에 대해서……

우리는 작은 언어 시위를 벌이다 헤어졌다. "말들을 해방하라! 말들을 해방하라!" 신발, 배낭, 만년필, 풀오버, 후드재킷, 워크맨, 모자, 전화, 안경 등 모든 친숙한 사물이 그들의 상표를 치워버리고 제 이름을 되찾을 때까지.

6

그 학교를 방문하고 파리로 돌아온 이튿날, 20구의 언덕배기에서 내 사무실 쪽으로 내려오다가, 길거리에서 마주친 학생들한테 꼼꼼히 가격을 매겨보자는 생각이 퍼뜩 들었다. 농구화 100유로, 청바지 110유로, 점퍼 120유로, 배낭 80유로, 워크맨 180유로(90데시벨의 조악한 음질), 그 속에 뭐가 들었는지야 모르지만 싸게 쳐도 50유로는 될 필통과 다기능 핸드폰 90유로, 반짝이는 새 롤러스케이트 한 켤레 150유로. 총 880유로, 즉 5,764프랑, 내 어린 시절 돈으로 환산하면 학생 일인당 576,400프랑이다. 며칠 뒤, 오가는 길목에서 가게 진열창으로 보이는 가격표들을 비교해보았다. 내 모든 계산이 어림잡아 오십만 언저리에 이르렀다. 이 아이들 하나하나가 옛날 돈으로 오십만 프랑에 달하는 것이다! 이것은 오늘날 파리의 중산층 부모를 둔 중산층 아이 한 명에 대한 추정치다. 젊은이를 무엇보다 고객으로, 시장으로, 목표 대상으로 삼는 사회에서, 예컨대 크리스마스 방학 후에 새 단장한 어느 파리 학생의 가격인 셈이다.

아이들 고객은 그러므로 수단이 있건 없건, 대도시 아이들이건 변두리 아이들이건, 소비하고자 하는 동일한 열망에, 보편적으로 동일한 욕망의 흡입기에 빨려들어, 부자건 가난하건, 큰애건 작은애건, 여자건 남자건 소비라는 단 하나의 소용돌이에 휩쓸려버린다. 다시 말해 상품을 바꾸고, 새것, 좀더 새로운 최신 상품을 원하는 것이다. 상표! 그리고 그걸 알아봐주길 바란다! 물건의 상표가 훈장이었다면 거리의 아이들은 변변치 못한 장군들처럼 찰그랑거리는 소리를 낼 것이다. 굉장히 진지한 방송 프로그램들은 거기에 그애들의 정체성이 있다고 장황하게 설명을 늘어놓는다. 저번 학기 개학 날 아침에는 마케팅의 위대한 여사 제께서 라디오에 출연해 책임감 있는 선구자의 확신에 찬 어조로 학교가 광고에 문을 개방할 것을 촉구했다. 광고란 정보의 한 범주이며 그 자체가 교육의 첫 자양분이라는 것이다. 증명 완료. 나는 귀를 쫑긋했다. 아니, 마케팅 여사님, 할머니처럼 듣기 좋은 목소리로 그렇게 낭랑하게 도대체 무슨 얘길 하는 건가요? 광고를 과학, 예술, 인문학과 한 보따리에 넣다니! 할머니, 진심인

가요? 그 한심한 여자는 진심이었다. 그리고 지독했다. 왜냐하면 그걸 제 주장이라며 한 게 아니라 세태가 그렇다는 명목으로 말했기 때문이다! 그러자 갑자기 내 눈앞에 마케팅 할머니가 말하는 삶의 모습이 펼쳐졌다. 아무런 벽도, 경계도, 국경도 없고, 소비라는 목표 말고는 아무것도 없는 거대한 상품 판매장! 그리고 그 마케팅 할머니에 따르면 이상적인 학교는 언제나 더 많은 것을 탐하는 소비자들의 광맥이 된다! 교육의 사명은 학생들을 상품 구매라는 끝없는 인생길로 카트를 밀고 갈 수 있게 준비시키는 일! 학생들이 소비사회와 떨어져 있지 않게 해야 한다고 그 할머니는 못을 박고, 아이들이 교육의 게토에서 '정보를 얻고' 나와야 한다고 주장했다. 교육의 게토, 그 할머니는 학교를 이렇게 불렀다! 그리고 교육을 정보로 환원시켰다! 쥘 아저씨, 알겠어요? 가족의 어리석음에서 아저씨가 구출했던 아이들, 선입관과 무지로 뒤엉킨 그 밀림에서 아저씨가 구출해내려던 아이들은 그러니까 교육의 게토에 감금시키기 위한 거였네요, 이런 세상에! 그리고 블랑메닐의 첼로 연주자 선생님, 학생들을 광고보다는 문학으로 일깨워주던 당신은 교육이라는 게토의 눈먼 간수에 불과했던 거네요. 아! 선생들이여, 도대체 언제 그 할머니 얘기를 들을 건가요? 세상은 이해의 대상이 아니라 소비의 대상이라는 사실을 대체 언제 머릿속에 집어넣을 건가요? 그러니까 학생들 손에 쥐여줄 것은, 오! 그 철학자들도, 파스칼의 『팡세』도, 『방법서설』도 『순수이성비판』도 아니고, 스피노자도 사르트르도 아니고, 지금 세상에서 최상으로 만들어지는 것들의 대형 카탈로그여야 합니다. 자, 할머니, 당신은 아름다운 말로 위장한 동화 속의 그 사악한 늑대입니다! 마녀의 논리로 몸을 감싸고 학교가 파하는 입구에 입을 벌리고 누워 있다가 소비자들인 빨간 망토의 아이들을 잡아먹으려는 늑대 말입니다. 물론 선두에는 다른 아이들보다 방어력이 떨어지는 막시밀리앵이 있겠지요. 욕망으로 가득찬 그 머릿속을 물어뜯으면 얼마나 맛있겠어요! 두 시간은 이 일을 하고 세 시간은 저 일에 쫓기는 불쌍한 선생들은 무기도 없이 광고의 엄청난 위력을 지닌 당신에 대항하며 아이를 당신에게서 떼어내려 하겠지요. 학교 정문에서 아가리를 벌리고 선 할머니, 일은 잘 진행됩니다! 70년대 중반부터 점점 더 가속화되고 있지요! 당신이 지금 씹어대는 아이들은 어제 당신이 씹었던 사람들의 아이들입니다. 어제는 내 학생들이었고, 오늘은 그 옛날 제자들의 자녀들입니다. 당신이 궤변을 들이대며 마구잡이로 한데 소화시킨 것들 속에서 집집마다, 생존의 욕구에 비해 소소하기 짝이 없는 욕망을 취하느라 여념이 없습니다. 어른 아이 할 것 없이 모두가, 끊임없이 욕망하는 유년이라는 동일한 상태로 축소되어버립니다. 또! 또! 당신 뱃속 깊은 곳에서 소비된 소비자 군중인 아이들과 부모들이 뒤섞여 소리칩니다. 더! 더! 물론 가장 크게 소리치는 건 바로 막시밀리앵입니다.

7

　　리옹 외곽 지역의 학생들을 떠나오면서 기분이 씁쓸했다. 그 아이들은 도시 외곽의 사막에 방치되어 있었다. 학교 자체가 미로로 얽힌 창고들 속에서 길을 헤매다 사라져버린 꼴이었다. 학교 주변은 즐거운 분위기와는 거리가 멀었다…… 카페 하나 보이지 않고, 극장도 없고, 살아 있는 것은 아무것도 없고, 눈을 둘 데라곤 아이들 능력 밖의 물건들을 선전하는 거대한 광고판들뿐이다…… 아이들의 끊임없는 겉치레, 집단의 공공 거울을 보고 만들어낸 그 자아의 이미지를 어떻게 비난하겠는가? 세상을 이토록 비켜나 있는 아이들, 구경거리라곤 그렇게나 없는 아이들, 무언가를 과시하고 싶은 그들의 욕구를 조롱하는 건 아주 쉽다. 그러나 세상은 그들에게 이미지로 살아가고 싶은 유혹 말고 무엇을 제공하는가? 실업을 대물림하고, 대개는 역사의 우연으로 과거에서 추방되고 지리地理를 빼앗겨버린 그들에게 말이다. 겉치레의 유희가 아니라면 무엇으로 휴식을—몸을 쉬고, 자신을 좀 잊고, 재충전한다는 의미에서—취할 수 있을까? 왜냐하면 할머니 마케팅의 정체성이 바로 그것이기 때문이다. 젊은이들의 겉모습을 치장하고, 사진발에 대한 그 영구적인 욕망을 충족시키는 일…… 선생들의 강력한 라이벌, 신 중의 신과도 같은 완제품 이미지의 상품!

리옹에서 돌아오는 기차 안에서 생각했다. 내가 돌아가는 곳은 단지 나의 집이 아니다. 나는 내 역사의 중심으로 돌아가는 것이며, 몸을 비벼댈 내 지리의 중심으로 돌아가는 것이다. 방문을 통과할 때 나는 태어나기 훨씬 전 이미 나 자신이었던 어떤 장소로 침투해 들어가는 것이다. 아주 사소한 물건, 서재의 하찮은 책조차 내 오래된 정체성 안에서 나를 증명한다…… 이런 보상이 주어질 수 있다면, 이미지의 유혹에서 벗어나는 일이 그리 어렵지 않다.

그날 저녁 민과 내가 나누었던 모든 이야기.

민은 내게 말했다.

"그애들을 폄하하지 마. 그애들의 에너지를 고려해야지! 그들의 명석함도! 일단 청소년기의 위기가 지나면 달라져. 많은 아이가 잘 견뎌내거든."

그러고는 궁지를 잘 벗어났던 우리 친구들의 예를 들었다. 그들 중에서 특히 알리는 상황이 아주 나쁘게 돌아갔을 수도 있는데, 지금은 가장 큰 위기에 처한 청소년들을 구하기 위해 문제의 핵심에 다시 뛰어들고 있다. 그리고 이미지의 희생자인 그애들을 문제에서 벗어나게 해주려고 알리는 바로 그 이미지 조정 작업을 결심했다. 아이들에게 카메라를 들려주고 있는 그대로의 청소년의 모습, 즉 외양 너머의 모습을 영상에 담는 법을 가르쳤다.

알리와의 대화(일부)

"학교생활에 실패한 아이들이야. 주로 편모슬하에 있고, 몇몇은 이미 경찰서에도 드나들었지. 어른들 말을 들으려 하지 않고, 중계 학급, 그러니까 70년대의 개량 학급 같은 그런 반에 있는 아이들이야. 나는 열대여섯 살쯤 되는 어린 보스들을 그애들이 속한 집단과 일시적으로 떼어놓았어. 언제나 그애들을 죽이는 게 바로 그 집단이고, 그게 그애들의 자아 형성을 가로막거든. 그애들 손에 카메라를 들려주고 친구들 중 하나를 마음대로

골라 인터뷰하라는 임무를 주었지. 애들은 자기들끼리 한구석에 가서 사람들 시선을 피해 인터뷰를 한 다음 돌아왔어. 그런 다음 다 함께 그 영상을 봤지. 한 번도 예상을 빗나가는 법이 없었어. 인터뷰 대상자는 카메라 앞에서 습관적으로 연극을 하고, 그걸 필름에 담는 아이는 그 놀음 속으로 들어가게 돼. 거드름을 피우고, 과장된 억양으로 말하고, 하찮은 어휘로 되도록 큰 소리를 질러가며 어깨를 으쓱거리지. 어렸을 때의 나처럼. 마치 유일한 관객은 자기네 집단뿐이라는 듯이 그 집단을 향해 말하는 것처럼 법석을 떨어대지. 그러곤 찍어놓은 것들을 보면서 저들끼리 자지러지는 거야. 나는 그 영상을 두 번, 세 번, 네 번 틀어주지. 그럼 웃음이 뜸해지다 차츰 희미해져. 인터뷰를 한 사람과 당한 사람은 뭔가 이상한 느낌을 갖게 되지만, 그게 정확히 무엇인지는 알지 못해. 다섯번째, 여섯번째 상영 때는 그들과 관객 사이에 진정한 불편함이 자리잡아. 일곱번째나 여덟번째 상영 때는 (똑같은 필름을 아홉 번까지 돌려본 적도 있어!) 내가 굳이 설명하지 않아도 모두들 깨달아. 화면에 보이는 게 속임수, 우스꽝스러움, 거짓, 일상적인 연극, 집단적 몸짓, 습관적인 온갖 술책이라는 것. 그건 아무 흥미도 없고, 아무런 현실성도 없는 꽝이라는 것을 깨닫는 거지. 아이들이 이러한 분명한 통찰의 단계에 도달하면 상영을 중단하고 다시 카메라를 들려 인터뷰를 하라고 돌려보내. 다른 보충 설명 없이. 이번에는 좀더 진지한 뭔가를 얻게 돼. 아이들의 진짜 삶과 관련된 것들을. 자기소개를 하고, 이름을 말하고, 가족에 대해 말하고, 학교생활을 이야기하고, 때로는 침묵하기도 하고, 말을 찾기도 하고, 생각하는 모습을 보이기도 해. 대답하는 사람도 그렇고 질문하는 사람도. 그러다 차츰 그 아이들 안에 있는 아이들의 모습이 나타나는 게 보여. 상대방 겁주는 걸 즐기는 아이들이 아니라, 제 또래의 아이들, 열대여섯 나이의 아이들로 되돌아가는 거야. 아이다움이 외양 위로 떠오르고, 옷과 모자는 다시 액세서리가 되고, 과장됐던 몸짓들은 진정돼. 촬영하는 아이는 본능적으로 앵글을 좁히고, 줌을 당겨 촬영하고, 이제 중요한 것은 그들의 얼굴이 되는 거야. 인터뷰하는 아이는 타인의 얼굴을 귀담아듣는 것처럼 보이고, 그 얼굴에 나타나는 것은 이해하려는 노력이야. 서로를 생전 처음 있는 그대로의 모습으로 살펴본다는 듯이. 그들은 복합성을 체험하는 거지."

8

민은 자신이 경험한 저학년 반의 이야기를 들려주었다. 그녀는
아이들이 몹시 좋아하는 마을 놀이를 했다. 아이들과 많은 이야
기를 나누면서 개개인의 특성, 적성, 소망, 독특한 습관을 발견
한 뒤 반 전체를 하나의 마을로 바꾸는 단순한 놀이였다. 그 마
을에서 아이들은 저마다 다른 친구들이 반드시 해야 한다고 판
단해준 자기 역할을 찾는다. 빵집 주인, 우체부, 교사, 자동차 정
비사, 식료품 가게 주인, 의사, 약사, 농부, 철물공, 음악가……
거기다 민이 상상해낸 직업, 예컨대 꿈의 수집가나 구름의 화가
처럼 꼭 필요한 직업도 포함시켰다.

"불량배는 어떻게 했어? 0.4퍼센트에 해당히는 꼬마 불량배한
테는 뭘 시켰지?"

민은 미소를 지으며 대답했다.

"당연히 경찰이지."

9

유감스럽게도 진짜 불량배, 즉 살인을 저지르는 불량배, 놀이
에서조차 결코 경찰로 바꿔볼 수 없는 경우를 빼놓을 수 없다.
아주 드물긴 해도 존재한다. 다른 곳처럼 학교에도. 이십오 년간
의 교직생활에서 만났던 약 2,500명의 학생 중에서 한두 번 그런
경우를 맞닥뜨려야 했다. 중죄재판소의 피고석에 앉아 있던, 때
이른 증오심과 차가운 눈빛의 그 아이는 결국 신문의 사회면 기
사에 실리고 말았다. 그는 어떤 충동도 억제하지 못하고, 주먹을
제어하지 못하며, 자신의 분노만 길들이고, 복수만 계획하고, 악
을 저지르는 걸 좋아하고, 범행 후에도 증인들을 위협하고, 후회
와는 철저하게 담을 쌓았다. 열여덟 살의 그 아이는 K라는 다른
아이를, 단지 그애가 앞 동네 출신이라는 이유만으로 도끼를 휘

둘러 척추를 부러뜨렸다…… 또다른 열다섯 살 아이는 국어 선생한테 칼을 휘둘렀다. 하지만 그에 못지않은 얘기가 있는데, 사립학교에서 양성된 그 소녀는 낮에는 보잘것없는 학생이었다가 밤이면 사십대 남자를 유혹해 자기와 환경이 같은 또래의 두 공범자한테 넘겼고, 그애들은 돈을 훔치기 위해 남자를 죽을 정도로 고문했다. 조사가 끝나자 그 여자애는 대경실색한 경찰에게 집에 돌아가도 되느냐고 물었다고 한다.

이들은 정상적인 청소년이 아니다. 상상할 수 있는 모든 사회심리학적인 요인들을 들어 설명해봐도, 그런 범죄는 인간 종족의 미스터리로 남는다. 빈곤화, 억류, 실업, 포만한 사회의 유혹과 더불어 물리적인 폭력이 증가한다는 것은 놀라운 일이 아니다. 하지만 열다섯 살 아이가 자기 선생을 칼로 찌를 계획을 짠다는 것—그리고 실행한다는 것!—은 특이한 병적 행위다. 신문의 1면과 텔레비전 르포의 대대적인 원조를 받아, 그런 현상을 어떤 특정 지역(변두리 계층) 젊은이의 상징으로 만드는 것은 그 지역을 살인자의 둥지로, 학교를 범죄의 온상으로 만드는 일이다.

살인의 경우, 무장 공격, 공공 대로에서의 난투, 치정살인, 경쟁 조직 간의 원한 청산 등을 제외한 약 80퍼센트의 유혈 범죄가 가정에서 벌어진다는 점을 환기하는 것은 무익하지 않다. 인간이 서로 죽이는 일은 무엇보다 자기 집에서, 한 지붕 아래서, 가정의 은밀한 동요 속에서, 가족의 불행 한복판에서 벌어진다.

학교를 범죄 유발의 장소로 치부하는 일 자체가 학교에 대한 몰상식한 범죄다.

10

요즘 세태를 보면, 폭력이 학교에 들어선 것은 최근의 일일 뿐이고, 그것도 변두리 학교의 문을 통해서만, 그리고 이민자들의 길을 통해서만 들어온 것 같다. 이전에는 학교에 폭력이 존재하지 않았던 듯하다. 그것은 하나의 교리고, 논란의 여지가 없다. 그렇지만 내게는 60년대에 우리의 소란 때문에 고통받았던 불쌍한 교사들에 대한 기억이 남아 있다. 예컨대 중4 교실에서 참다 못해 자기 책상을 내던졌던 어느 선생님. 또는 자신을 광기로 내몬 학생을 흠씬 패주고 손목에 쇠고랑을 차고 연행된 자습 감독. 그리고 80년대 초반, 겉보기에는 아주 착실해 보였지만 자기 선생을 수면장애로 내몰았던 여학생들(내가 그의 대리 선생이었다). 이유인즉 그 선생이 『클레브 공작부인』을 자주 읽으라고 강요했는데, 여학생들은 그 책이 "너무 지겹다"고 생각했던 것이다……

70년대에, 하지만 이번에는 19세기의 70년대, 그러니까 1870년대에 이미 알퐁스 도데는 심한 고통을 겪는 선생의 고뇌를 표현했다.

나는 중급반 아이들의 학습을 떠맡았다. 그곳에서 오십여 명의 이상하게 못된 아이들, 열둘에서 열네 살의 볼따구니가 통통한 산악 지방 아이들, 부유해진 소작인의 자식들, 자식을 프티부르주아로 만들려고 부모가 한 학기에 120프랑을 내고 중학교에 보낸 아이들을 만났다. 거칠고, 무례하고, 무슨 소린지 도통 알 수 없는 세벤 지방의 험악한 사투리로 자기들끼리 떠들어대는 그 아이들은 거의 모두가 유년기의 허물이 벗어진 유난히 추한 모습이었다. 동상에 걸린 두툼하고 불그레한 손들, 감기 걸린 수탉 같은 변성기의 목소리, 어리벙벙한 시선, 그리고 그 너머로 풍겨오는 중학교의 그 냄새. 아이들은 나를 겪어내기 전부터 증오했다. 아이들에게 나는 적이고, 졸후이었다. 내가 교단 의자에 앉은 그날부터 우리 사이에는 전쟁이, 집요한 전쟁이 쉴 새 없이 매 순간 벌어졌다.

아! 잔인한 놈들 같으니! 얼마나 나를 괴롭혔던지!

이제는 원한도 없고, 그 시절의 서글픔이 너무 멀게 느껴진다고 말하고 싶다! 그런데 아니다! 그럴 수가 없다. 봐라, 이 글을 쓰는 지금 이 순간에도 내 손에서 흥분과 감동의 전율이 느껴진다. 아직도 내가 거기 있는 것 같다.

(…)

언제나 악의에 둘러싸여 사는 것, 언제나 두려움을 갖는 것, 언제나 경계상태로 있는 것, 언제나 무장하고 사는 것은 너무 끔찍하고, 벌을 주는 것—어쩔 수 없이 불의를 행한다—도 너무 끔찍하고, 의심하는 것도 너무 끔찍하고, 도처에서 함정을 보는 것도, 조용히 밥을 먹을 수 없는 것도, 잠자며 쉴 수 없는 것도, 휴식 시간에조차 언제나 '아, 이런 세상에! 이제 이 놈들이 나한테 또 무슨 짓을 할까?'라는 생각을 해야 하는 것도 너무 끔찍하다.

이봐요, 도데 선생님, 과장하지 마세요. 폭력이 학교 안에 들어오려면 한 세기 넘게 기다려야 한다잖아요! 게다가 세벤산맥이 아니라 변두리, 오직 변두리 지역을 통해 들어온다잖아요!

11

예전에는 바보 모자*를 머리에 눌러쓰고 교실 뒤에 서 있는 모습으로 열등생을 표현했다. 이런 이미지가 어느 특정 사회 범주의 낙인이 되지는 않았고, 다른 아이들 틈에 있는 한 아이, 즉 공부를 하지 않았거나, 숙제를 안 해왔거나, 혹은 '하찮은 사람'**으로 칭해지는 도데 선생을 들볶았다는 이유로 교실 한구석에 서 있는 아이를 나타낼 뿐이었다. 오늘날은 프랑스 역사상 처음으로, 일상적이고 조직적으로 열등생의 상징이라고 낙인을 찍어버린 어린이와 청소년이 한 범주를 이루고 있다. 그 아이들은 더이

---

* 양쪽에 귀가 달린 당나귀 머리 모양의 모자.

** 앞서 인용된 알퐁스 도데의 작품 제목.

상 교실 한구석에 서 있지 않고, 바보 모자도 쓰지 않으며, '열등생cancre'이라는 말 자체가 효력을 잃어버렸고, 한 집단에 대한 적개심은 비열한 짓으로 치부된다. 하지만 그 아이들은 끊임없이 필름에 담기며, 프랑스 전역에서 그 아이들을 표적으로 삼고, 몇몇 아이의 비행에 관한 기사에서는 그 아이들을 국가교육의 중추에 생긴 불치의 암처럼 소개하고 있다. 학교 차원의 차별 대우를 감내하게 하는 것으로 그칠 게 아니라 무엇보다 그 아이들을 국가적인 질병으로 파악해야 한다는 것이다. 그 아이들은 모든 변두리 지역의 모든 젊은이다. 대중의 상상력 속에서 열등생은 하나같이 게으르고 위험하다. 그리고 학교는 바로 그 아이들이다. 학교를 이야기할 때면 언제나 그 아이들에 대해서만 이야기하기 때문이다.

오직 그 아이들 얘기를 하기 위해서만 학교를 언급하므로.

12

몇몇 비행(삥뜯긴 학생, 얻어맞은 선생, 불타버린 고등학교, 도난)은 예전에 학교 건물이라는 틀 안에서 제어 가능한 폭력으로 한정되었던 소란과는 비교도 되지 않는 게 사실이다. 드물긴 해도 이러한 비행의 상징적인 파급력은 엄청나며, 텔레비전과 영화와 핸드폰의 이미지를 통해 거의 실시간으로 전파되어 그 모방 위험을 현저히 증폭시킨다.

얼마 전 남프랑스 디뉴의 어느 일반 기술고교를 방문한 적이 있다. 그곳의 아이들을 만나야 했다.

호텔에서의 밤.

불면증.

텔레비전.

르포르타주.

르포는 파리의 샹드마르스에서 대학생 시위 현장 옆에 있던 소규모의 청소년들이 무작위로 희생자들을 공격하는 장면을 보여주었다. 희생자 한 명이 쓰러진다. 공격자들 또래의 소년이다. 두들겨맞는다. 아이가 몸을 일으키자 공격대가 아이를 뒤쫓아가고, 아이는 다시 쓰러져 두들겨맞는다. 그런 장면이 여러 번 겹친다. 언제나 같은 시나리오다. 희생자는 무작위로 선택된다. 집단은 누군가의 충동에 휩쓸려 떼거리로 달려들어 희생자를 공격한다. 떼거리는 도망치는 사람을 뒤쫓고, 그 속에서 각자는 다른 사람들에게 떠밀려가고 다른 사람들을 떠밀기도 하는 주동자다. 그들은 총알처럼 빨리 달린다. 프로그램 뒷부분에 어느 아버지가 나와 자기 아들은 휩쓸렸던 거라고 말한다. 그건 사실이다. 어쨌든 운동학적인 의미에서 보자면 서로가 끌려가고 끌고 간 거였다. (나의) 막시밀리앵도 저 집단에 속해 있을까? 문득 그런 생각이 들었다. 하지만 공격이 무차별적이었기 때문에 막시밀리앵은 희생자들 사이에 있었을 수도 있다. 사태에 대한 설명도 없는 맹목적이고 즉각적이고 극단적인 폭력. (열두 살 미만의 어린이에게는 시청을 권장하지 않는다는 경고가 있었다. 프로그램은 처음으로 대규모 시청 시간대인 골든아워에 방영되었고, 이런 경고문에 구미가 당긴 수많은 아이가 화면에 코를 박았을 거라는 생각이 들었다.) 이런 장면들에 대한 경찰과 심리학자의 코멘트가 뒤따랐다. 심리학자는 폭력의 이미지에 잠식된 일자리 없는 세상의 탈현실화를 이야기했다. 경찰은 희생자들의 정신적인 충격과 범죄자들의 책임을 얘기했다. 물론 둘 다 맞는 소리지만, 심리학자의 풀어헤친 셔츠와 경찰의 단단히 맨 넥타이에서 볼 수 있듯 서로 화합할 수 없는 두 진영의 견해가 맞서고 있다는 인상을 주었다.

이제 화면은 술집 주인을 죽이고 체포된 네 명의 청소년을 따라가고 있다. 그들은 술집 주인을 장난삼아 패 죽였다. 그중 한 여자애는 그 장면을 자기 핸드폰으로 찍었다. 희생자의 머리를 풍선 차듯 발로 걷어차기도 했다. 범인들을 체포한 경찰은 그들이 현실감각을 완전히 잃었으며, 결과적으로 모든 도덕의식이 상실된 상태임을 확언한다. 네 청소년은 밤새도록 그 일을 즐겼다. 사람들을 패고 그 모습을 찍고. 감시카메라 덕분에 〈시계태엽 오렌지〉에 나오는 부랑아들처럼 차분히 하나하나 폭행을 가하는 그들의 모습을 볼 수 있었다. 해설자는 폭력을 핸드폰으로 찍어대는 게 새로운 유행이라고 덧붙인다. 어느 젊은 여교사는 교실에서 폭행의 희생자가 되었다(이미지들). 학생 손에 붙잡혀 교실 바닥에 내던져지고 두들겨맞는 여교사의 모습이 찍혔다. 요즘은 누구든 손쉽게 이런 장면을 전송할 수 있다. 음악을 깔고 거기에 제 목소리를 보낼 수도 있다. 매맞는 여교사의 영상을 편집하는 중간에 섞여든 몇몇 청소년의 실망한 듯한 코멘트.

나는 채널을 돌린다.

다른 채널들에서는 폭력적인 영화가 줄을 이었다. 조용한 밤, 시민들은 평화롭게 잠이 들지만 침대 발치에 놓인 텔레비전의 검은 침묵 속에서는 그런 이미지가 밤을 새우고 있다. 그 속에서 사람들은 온갖 형태로, 온갖 리듬으로, 온갖 어조로 서로 죽이고 있다. 현대의 휴머니티가 현대의 휴머니티에 대한 영원한 살인을 장면에 담고 있다. 단 하나의 채널만이 현존하는 인간과 동떨어져서, 자연의 아름다운 모습을 촬영한 평화 속에서, 동물들이 서로를 삼켜버리는 장면을 보여준다. 동물 역시 음악을 배경으로 움직인다.

나는 처음의 채널로 돌아갔다. 세상의 모든 극단적인 폭력 장면(린치, 자살, 사고, 매복, 폭탄, 살인 등등)을 전송하는 직업을 가진 어느 겁 없는 청년은 자기가 하는 더러운 짓을 정보 보급의 의무라는 같잖은 넋두리로 정당화했다. 자기가 하지 않으면 다른 누군가가 할 거라고 단언했다. 자신은 폭력을 구현하는 게 아니라 전달할 뿐이라고…… 그 비열한 자식은 마케팅 할머니와 똑같은 자격으로 기계를 돌린다. 아마 그 할머니의 아들일 것이다. 좋은 아버지일지도 모르고, 알 수 없는 일이다……

나는 텔레비전을 끈다.

잠을 이룰 수가 없다. 이번에는 내가 묵시록의 염세주의를 선택하고 싶은 유혹이 일었다. 한쪽의 조직적인 빈곤화, 다른 쪽의 일반화된 공포와 야만. 두 진영의 절대적인 탈현실화. 부자들 세계의 주식거래를 통한 추상화, 추방된 자들 세계의 학살 비디오. 실업자는 대주주에 의해 실업자라는 관념으로 변형되고, 희생자는 어린 불량배에 의해 희생자라는 이미지로 변형된다. 두 경우 모두 살과 뼈와 정신을 가진 인간은 실종된다. 그리고 미디어는 이 피투성이 오페라를 연주해내고, 해설자들은 변두리의 모든 아이들이 다음 이미지로 환원될 다음 인물을 죽이기 위해 거리를 휘젓고 돌아다닐 수 있다는 잠재적인 가능성을 부추긴다. 그 안에서 교육의 위치는? 학교의 자리는? 문화의 위치는? 책은? 이성은? 언어는? 내가 만나게 될 아이들이 텔레비전의 이 더러운 창자 속에서 밤을 보냈다면, 내일 아침 그 학교를 방문하는 건 무슨 소용일까?

잠.

기상.

샤워.

찬물에 한참 동안 얼굴 담그기.

빌어먹을! 그따위 것들을 보고 난 뒤 현실로 되돌아오려고 에너

308

지를 소비하다니! 빌어먹을! 몇몇 정신 나간 놈들이 만들어낸 이미지를 청소년의 이미지로 내보내다니! 나는 거부하겠다. 내 말에 오해 없길 바란다. 나는 그 르포의 현실을 부정하지 않으며 비행 청소년의 위험을 경시하지도 않는다. 오늘날 도시 폭력의 형태는 모든 사람과 마찬가지로 나 역시 두렵다. 나는 도시 폭도들의 비열한 짓거리에 두려움을 느끼며, 도시 외곽에서 살아가는 두려움 또한 알고 있다. 나는 집단주의 위험을 느끼며 무엇보다 그런 곳에서 여자로 태어나는 어려움과 그곳에서 여성으로 성장하는 어려움을 너무 잘 알고 있고, 세대를 거치며 이어진 실업자 집안의 아이들에게 노출된 극단적인 위험도 가늠할 수 있다. 온갖 종류의 밀매에 동원될 그 먹잇감들! 이 모든 것을 알고 있으며, 이렇게 무서운 사회의 진창에서 가장 많이 무너진 아이들을 마주한 교사들의 어려움을 과소평가하지도 않는다. 하지만 위험에 처한 지역의 모든 청소년을 이런 극단적인 폭력의 이미지와 동일시하는 일을 거부하며, 무엇보다 이런 종류의 선전이 새로운 선거철마다 쑤셔대는 가난에 대한 두려움을 증오한다. 버려질 대로 버려진 청소년을 국민적 공포를 불러일으키기 위한 환상의 대상으로 만드는 인간들은 부끄러운 줄 알아야 한다! 그들은 부성父性의 감정까지 잃어버린, 명예라곤 눈곱만큼도 없는 사회의 찌꺼기다.

13

그날 아침은 그 일반 기술고교의 축제일이었다. 학교 전체가 학생들이 정규 교과과정 외에 참여해 만든 작품들을 이삼 일간 전시하는 장소로 바뀌었다. 학생들 모두의 이름을 알고 있는 교장과 일군의 선생님들의 지도 아래 미술, 음악, 연극, 건축작품까지 선보였다(전시 무대도 학생들이 직접 만들었다). 로비에서는 학생들의 작은 연주회가 열렸다. 바이올린 소리가 복도를 따라 동행해주었다. 커다란 강당에서 서너 학급이 나를 기다리고 있었다. 우리는 두 시간 동안 자유로운 질의응답 시간을 즐겼다. 그들의 활발함, 웃음, 돌연한 진지함, 놀라운 에너지는 간밤에 본 텔레비전의 악몽에서 나를 구해주었다.

귀환.

역에 도착.

핸드폰에 찍힌 알리의 문자.

"안녕? 내일 약속 잊지 마. 내 학생들이 자네를 기다리고 있어. 마침내 영상물을 완성했거든. 그거 꼭 봐야 해. 그거 때문에 아이들이 아주 신났어!"

VI

사랑한다는 말이 뜻하는 것

"이 세상에서는 충분히 착하려면
좀 넘치게 착해야 한다."

—마리보, 「사랑과 우연의 유희」

1

낙담한 어머니들이 전화를 끊자마자, 나는 그들의 자식을 어딘가에 집어넣기 위해 수화기를 든다. 여러 중학교를 전전한다. 오래전의 친구들, 구제불능 케이스의 전문가들에게 이번에는 내가 눈물 젖은 어머니의 역할을 한다. 수화기 저쪽에서 놀려댄다.

"아, 드디어 자네로군! 보통 이맘때쯤 연락하잖아!"

"이번 학기에 결석을 몇 번 했다고? 서른일곱 번? 서른일곱 번이나 학교를 빼먹은 놈을 받아달라고? 그놈에게 수갑이라도 채워 넘겨줄 건가?"

디디에, 필리프, 스텔라, 팡숑, 피에르, 프랑수아즈, 이자벨, 알리…… 그 친구들은 힘닿는 데까지 여러 학생을 구해주었다. 니콜 H, 그녀의 고등학교는 오직 그녀만 믿고 궁지에 몰린 모든 학생에게 학교 문을 열어주었다……

심지어 나는 학기중에 청원하는 일도 있다.

"필리프, 도와줘……"

"무슨 이유로 퇴학당했대? 싸움? 학교 안에서 아니면 밖에서? 쇼핑센터 경비원들하고도 싸우는군! 그리고 이번이 처음이 아니라고? 참 멋진 크리스마스 선물이로군! 어쨌든 보내봐, 방법을 찾아보자고."

혹은 중학교 교장인 미혼의 G 선생님과 나누었던 이런 대화. 그녀는 시험 감독중이었다. 두 학급이 필기시험을 치르고 있었다. 침묵. 집중. 펜을 물어뜯거나 엄지와 검지 사이에 끼우고 전속력으로 돌린다. (아이들은 저걸 어떻게 할까? 난 결코 성공하지 못했다.) 한쪽 아이들은 초록색 시험지, 다른 쪽 아이들은 노란색 시험지. 시험 시간의 정적. 의혹이 날아다니는 소리까지 들릴 정도로 조용하다. 나는 늘 낮잠 시간의 고요와 시험 시간의 정적을 좋아했다. 어린 시절에는 그 둘을 종종 연결시키기도 했다. 분에 넘치는 휴식을 좋아했던 것이다. 백지 답안지를 준비하면서도 뭔가 쓰는 척하는 기술을 죄다 알고 있었다. 하지만 G양 같은 선생의 감시 아래서는 그런 하찮은 눈속임이 쉽지 않다.

그녀는 교실에 들어서는 나를 곁눈질했다. 입도 벙긋하지 않았다. 내가 별것 아닌 일로 자신을 절대 방해하지 않으리라는 것, 그리고 그런 식으로 교실에 들어서서 좋은 소식을 알릴 리 없다는 것을 그녀는 잘 알고 있다. 나는 소리내지 않고 그녀의 자리 쪽으로 걸어가 그녀의 귀에 대고 흥정꾼처럼 중얼거렸다.

"열다섯 살이고, 중4 유급에, 십여 년 전부터 공부하는 습관을 잃어버렸고, 숱한 이유로 퇴학당하고, 지난달에 지하철에서 마약을 불법 매매하다 체포되고, 엄마는 도망갔고, 아빠는 무책임해. 받아주겠어?"

"……"

G양은 여전히 나는 쳐다보지도 않고, 자신의 어린양들만 바라보며 고개만 끄덕여 승낙을 표시할 뿐이다. 그런데

"조건이 하나 있어." 그녀는 입술을 움직이지 않고 중얼거린다.

"무슨?"

"내가 당신한테 고맙다는 인사를 하지 않는다는 조건."

오! 너무도 영국적인 나의 G양이여…… 그 소리 없는 승낙은 내가 선생에 대해 갖고 있는 최고의 기억 중 하나다! 마리보다, 마리보. 당신의 그 경건한 책들이 아니라 바로 마리보의 책에서 은밀하게 당신의 좌우명이 되었던 글귀를 발견했다. "이 세상에서는 충분히 착하려면 좀 넘치게 착해야 한다."

당신이 문제의 학생을 바칼로레아까지 이끌었다는 얘기를 덧붙이는 건, 그러한 선善의 효과를 조금이나마 알리고픈 마음에서다.

2

우리를 우리 자신으로부터 구해내고 나머지 다른 사람들을 모두 잊게 하는 데는 한 분—단 한 분!—의 선생님이면 충분하다.

어쨌든 그것이 내가 발 선생님에 대해 간직하고 있는 기억이다.

그분은 내가 고2였을 때의 수학 선생님이다. 몸짓의 관점에서 보자면 키팅 선생과 정반대였다. 영화적인 구석이라곤 거의 없는 선생님이었으니까. 타원형 얼굴에 날카로운 목소리, 그리고 시선을 잡아끄는 특징이 전혀 없었다. 당신 책상에 앉아 우리를 기다렸고 다정하게 인사하고는 첫마디부터 우리를 수학에 들어서게 했다. 그렇게 우리를 잡아둔 시간을 무엇으로 메웠느냐고? 무엇보다 발 선생님이 가르치는 과목이자 그분이 사로잡혀 있는 듯 보였던 수학으로 메워졌다. 수학은 묘하게도 그분을 활기

차고 차분하고 선량하게 만들었다. 지식 자체에서 탄생한 그 이상한 선량함, 자신의 정신을 매혹했던 '과목'을 우리와 공유하고 싶다는 그 자연스러운 욕망. 그분은 그 과목이 우리에게 혐오스러울 수 있다거나 단지 낯설 수 있다는 생각은 하지 못했다. 발 선생님은 자신의 과목과 제자들로 빚어진 사람이었다. 그에게는 수학의 요람에 사로잡힌 듯한 무언가가, 믿을 수 없는 순수함 같은 게 있었다. 아이들에게 괴롭힘을 당할 수 있다는 생각은 한 번도 스치지 않았을 것이고, 우리 또한 그분을 놀려대고 싶은 마음이 한 번도 들지 않았다. 그만큼 가르침에 대한 그의 행복에는 설득력이 있었다.

그렇지만 우리는 온순한 청중이 아니었다. 거의 대부분이 지부티의 쓰레기통 출신이었던 우리는 전혀 흥미로운 학생들이 아니었다. 나만 해도 야밤의 싸움질, 애정과는 거리가 먼 내면의 원한 청산에 몰두하던 시절이었다. 하지만 발 선생님의 문턱을 넘어서면 우리는 마치 수학에 몰입하여 성스러워진 듯했고, 그 시간이 지나고 나면 마테마티코스*의 혼수상태에서 깨어났다!

어느 날, 우리 중 가장 형편없는 아이들이 자기들 낙제 점수를 자랑삼아 떠벌리고 있을 때 선생님이 미소 띤 얼굴로 자신은 '공

_____

* '수학'을 뜻하는 그리스어.

ᅶ집합'을 믿지 않는다고 말했다. 그리고 공집합에 대해 몇 가지 간단한 질문을 던졌고 그에 대한 우리의 단순한 대답을 아주 귀한 원석처럼 여겼는데, 이런 일이 우리를 아주 즐겁게 했다. 그러더니 칠판에 12라는 숫자를 쓰고는 그것이 무엇을 의미하는지 물었다.

영악한 아이들이 대답을 시도했다.

"손가락 열두 개요!"

"모세의 12계요!"

하지만 순진무구한 그의 미소는 정말이지 우리의 기를 꺾었다.

"너희가 바칼로레아에서 받아야 하는 최소 점수다."

그리고 덧붙이기를

"너희가 겁을 먹지 않는다면."

그러고는

"이런 얘기는 다시 하지 않으마. 우리가 여기서 몰두해야 할 것은 바칼로레아가 아니라 수학이니까."

정말로 그분은 다시는 바칼로레아 얘기를 하지 않았다. 한 해 동안 우리를 무지의 심연에서 조금씩 끌어올리는 일에 주력했고, 그런 우리를 매우 박식한 사람으로 여기면서 즐거워했다. 우리 자신이 아무리 부정해도, 그분은 우리가 뭔가를 알고 있다는 사실에 늘 경이로워했다.

"너희는 아무것도 모른다고 생각하지만, 그건 틀린 생각이다. 왜냐하면 너희는 엄청나게 많이 알고 있거든! 봐라, 페나키오니, 너는 네가 그걸 알고 있다는 걸 알고 있었니?"

물론 이러한 산파술만으로 우리 모두가 수학의 귀재가 되지는 못했지만, 발 선생님은 우리를 너무도 깊던 우물에서 그 우물의 가장자리까지, 즉 바칼로레아의 평균 점수까지 끌어올려주었다.

다른 많은 선생님들 말에 따르면 아주 오래전부터 준비되어 있다는 우리의 그 비참한 앞날에 대해서는 털끝만한 암시도 하지 않고서 말이다.

3

 그분은 위대한 수학자였을까? 그리고 이듬해에 만난 지Gi 선생님은 대단한 역사가였을까? 재수 때 나를 가르친 S 선생님은 유례없는 철학자였나? 그러리라 추측하지만 솔직히 나는 모른다. 단지 이 세 선생님이 자기 과목을 전해주려는 열정에 빠져 있었다는 것만 알 뿐이다. 선생님들은 그런 열정으로 무장하고서 낙담의 구렁텅이에 있는 나를 찾아왔고, 일단 내 두 발을 자신들의 수업에 굳건히 딛게 하고서야 나를 놓아주었다. 그들의 수업은 내 인생의 전前 단계가 되었다. 그분들이 다른 아이들보다 나에게 더 관심을 가졌기 때문이 아니다. 그렇지 않다. 그분들은 공부 잘하는 아이들이나 못하는 아이들이나 공평하게 대했고, 단지 공부 못하는 아이들에게 이해하려는 욕망을 되살려줄

줄 알았던 것뿐이다. 그분들은 내 노력을 한 걸음 한 걸음 함께 해주었고, 우리의 진전을 기뻐했으며, 우리의 느림에 조바심내지 않았고, 우리의 실패를 결코 개인적인 모욕으로 치부하지 않았으며, 가르치는 일의 특성과 일관성과 관대함에 근거한 더없이 엄격한 까다로움을 우리와 함께하는 가운데 보여주었다. 그러나 그 점을 제외하면 달라도 너무 다른 선생님들이었다. 발 선생님은 굉장히 차분하고 잘 웃는 상이라 수학 부처님 같았고, 지 선생님은 반대로 회오리바람처럼, 태풍처럼 게으름의 외피로부터 우리를 떼어내 자신과 함께 역사의 소용돌이 속으로 이끌어갔다. 회의적이고 날카로운(뾰족 코, 뾰족 모자, 뽈록 배) 철학자인 S선생님은 잔잔한 얼굴의 통찰력으로 저녁마다 나를 소란스러운 질문 속에 남겨두었고, 나는 그 질문에 대답하고 싶어 안달했다. 나는 장황한 논술문을 제출해 훌륭하다는 평가를 받았고, 선생님은 교정자의 편의를 위해 좀더 간결했으면 좋겠다는 말을 넌지시 덧붙였다.

모든 점을 잘 따져보면 이 세 분의 선생님에게는 한 가지 공통점이 있었다. 결코 포기하지 않는다는 것. 그들은 모른다고 하는 우리의 고백에 속아넘어가지 않았다. (철자법의 결함을 이유로 내세우며 지 선생님은 내게 얼마나 여러 번 논술문을 다시 쓰게 했던가? 발 선생님은 내가 복도에 멍하니 있거나 자습실에서 몽상에 잠겨 있었다는 이유로 얼마나 여러 번 보충수업을 시켰던 가? "시간이 있으니까 우리 한 십오 분만 더 수학을 해보면 어떨 까, 페나키오니? 자, 십오 분만 해보자……") 익사 위기에서 구 해내려는 그 몸짓의 이미지, 자살하려는 몸짓을 보이는데도 불 구하고 저 위로 나를 끌어올리려는 그 손목, 내 옷자락을 단단히 움켜쥔 살아 있는 손의 생생한 이미지, 이런 것들이 바로 그분들 을 생각할 때마다 맨 처음 떠오르는 모습이다. 그들의 현존 안에 서ㅡ그들의 과목 안에서ㅡ나는 나 자신의 모습에 눈을 떴다. 수 학자인 나, 역사가인 나, 철학자인 나로. 그러한 나는 이 스승들 을 만날 때까지 진정으로 여기 있다는 느낌을 방해했던 나를 한 시간 동안 잠시 잊고, 나를 괄호 속에 집어넣고, 나로부터 나를 치워버렸다.

또하나, 그분들에게는 하나의 스타일이 있었던 듯하다. 자신 의 과목을 전달하는 데 있어서 그들은 예술가였다. 수업은 물론 소통 행위였지만, 그것은 거의 자발적인 창조로 통할 만큼 숙달 된 지식의 소통이었다. 어찌나 편안하게 수업을 했던지 우리는 매시간의 수업 자체를 하나의 사건처럼 기억할 수 있었다. 지 선 생님은 역사를 부활시켰고, 발 선생님은 수학을 재발견했으며, 소크라테스는 S 선생님의 입을 통해 표현되었다! 수학공식, 평화 조약, 철학개념 같은 것들이 마치 바로 그날 만들어진 것처럼 기넘비적인 수업을 해주었다. 그분들은 가르치면서 사건을 창조했던 것이다.

　그분들이 우리에게 미친 영향력은 거기서 멈추었다. 적어도 겉으로 드러나는 영향력은 그랬다. 교과목을 벗어나서는 우리에게 어떤 인상을 주려 하지 않았다. 부성父性 이미지의 부재로 고심하는 청소년에게 유효한 영향력을 끼치는 걸 영광으로 삼는 그런 선생님들이 아니었다. 그들은 단지 구조하는 스승이라는 의식만 가졌던 걸까? 우리는 그저 수학과 역사와 철학 과목에서 그들의 제자였고, 그게 다였다. 물론 우리는 폐쇄적인 클럽의 회원들처럼 그들의 제자라는 사실에서 약간은 속물적인 자만심을 끌어내긴 했다. 하지만 선생님들은 사십오 년 뒤, 그들 덕에 선생이 된 제자 하나가 동상을 세워줄 정도로 후계자를 자처하려 든다는 사실을 알면 누구보다 먼저 놀라워할 것이다! 그분들은 블랑메닐의 첼로 연주자처럼, 일단 집으로 돌아가면 답안지를 교정하거나 수업 준비를 하는 것 말고는 우리에 대해서는 더이상 생각하지 않았을 테니 더더욱 그럴 것이다. 그들에게는 확실히 다른 관심사, 열린 호기심 같은 게 있었고, 그것이 그들의 힘을 키워냈을 것이고, 이것은 무엇보다 교실 안에서의 그분들의 밀도 있는 존재감을 설명해주었다. (특히 지 선생님은 내가 보기에 세상사와 도서관들을 탐식한 것 같았다.) 이 선생님들이 우리와 공유했던 것은 단지 앎만이 아니라, 앎에 대한 욕망 자체였다! 그리고 나에게 나누어준 것은 그 앎을 전달하고픈 의욕이었다. 그 결과, 우리는 뱃속의 허기를 느끼며 그들의 수업에 들어가곤 했다. 우리가 그 선생님들의 사랑을 받았다고는 말할 수 없지만, 분명 관심(요즘 젊은이들 말로 하자면 존중)을 받았고, 그 관심은 우리의 숙제에 써놓은 교정 문구들, 우리들 각자에게 일일이 건네주었던 그 코멘트에도 나타나 있었다. 그 분야의 본보기는 고등사범학교 준비반에서 역사를 담당하던 봄 선생님이었는데, 그분은 우리가 제출하는 논술문의 마지막 페이지를 백지로 내게 해 각자의 글에 대한 자세한 교정 내용을—붉은색으로 빽빽하게—타이핑해 돌려주었다.

학창 시절 막바지에 만났던 이 선생님들은, 학생들을 일관성 없는 공공의 군집으로 축소시키고 '그런 학급'을 극히 열등하다고 말하던 모든 선생님들에 대한 내 생각을 크게 변화시켰다. 대부분의 선생님들 눈에 우리는 언제나 그들이 만났던 가장 공부 못하는 중3, 중4, 고1, 고2, 고3이었고, 이보다 최악의 반은 없었다…… 그렇다…… 해가 갈수록 그들은 자신들의 가르침을 받을 자격이 점점 더 떨어지는 학생들을 만나는 것만 같았다. 그들은 그에 대해 지도부와 학급운영회와 학부모회에게 불평했다. 그들의 푸념은 우리 안의 특별한 잔인성을 일깨웠다. 그것은 물에 빠진 선원이 배가 암초에 부딪혀 침몰하도록 내버려둔 비열한 선장을 물속으로 끌어들여 함께 빠져 죽게 하는 분노 같은 거였다. (그렇다, 아무튼 이건 어떤 이미지인데…… 말하자면 그들은 우리의 이상적인 죄인이었다. 우리가 그들의 이상적인 죄인이었던 것처럼 말이다. 그들의 상투적인 멸시는 우리 안에 안일한 악의를 키워냈다.)

이런 선생님들 중에서 가장 가공할 인물은 블라마르 선생이었다(블라마르는 가명이다). 그는 내가 아홉 살 때 만난 침울한 냉혈한으로, 내 머리 위로 나쁜 점수의 포탄을 하도 많이 퍼부어 요즘도 관공서에서 줄을 서 있을 때면 종종 내 대기표를 블라마르 선생의 판정으로 착각할 정도다. "175번, 페나키오니, 칭찬해주기엔 역시나 너무 아득한 점수로구나!"

혹은 나의 고등학교 퇴학을 도와준 고3 때 그 자연과학 선생님. 그 선생님은 '열등반'의 평균 점수가 20점 만점에 3.5점을 넘지 않는다는 사실에 불만을 터뜨리고는 경솔하게도 우리에게 그 이유를 물었다. 이마를 쳐들고 턱은 당긴 채 눈초리를 내리깔며 이렇게 물었다.

"그래, 누가 이…… 놀라운 쾌거에 대해 설명할 수 있나?"

나는 공손히 손을 들고 두 가지 가능한 설명을 내놓았다. 우리 반이 통계상의 기형(서른두 명의 학생 모두가 자연과학의 평균

인 3.5점을 넘지 못하는)으로 구성되었거나, 혹은 이 초라한 결과가 우리가 받은 교육의 질을 공식적으로 확인해주는 게 아닐까 하는 두 가지 가설을.

그래 놓고 뿌듯해했던 것 같다.

그리고 학교에서 쫓겨났다.

"영웅적이긴 하지만 쓸데없는 짓이었어. 선생과 도구의 차이가 뭔지 알아? 모른다고? 나쁜 선생은 수선이 불가능하다는 거야." 내 친구가 말했다.

그러니까 해고되는 것이다.

물론 아버지는 분노했다.

일상적인 분노를 키워가던 시절의 더러운 추억!

4

교무실을 그토록 즐겁게 하는 열등생들의 비행을 주워모아 출간하느니 차라리 좋은 스승들에 대한 선집을 내야 할 것이다. 문학은 이러한 증언을 빠뜨리지 않는다. 예수회의 스승인 투르느민과 포레에게 경의를 바친 볼테르, 자신의 시를 이장바르 선생에게 헌정한 랭보, 존경하던 초등학교 은사 제르맹에게 자식 같은 마음으로 편지를 보낸 카뮈, 역사 선생님이던 르젤리에의 특색 있는 모습을 다정히 추억하는 쥘리앵 그린, 스승 알랭을 칭찬해 마지않던 시몬 베유, 철학의 세계를 열어준 쥘 라뇨를 잊지 않았던 알랭, 다른 모든 선생님들과 너무도 '뚜렷이 구별되던' 사르트르를 칭송하던 J.-B. 퐁탈리스……

이런 유명한 선생님들 말고도, 우리 대부분이 학창 시절에 적어도 한 번쯤은 만났던 잊지 못할 선생님들의 초상을 선집으로 묶을 생각을 해본다면, 그로부터 교사라는 이 이상한 직업에 실제로 필요한 자질에 대해 어떤 깨달음을 끌어낼 수 있을 것이다.

5

내가 기억하는 한, 젊은 교사들은 어떤 학급에 낙담할 때면 자신들은 그것에 대한 훈련은 받지 않았다고 불평을 늘어놓는다. 오늘날의 '그것'은 완전히 현실적인 것으로 아주 다양한 영역을 포괄한다. 파산한 가정에서 잘못 키워진 아이들, 실업과 소외에 연결된 문화적 폐해, 뒤따라 나타나는 시민적 가치의 상실, 공공건물에서의 폭력, 언어적 격차, 종교적인 것의 복귀, 뿐만 아니라 텔레비전, 전자게임 따위까지 다양하다. 요컨대 이 모든 것이 크고 작은 사회적 진단을 부양하며 매일 아침 우리의 첫 뉴스거리를 제공한다.

'우리는 그것에 대한 훈련은 받지 않았다'와 '그건 우리 일이 아니다'는 종이 한 장 차이이며, 달리 표현하면 이런 말이다. "우리 교사들은 학교 내부에서 지식의 전달에 걸림돌이 되는 사회 문제를 해결하려고 있는 게 아니다. 그건 우리 일이 아니다. 충분한 수의 감독관, 사회교육가, 사회복지사, 심리학자, 요컨대 모든 종류의 전문가를 덧붙여준다면 수많은 세월 동안 우리가 공부해온 그 과목들을 진지하게 가르칠 수 있을 것이다." 이것은 연이어 자리에 오른 장관들이 예산의 한계로 대립해온, 더는 정당화될 수 없는 주장들이다.

그러므로 우리는 교육자 양성의 새로운 단계로 들어섰고, 이제는 학생들과의 소통 능력에 더 많은 비중을 두게 될 것이다. 이러한 지원은 반드시 필요하지만, 만약 젊은 교사들이 학급에서 제기되는 모든 문제를 해결할 수 있는 규범적인 담론을 그런 지원으로부터 기대한다면 그들은 새로운 환멸에 치닫게 될 것이다. 훈련받지 못한 '그것'의 저항에 부딪히기 때문이다. 솔직히 말하면, '그것'이 절대 포착되지 않을까봐, '그것'이 그것을 객관적으로 구성하는 요인들의 총 합산과는 다른 성질의 것일까봐 걱정스럽다.

6

가르치는 일에 어려움이 없을 거라는 생각은 순진무구한 학생 상에서 기인한다. 지혜로운 교육학이라면 열등생을 가장 정상적인 학생으로 제시해야 할 것이다. 선생의 역할을 온전히 정당화해주는 학생 말이다. 배우는 일 자체의 필요성부터 시작해 모든 것을 선생에게 배워야 하는 그런 열등생! 하지만 그럴 리 없다. 학교생활이 시작될 때부터 정상으로 여겨지는 학생이란 가르침에 가장 덜 저항하는 학생, 앎에 대해 아무런 의심도 하지 않는 학생, 교사의 능력을 시험에 들게 하지 않는 학생, 이미 뭔가를 획득한 학생, 즉각적인 이해력을 가진 학생, 학생의 이해력에 접근하는 길을 찾아가는 교사의 노력을 덜어주는 학생, 배움의 필요성에 이미 자연스럽게 젖어 있는 학생, 수업 시간에 얌전히 앉아 문제를 일으키지 않는 학생, 포식자들의 밀림에서 살고 싶지 않으면 이성을 훈련시켜 식욕과 감정을 억제해야 한다는 사실을 요람에서부터 설득당한 학생, 대부분의 즐거움은 단조로운 반복이나 육체의 소모로 이어지는 반면 지적인 삶이란 무한히 다양하게 추구할 수 있고 극도로 세련되게 다듬을 수 있는 즐거움의 원천임을 확신하는 학생, 요컨대 앎이 단 하나의 해결책이라는 걸 이해했을 학생, 즉 앎이란 인간을 무지에 붙박아놓는 노예상태에 대한 해결책이며 인간의 존재론적 고독에 대한 유일한 위안임을 깨달은 학생이다.

"나의 모든 것은 공화국의 학교 덕분이다!" 이 말을 들을 때면 앞서 말한 이상적인 학생의 이미지가 청청한 하늘에 그려진다. 이런 말을 한 사람의 감사하는 마음을 문제삼는 게 아니다. "나의 아버지는 노동자였고 나의 모든 것은 공화국의 학교 덕분이다!" 학교의 장점을 축소하려는 것도 아니다. "나는 이민자의 아들이고 나의 모든 것은 공화국의 학교 덕분이다!"

하지만 그럼에도 불구하고, 이런 공개적인 감사의 표현을 들을 때면 어떤 영화가 떠오른다. 그것은 분명 학교에 영광을 돌리는 영화였지만, 공화국의 학교가 기대하던 학생이기만 하면 학교가 그의 미래를 보장해줄 준비가 되어 있다는 것을 태어나던 순간부터 깨달은 아이의 영광에 대한 영화이기도 했다. 그리고 학교의 기대에 부응하지 못하는 학생들의 치욕이란! 내 머릿속에서는 그 영화에 대한 코멘트가 작은 목소리로 작동하기 시작했다.

"맞아, 자네는 많은 것을 공화국의 학교에 빚지고 있지. 엄청나게 많이. 하지만 다는 아니야, 다는 아니라는 점에서 자네는 잘못 생각한 거야. 자네는 우연의 변덕을 잊고 있어. 아마 자네는 일테면 보통 애들보다는 좀더 재능을 부여받았을 거야. 아니면 상냥하고 의욕적이며 명석한 부모 손에 자라난 젊은 이민자였거나. 내 친구 카이나의 부모가 그랬지. 그들은 학위를 가진 독립적인 세 딸이 부모 세대처럼 남자한테 무시당하지 않기를 바랐거든. 혹은 반대로 내 오랜 친구 피에르처럼 가족적인 비극의 산물일 수도 있고. 그래서 오직 학업에서 구원을 발견해 집에 돌아가면 맞이하게 될 시름을 잊고자 수업에 깊이 빠져들었을 수도 있어. 혹은 민처럼 천식 환자라서 병실에 묶여 있었을 수도 있고. 그녀는 환자 침대에서 벗어나기 위해 모든 것을 당장 배우는 데 목이 말랐어. 그녀가 그러더군. '창문을 열듯 숨쉬기 위해 배우는 일, 더이상 질식하지 않기 위해 배우는 일, 배우고, 읽고, 쓰고, 숨쉬고, 언제나 더 많은 창문을 열고 공기를, 공기를 들이마시는 일, 맹세컨대 학업은 천식으로부터 도망칠 수 있는 유일한 방법이었고, 선생님의 자질 따위는 상관도 하지 않았고, 침대에서 벗어나 학교에 가는 일, 셈하고 더하고 나누고, 구구단을 배우고, 멘델의 법칙을 이해하고, 날마다 조금씩 더 알게 되는 일, 그게 내가 원하던 전부였어. 공기, 공기로 숨쉬는 일!' 자네가 제롬처럼 과대망상 허풍쟁이는 아니겠지. 그가 그러더군. '읽고 셈하는 걸 배우자마자 나는 세상이 내 것이라는 걸 알았지! 열 살 때 나는 주말이면 할머니가 경영하는 호텔 식당에 가서 지내곤 했는데, 식당 일을 거든답시고 손님들에게 갖가지 질문을 퍼부어 귀찮게 했지. 루이 14세가 몇 살에 죽었을까요? 서술형 용사가 뭐게요? 123 곱하기 72는 얼마일까요? 내가 가장 좋아하는 답은, 난 모르겠다, 네가 답을 말해주렴, 이었어. 열 살 나이에 동네 약사나 신부보다 더 많은 것을 안다는 건 신나는 일이거든! 그들은 내 머리를 빼앗고 싶다는 듯 내 뺨을 톡톡 두들겼고, 그건 미치도록 재밌었지.'

카이나, 민, 피에르, 제롬 그리고 자네는 모두 훌륭한 학생이었어. 아주 어릴 때부터 아무런 억압 없이 놀면서 모든 것을 배웠던 내 친구 프랑수아즈도 그렇고. 아! 진지하게 즐기는 그녀의 놀라운 능력이란! 그녀는 고전문학 과목의 교수 자격시험조차 수천 유로짜리 게임인 양 즐기듯이 통과해버렸지! 이민자, 노동자, 회사원, 교육자, 기술자, 대부르주아 등등 부모의 처지는 각양각색이었지만 모두 훌륭한 학생들이었어. 그들과 자네를 점찍어내는 건 정말이지 학교가 했던 최소한의 일이야. 학교는 그저 자네의 모습 그대로 되어가도록 도와준 거지! 학교가 자네를 망쳐놓을 일이라곤 없었을 테니까. 공화국의 학교가 자네를 꽤 방치했다는 생각은 안 들어?

학교를 넘치게 칭송하면서 자네가 은근슬쩍 자랑하고 있는 것은 바로 자네이고, 자네는 다소 의식적으로 이상적인 학생임을 자처하고 있어. 그렇게 함으로써 지식 습득에서 우리를 그토록 불평등하게 만드는 무수한 요인들을 감추는 거지. 상황, 환경, 질병, 기질 등등…… 아, 그 불가해한 기질이라니!

'나의 모든 것은 공화국의 학교 덕분이다!'

이런 말로 자네의 적성을 미덕으로 여기게 하려는 건가? (게다가 적성과 미덕이 양립할 수 없는 것도 아니고……) 자네의 성공을 의지, 끈기, 희생의 문제로 귀착시키려는 건가? 그게 자네가 원하는 건가? 자네가 근면하고 끈기 있는 학생이었고 그 장점이 자네에게 되돌아온 건 사실이지만, 자네가 성공한 건 아주 일찍부터 이해력이라는 적성을 누리고 학업과의 첫 대면에서 이해했다는 어마어마한 기쁨을 경험했기 때문이기도 해. 자네의 노력은 이미 그 안에 그러한 기쁨의 약속을 품고 있었던 거야! 내가 백치임을 확신하며 책상에 찌그러져 있던 그 시간에, 자네는 얼른 다른 것들로 넘어갔으면 하고 조바심치며 책상에 앉아 있었지. 내가 풀지 못하고 잠들어버린 그 수학 문제를 자네는 순식간에 다 해치워버렸으니까. 자네에겐 정신의 도약대이던 그 숙제가 내겐 정신이 미끄러져 잠겨버린 움직이는 모래였다네. 그 숙제는 자네를 공기처럼 자유롭게 하고 다 끝냈다는 만족감을 가져다주었지만, 멍한 무지상태에 있던 나는 여기저기서 살짝 끌어온 표현들의 대대적인 원조를 받아 애매모호하게 얼버무렸지. 아무도 속지 않은 완전한 복사판이었어. 결국 자네는 근면했고, 나는 게을렀어. 그러니까 게으름이란 게 그런 거였나? 자기 자신 속으로의 매몰? 그리고 공부란 도대체 뭐였나? 공부 잘하는 애들은 대체 어떻게 하는 걸까? 그런 힘을 어디서 퍼내는 걸까? 이것이 내 어린 시절의 수수께끼였어. 나는 노력 속에 파묻혀버렸는데 자네는 그 노력을 담보로 단번에 활짝 피어났던 거지. 자네와 나, 우리는 '이해하려면 성공해야 한다'는 피아제의 그 명쾌한 말을 몰랐고, 우리 둘 다 그 명언의 살아 있는 예라는 걸 몰랐지.

이해하려는 열정, 자네는 삶이 지속되는 동안 그것을 단호하게 유지했고 아주 열심히 이루어냈어. 그것은 오늘날에도 여전히 자네 눈빛 속에 빛나고 있지. 자네를 비난하는 사람은 어리석은 질투쟁이일 거야…… 하지만 제발이지 자네의 적성을 미덕으로 치부하는 일은 그만두게. 그것은 혼란을 야기하고, 그러잖아도 복잡한 교육의 문제를 꼬이게 한다네. (그리고 그건 꽤 많이 퍼져 있는 성격상의 결점이지.)

실제로 자네가 어떤 사람이었는지 아나?

자네는 달콤한 학생이었네.

선생이 되고 나서 그런 훌륭한 학생들, 보기 드문 보석들을 반에서 발견하면 난 그렇게 부르곤 했다네(비밀스럽게). 난 그 달콤한 학생들을 아주 좋아했지! 나의 피로를 풀어줬거든. 자극도 되었고. 말귀를 빨리 알아듣는 애는 가장 정확하게, 종종 유머까지 섞어가며 반짝이는 눈으로 대답했지. 지성의 으뜸가는 은총인 자연스러운 신중함까지 갖추고서 말이야…… 예컨대 꼬마 노에미(아, 미안! 이제 고2이니 큰 노에미겠군!)의 국어 선생은 작년에 그애 성적표에 아주 솔직하게 '고맙다'고 썼다네. 칭찬의 말이 부족할 정도였거든. 노에미, 국어 20점 만점에 19점, 고마워. 그건 온당한 거야. 학교는 노에미에게 많이 감사해야 해. 학교가 내 어린 사촌 피에르에게 고마워하듯 말이야. 피에르는 2007년 7월 초에 바칼로레아에서 아주 높은 점수를 받았다는 소식을 전하고는 곧이어 요트를 타고 유난히 성마른 대서양과 맞서기 위해 떠나갔거든. '시험보다 좀더 강렬한 감동이……'라는 말은 우리에게 그의 멋진 미소를 전해주는 듯했지.

그래, 나는 공부 잘하는 학생들을 언제나 좋아했지.

또한 그들을 측은하게 여기기도 했어. 그들도 나름의 고통이 있거든. 어른의 기대를 결코 저버리지 말아야 하고, 엉터리 같은 다른 놈이 1등을 독점하는 한 2등밖에 할 수 없다는 짜증을 견뎌야 하고, 어정쩡한 강의에서 선생의 한계를 직감하고, 그래서 수업 때 조금 지루해하고, 한심한 애들의 조롱과 질시를 감내해야 하고, 권위와 타협했다고 비난받아야 하고, 거기다 다른 애들처럼 일상적인 성장통까지 겪어야 하니까."

달콤한 학생의 초상화. 1975년도에 중1 반에서 만났던 필리프는 삐삐 마른 열한 살짜리로 귀는 위로 삐죽 솟고, 입에는 큼직한 치아교정기를 끼고 있어서 말할 때마다 꿀벌처럼 웅웅거렸다. 나는 그 아이에게 우리가 전날 공부했던 본래어와 비유어의 개념을 제대로 비교할 수 있는지 물었다.

"본래어와 비유어요? 물론이죠, 선생님. 예도 잔뜩 들 수 있어요."

"그래, 어디 한번 들려주렴."

"어제저녁에 저희 집에 손님들이 왔어요. 엄마는 비유어로 저를 손님들한테 소개했죠. '얘가 필리프예요, 우리 꼬맹이죠.' 저는 막내예요, 어쨌든 지금으로선 막내가 맞아요. 하지만 꼬맹이는 전혀 아니죠. 제 또래에서는 오히려 큰 편이거든요. 또 엄마는 '얘는 새 모이만큼 밥을 먹어요'라고 했지만 그건 말도 안 되는 소리예요. 새들은 하루에 자기 몸무게만큼 먹어대거든요. 그에 비하면 저는 거의 아무것도 안 먹는 거죠. 엄마는 또 제가 '언제나 달 속에 있다'*고 말했지만, 저는 그때 식탁에 그 사람들과 함께 있었어요. 그건 모두가 증명할 수 있었지요! 그러고 나서 엄마는 저한테는 본래어로만 말하더라고요. '입 다물어, 입 닦아, 팔꿈치 식탁에 괴지 마, 인사하고 올라가 자'……"

필리프는 그로부터 비유어는 집 안주인의 언어이고 본래어는 한 가정의 어머니의 언어라는 결론을 끌어냈다. 그리고 덧붙였다.

"그리고 본래어는 선생님들의 언어예요, 선생님들이 학생들하고 하는 말이요!"

나는 달콤한 학생의 원형이랄 수 있는 그 응얼이 필리프가 그 뒤에 무엇이 되었는지 모른다. 무슨 일을 하며 살고 있을까? 선생일까? 그럼 좋을 텐데. 혹은 고등사범학교나 국가교사양성기관 같은 데서 요즘 학생들의 현실에 맞는 교사 양성에 몰두하고 있다면 좋을 텐데. 하지만 자신의 교육학적인 재능을 잃었을지도 모른다. 아니 가르치는 일을 하기엔 자기 재능이 너무 창의적이라 판단했을지도 모르고, 그 재능이 그냥 잠들어버렸거나 날아가버렸을지도……

---

* '달 속에 있다'는 표현은 정신을 딴 데 두고 있다는 뜻의 비유적 표현이다.

7

그러므로 지금 그대로의 학생, 모든 문제가 여기 있다.

내가 이 책을 기획했을 때 친구 하나가 경고했다.

"조심해, 학생들은 자네 어린 시절하고는 아주 많이 달라졌어. 자네가 가르치는 일을 그만둔 십이 년 전쯤부터 말이야. 이제 더 이상 똑같은 애들이 아니라는 걸 알아야 해!"

그건 그렇기도 하고 아니기도 하다.

그들은 50년대 말의 내 나이와 똑같은 나이의 어린이와 청소년이므로, 적어도 서로 알아볼 수 있는 공통점은 있다. 그들 역시 일찍 일어나고, 시간표와 책가방은 여전히 무겁고, 그들의 선생은 좋건 싫건 대화의 단골 메뉴로 남아 있다. 또다른 세 가지 공통점인 셈이다.

아! 차이점도 하나 있다. 그들은 대부분의 학생들이 같은 단계의 졸업장을 받고 학업을 중단했던 내 어린 시절보다 훨씬 수가 많다. 그리고 피부색이 다양하다. 어쨌든 지금의 파리를 건설한 이민자들이 살고 있는 우리 동네는 그렇다. 숫자와 피부색이 주목할 만한 차이를 만드는 게 사실이지만, 20구를 벗어나기만 하면 무엇보다 피부색의 차이는 사라진다. 우리가 사는 산동네에서 파리 중심가로 내려갈수록 유색인종의 학생 수는 차츰 줄어든다. 팡테옹 주변에 모여 있는 고등학교들에는 유색인종이 전혀 없다. 파리 중심가에는 극소수의 유색인종만 있으므로—이건 일테면 자비의 비율이다—우리는 이제 70년대의 백인 학교로 되돌아온 셈이다.

아니다, 오늘날의 학생과 예전 학생의 보다 근본적인 차이는 다른 데 있다. 그들은 형들이 입던 낡은 스웨터를 물려 입지 않는다. 진짜 차이는 바로 이것이다. 우리 어머니는 베르나르 형에게 스웨터를 짜주었고, 형이 자라면 그걸 나한테 물려주었다. 다른 두 형인 두메와 장루이도 마찬가지였다. 어머니의 '털 스웨터'는 피할 수 없는 크리스마스 깜짝 선물이었다. 엄마표 스웨터에는 상표도 이름도 없었다. 하지만 우리 세대 대다수 아이들이 엄마표 스웨터를 입었다.

오늘날은 그렇지 않다. 마케팅 할머니가 큰애와 작은애의 옷을 담당한다. 입혀주고 먹여주고 신겨주고 마실 것을 주고 머리를 만져주고, 모두에게 하나같은 차림새를 갖춰주는 것은 바로 그 마케팅 할머니다. 학생들을 전자기기로 무장시키고 롤러스케이트, 자전거, 스쿠터, 오토바이, 킥보드를 태워주는 것도 그녀다. 무료함을 달래주고 정보를 찾아주고 유행에 맞춰주고 영원히 주입되는 음악 속에 들어앉히고 사방천지의 소비 세계에 부려놓는 것도 그녀다. 재우는 것도 그녀이고, 깨우는 것도 그녀이며, 교실에 앉아 있을 때 바지 주머니 속에서 부르르 떨며 아이를 안심시키는 것도 그녀다. 나 여기 있어, 겁내지 마, 여기, 네 핸드폰 속에 있어, 너는 학교라는 게토의 인질이 아니야!

8

70년대에 한 아이가 죽었다. 그 아이를 1879년부터 1883년 사이에 교육부 장관을 지낸 쥘 페리의 이름을 따서 어린 쥘이라고 부르자. 우리는 마치 쥘이 불멸의 아이였고 영겁의 세월을 살아왔을 것으로 추정하지만, 그 아이가 만들어진 것은 결코 한 세기도 되지 않았으며 놀랍게도 나의 노모보다 오래 살지 않았다는 사실을 깨닫는다. 에밀이라는 이름으로 정신적인 원형을 갖추고 1760년경에 루소가 상상해낸 이 아이는 한 세기 후 빅토르 위고에 의해 세상에 나온다. 위고는 산업계의 탄생과 더불어 노동으로 내몰리던 아이들을 노동에서 벗어나게 하는 일을 자신의 임무로 삼았다. "아이의 권리는 인간이 되는 일이다. 인간을 만드는 것은 앎이며, 앎은 교육을 통해 이루어진다. 그러므로 아이의 권리는 무상 의무교육에 있다"고 외고는 『본 것들*Choses vues*』에서 쓰고 있다. 1870년대 말, 공화국은 이 아이를 무상에 의무적이며 세속화된 학교의 교실에 앉혀 기본적인 욕구를 충족시키게 했다. 읽고, 쓰고, 셈하고, 추론하고, 자신의 개인적이고 민족적인 정체성을 의식하는 시민이 되어가도록. 어린 쥘에게는 두 가지 역할이 있었다. 교실의 학생이자 한 집안의 아들딸이라는. 가정은 교양을 맡고, 학교는 교육을 맡았다. 이 두 세계는 실제적으로 분리되어 있었고, 어린 쥘의 우주 또한 그랬다. 아이는 최소한의 참고 자료도 없이 청소년기의 끔찍한 발아를 맞이하고, 다른 성性의 특징을 억측하다 길을 잃고, 많이 상상하고 자기 힘으로 고쳐나갔다. 놀이로 말하자면, 대부분의 놀이가 상상으로 이루어졌고, 상상이라는 유일한 능력에 지배당했다. 특별한 경우를 제외하고, 어린 쥘은 어른들의 감정적, 경제적, 혹은 직업적 관심사에 관여하지 않았다. 그는 사회의 고용원도, 믿을 만한 가족 구성원도, 교사들의 대화 상대자도 아니었다. 물론 모든 세계와 마찬가지로 이 부자연스러운 사회도 겉보기에만 단순했다. 그 수많은 틈새로 감정이 흘러들어가 그에게 인간의 복합성을 부여해주었다. 그럼에도 어린 쥘의 권리는 교육받을 권리로 제한되어 있었고, 그의 의무는 좋은 아들과 착한 학생이 되어야 하는, 필요한 경우 적절한 죽음을 맞이해야 할 의무로 제한되었다. 1914년에서 1918년 사이, 600만의 어린 쥘들로 구성된 한 군대에서 135만 명의 아이들이 학살당했다. 나머지 아이들 대부분도 온전하게 돌아오지 못했다.

어린 쥘은 백 년을 살았다.

1875년~1975년.

대략.

19세기 후반에 산업사회에서 벗어난 쥘은 그로부터 백 년 뒤 시장경제사회로 넘겨지고, 그 사회는 아이를 고객으로 만들었다.

9

　오늘날 지구상에는 다섯 종류의 아이들이 존재한다. 제 나라 안에서 고객이 된 아이, 다른 하늘 아래서 생산자가 된 아이, 다른 곳에서 군인이 된 아이, 매춘부가 된 아이, 그리고 지하철 광고판의 죽어가는 아이. 굶주리고 체념한 그 아이의 모습이 정기적으로 우리의 권태로운 시선에 걸려든다.

　다섯 모두 아이들이다.

　다섯 모두 도구화된 아이들.

10

고객이 된 아이들 중에는 부모의 수단을 이용하는 아이들과 그렇지 못한 아이들이 있다. 부모에게 돈을 받아 물건을 사거나 어떻게든 돈을 마련해서 사거나. 이 두 경우에 쓰이는 돈이 개인적인 노동의 산물인 경우는 드물 테니 어린 구매자는 대가 없이 소유권을 얻는 것이다. 아이 고객이란 바로 그런 것이다. 수많은 소비에서 부모나 선생과 동일한 영역(의복, 음식, 통신기, 음악, 전자기기, 교통수단, 여가……)을 가진 아이는 아무 어려움 없이 사적인 소유권을 얻는다. 그럼으로써 아이는 자신의 교양과 교육을 담당한 어른들과 똑같은 경제적 역할을 하게 된다. 어른들처럼 시장의 거대한 한 부분을 구성하고, 어른들처럼 외화를 유통시킨다(그 외화가 아이의 것이 아니라는 사실은 고려 대상이 되지 않는다). 아이의 욕망은 부모의 욕망처럼 기계를 계속 돌리기 위해 늘 자극받고 새로워져야 한다. 이런 관점에서 볼 때, 아이는 완전한 권리를 가진 중요한 인물이다. 어른들처럼.

자율적인 소비자.

아이의 최초 욕망에서부터.

그 만족감은 아이가 받는 사랑의 측정치로 간주된다.

어른들이 막아보려 한들 별수없다. 시장경제사회라는 게 그렇게 움직이기 때문이다. 자기 아이를 사랑한다는 것(너무도 바라던 아이였기 때문에 아이의 탄생은 부모에게 끝없는 사랑의 빚 구덩이를 파게 한다)은 아이의 욕망을 사랑하는 일이며, 그 욕망은 대단히 중대한 욕구로 재빨리 표현된다. 사랑의 욕구와 물건에 대한 욕망이 거의 마찬가지인 까닭은 사랑의 징표가 물건의 구매로 통하기 때문이다.

아이의 욕망이란……

자, 바로 여기에 오늘날의 아이와 어린 시절의 나 사이의 또다른 차이가 있다. '나는 바라던 아이였는가?' 하는 점이다.

아주 옛날 방식이긴 하지만 사랑은 받았던 것 같다. 하지만 바라던 아이였나?

얼마 전 백 세 생신 잔치를 해드렸던(정말이지 나는 이 책을 너무 천천히 쓰고 있다) 나의 노모에게 지나가는 말로라도 이렇게 물어본다면 어떤 얼굴을 하실까?

"근데 엄마, 엄마는 내가 태어나길 바랐어요?"

"……?"

"그래요, 제대로 들으셨어요. 나는 엄마나 아빠, 혹은 두 분 모두 분명하게 원했던 아이였냐고요."

어머니의 시선이 내게 머무는 게 보인다. 뒤이은 긴 침묵의 소리도 들린다. 그리고 또 그 질문.

"얘야, 넌 궁지를 벗어나고 있긴 한 거냐?"

내가 좀더 파고들어가면 그 일에 관련된 몇 가지 세세한 사실이야 어떻게든 얻어낼 수 있을 것이다.

"전쟁중이었는데 네 아버지가 휴가를 받았어. 그래서 아버지는 네 형들이랑 나를 카사블랑카에 데려다놓았지. 미군 제7연대와 함께 프로방스 지방에 상륙하기 위해서였단다. 너는 바로 그 카사블랑카에서 태어난 거야."

혹은 남부 지방의 현모다운 대답도 있다.

"난 네가 딸일까봐 좀 겁이 났어. 난 늘 아들이 더 좋았거든."

하지만 이런 것들은 '내가 바라던 아이였는가'라는 질문의 대답이 아니다. 당시 우리집에서는 이러한 질문을 지칭하는 형용사가 있었다. 생뚱맞다.

자, 아이 고객 문제로 돌아가보자.

상황을 분명히 하자. 아이 고객을 설명한답시고 그애를 경멸할 만한 나약한 무뇌아로 소개하려는 게 아니다. 엄마표 스웨터와 양철 장난감과 기운 양말들, 가족의 침묵과 생리주기를 이용한 오기노식 피임법, 즉 오늘날의 젊은 애들이 상상하듯 흑백영화 같은 우리의 유년을 만들었던 그 모든 것의 시절로 돌아가자고 설교하는 것도 아니다. 아니다. 단지 내가 만일 우연에 의해, 예 컨대 십오 년 전쯤에 태어났더라면 어떤 열등생의 모습이었을까 궁금한 거다. 의심할 여지 없이 나 역시 소비적인 열등생이었을 거다. 지적 조숙함도 없었을 테니, 청소년의 욕망에 부모의 욕망 과 동일한 정당성을 부여해주는 이 상업적인 조숙을 달게 받아 냈을 것이다. 그리고 원칙적인 문제를 제기했을 것이다. 무슨 말 이냐 하면, 당신한텐 당신 컴퓨터가 있으니 나도 내 것을 가질 권 리가 분명히 있다! 라고. 무엇보다 내가 당신 컴퓨터를 만지는 걸 원치 않으니까! 그러면 부모는 나에게 양보했을 것이다. 사랑 으로. 그건 타락한 사랑이라고? 말은 쉽다. 각각의 시대는 가족 간의 사랑에 자신의 언어를 강요한다. 우리 시대의 언어는 사물 들의 언어를 규정한다. 마케팅 할머니의 진단을 잊지 마라. "그 것은 정체성의 문제다." 거의 도처에서 들어왔던 수많은 어린이 와 청소년의 말처럼 나도 내 어머니를 설득시켰을 거다. 나와 집 단의 일체성, 즉 나의 개인적인 균형은 이러저러한 물건의 구입에 달려 있다고 말이다.

"엄마, 최근에 나온 NNN이 반드시 필요해요!"

설마 엄마가 나를 왕따로 만들고 싶진 않겠지? 내 보잘것없는 성적표로 충분하잖아? 정말로 좀 과장해서 말해야 할까?

"엄마, 정말이지 그거 없으면 촌닭처럼 보인단 말이야! (고치자. '촌닭'은 좀 낡은 표현이다.) 구려 보인단 말이야, 후져 보인다고요!" (미셸 오디아르*라면 얼간이나 거지라고 말했을 것이다. "엄마, 이 신발 사주지 않으면 애들이 날 얼간이 취급할 거야!")

그러면 나를 사랑하는 어머니는 질 수밖에 없을 것이다.

근데 내가 십오 년 전쯤에 사 형제의 막내로 태어났더라면? 내가 태어나길 바랐을까? 나에게 출생 비자를 내주었을까?

나머지 것들처럼 언제나 예산이 문제다.

---

* 1920~1985. 영화감독이자 시나리오 작가였으며 소설가였다.

11

요즘 젊은 교사들이 준비하지 못한 '그것'의 한 요소가 바로 고객인 아이들로 이루어진 학급을 대면하는 일이다. 물론 선생 자신도 그런 아이였고, 자기 자식들도 그런 아이지만 이 교실 안에서 그는 선생이다. 선생으로서 그는 부모라면 마음이 흔들리는 사랑의 채무를 느끼지 않는다. 학생은 교사단 구성원들이 감사의 마음으로 감격할 만큼 바라던 아이가 아니다. 우리는 지금 여기 학교에 있는 것이지, 집이나 쇼핑몰에 있는 게 아니다. 선물로 피상적인 욕망의 간청을 들어주는 게 아니라, 의무들을 통해 기본 욕구를 충족시켜주는 것이다. 우선은 그 아이들을 일깨워야 하므로 배움의 욕구를 채워주는 일은 그만큼 더 어렵다. 이러한 욕망과 욕구 사이의 갈등은 교사에게 험난한 임무다! 그리고 어린 고객의 시각에서 보자면, 자기 욕망을 희생하고 욕구에 전념해야 하기에 고통스러울 것이다. 정신을 다지기 위해 머리를 비우고, 앎에 연결되기 위해 전기 코드를 뽑아버리고, 기계가 만들어낸 가상의 유비쿼터스를 지식의 보편성과 맞바꾸고, 보이지 않는 추상개념을 소화하기 위해 번쩍이는 하찮은 물건들을 잊어버려야 한다. 그리고 욕망의 충족은 아무것도 구속하지 않지만, 학교에서 배운 지식은 대가를 치러야 한다! 왜냐하면 쥘 페리로부터 물려받은 무상교육의 역설인데, 오늘날의 학교는 시장경제사회 최후의 장소로 남아 있고, 그곳에서 고객인 아이들은 자기 인격의 값을 치르고, 맞교환에 굴복해야 하기 때문이다. 앎과 노동을, 지식과 노력을, 보편성으로의 접근과 고독한 반성의 훈련을, 미래에 대한 막연한 약속과 완전한 학교 출석을 맞바꿔야 한다. 학교는 바로 이런 것을 아이들에게 강요한다.

사태 적응력이 아주 뛰어난 공부 잘하는 학생이야 이러한 상황에 스스로 만족하지만, 열등생은 왜 그것을 받아들일까? 왜 스스로가 유치하다고 깔보는 순종적인 학생이 되기 위해 상업적으로 조숙한 고객이라는 지위를 저버리게 될까? 왜 돈을 내고 학교에 다니는 걸까? 아침부터 저녁까지 감각과 교환의 형태로 공짜로 제공되는 지식의 대용물이 있는 그런 사회에서. 아무리 반에서는 열등생일지라도, 자기 방에 틀어박혀 컴퓨터 책상 앞에만 앉으면 우주의 주인이라고 느끼지 않을까? 새벽까지 채팅하고 있으면 전 세계와 교류한다는 느낌이 들지 않을까? 그가 두들겨대는 자판이 자신의 욕망이 간청하는 온갖 지식에 접근하도록 허락해주지 않을까? 사이버 군대에 맞선 전투는 가슴 두근거리는 삶을 제공해주지 않던가? 왜 이런 중심적인 위치를 교실 의자와 맞바꾸려는 걸까? 방문을 걸어잠그고 가족과 학교와 절연하면 지배자가 될 수 있는데, 학기말 성적표 하나에 비난을 쏟아내는 어른들의 꾸지람을 왜 견뎌내는 걸까?

만일 내가 십오 년 전에 태어난 열등생이었다면, 그리고 그 열등생의 어머니가 아이의 최소한의 욕망도 들어주지 않았다면, 분명 그 아이는 집안의 저금통을 훔쳤을 테지만, 이번에는 자기가 갖고 싶은 걸 사기 위해서였을 것이다. 최신의 오락기기를 사서, 그 화면에 빨려들어가고, 시공간을 서핑하기 위해. 그 속에 녹아들어가, 구속도 한계도 없이, 시간도 지평도 없이, 밑도 끝도 없이 또다른 자기 자신과 채팅을 할 것이다. 그 아이는 그 시대를 아주 좋아했을 것이다. 공부 못하는 학생들에게 어떤 미래도 보장해주지 않지만, 현재를 소멸시켜버리는 기계들로 넘쳐나는 그 시대를 말이다. 그 아이는 청소년을 현실에서 이탈시켜 젊은 비만아로 만들어내는 쾌거를 이룩한 한 사회의 이상적인 먹잇감이었을 것이다.

12

"현실에서 이탈한 젊은 비만아라고? 내가?"

(아! 맙소사, 또 나타났네⋯⋯)

"누가 나 대신 말하라고 했어?"

빌어먹을, 왜 내가 저 옛날의 열등생을 불러들였지? 털어버릴 수 없는 나 자신의 추억을? 드디어 마지막 페이지들에 이르렀고, 막시밀리앵에 관한 대화 이후 가만히 내버려두더니만, 내 좋은 추억에 그를 또 끌어들이고 말았다!

"대답해! 십오 년 전에 태어났더라면 내가 과잉 소비하는 열등생이었을 거라고 누가 그래?"

의심할 여지 없이, 그건 바로 그다. 언제나 결과를 제시하는 대신 설명을 강요하는. 좋아, 어디 해보자.

"내가 뭘 쓰든 언제부터 네 허락을 받아야 하는 거였지?"

"네가 열등생에 대해 지껄이기 시작했을 때부터지! 열등생에 관한 한 전문가는 바로 나인 것 같은데?"

열등생이 될 수밖에 없던 처지였으면서 전문가라니. 그럼 환자들은 반드시 의사들의 자리를 차지해야 하고, 공부 못하는 학생들은 선생을 대신해야겠네?

이 영역에서 그를 충동질하는 일은 부질없다. 열등생 논쟁으로 책을 도배해버린다 해도 그는 개의치 않을 것이다. 그러니 되도록 빨리 끝내자.

"그렇다 치자. 그럼 요즘 시절이라면 네가 어떤 종류의 열등생일 것 같아?"

"오늘날이었다면 난 궁지에서 아주 잘 벗어났을 거야! 생각해봐, 살아가는 데 학교만 있는 게 아니잖아! 넌 이 책 처음부터 학교 얘기로 우리를 피곤하게 하고 있는데, 다른 해결책들도 있다고. 네 친구 중에 학교 밖에서 성공한 친구도 많잖아. 그 얘기도 해야지! 베르트랑, 로베르, 마이크, 프랑수아즈. 그들은 일찌감치 학교랑 담쌓고 훌륭하게 성공했잖아. 멋진 삶을 살아가고 있고, 안 그래? 그런데 왜 나는 아니라는 거지? 아마 요새 살았더라면 난 전자공학계의 챔피언이 되었을 거라고, 알 게 뭐야!"

"……"

"아니야? 컴퓨터 세계의 진입에 실패한 너로선 그런 관점이 영 실망스럽겠지! 넌 절대적으로 나 같은 열등생을 원하는 거야, 그래! 그리고 금고털이범을! 과시욕인가? 좋아, 그래, 십오 년 전에 태어났어도 난 열등생이었을 거고, 반에서 꼴찌일 거고, 그리고 넌 이렇게 대답했겠지. '그것에 대한 훈련은 받지 못했어요. 그것에 대한 훈련은 받지 못했어요.' 어때, 맘에 들어?"

"……"

"어쨌거나 내가 그랬건 아니건, 문제는 그게 아냐."

"그럼 뭐가 문제인데?"

"젊은 선생들이 준비가 되어 있지 않다고 공표하는 '그것'의 진정한 본질, 그게 바로 유일한 문제이고, 네가 그것을 질문한 거야."

"답은?"

"세상만큼이나 낡은 대답. 선생이란 앎과 무지의 충돌에 준비가 되지 않았다는 것, 그게 다야!"

"그 얘긴 수도 없이 했잖아."

"맞아. 지표 상실, 폭력, 소비에 대한 이야기, 그 모든 장광설이 오늘의 설명이야. 내일은 또 달라질걸. 게다가 너 스스로 그 얘길 했어. '그것'의 진정한 성격은 그것을 객관적으로 구성하는 요소들의 총합으로 환원될 수 없다고."

"그것이 무엇인지에 대해서는 밝혀주지 않았어."

"좀 전에 말했잖아. 무지에 맞선 앎의 충격이라고! 너무 폭력적이지. '그것'의 진정한 성격이 바로 그거야. 내 말 잘 듣고 있는 거지, 응?"

"듣고 있어, 듣고 있다고."

나는 그의 말을 듣고 있고 이제 그는 교단에 서서 더할 나위 없는 자신감으로 주입식 강의에 몸을 던지고 있고, 내가 제대로 이해했다면, '그것'의 진정한 성격은 인식된 그대로의 지식과 체험된 그대로의 무지 사이의 영원한 갈등 속에 자리할 거라는 결론을 끌어내고 있다. 선생들 자신은 적어도 자기가 가르치는 과목에서는 공부 잘하는 학생이었으므로 열등생들이 서서히 만들어가는 무지상태를 이해하는 일에서 절대적으로 무능하다. 선생들의 가장 커다란 장애는 자기들은 알고 있는 것을 모르는 상태를 상상하지 못하는 그 무능에서 기인할 것이다. 어떤 지식을 알아내는 데 겪었던 어려움이 어떠했든 간에, 그 지식을 얻어낸 순간부터 그들은 지식과 동질체가 되어버리고, 이후로는 그 지식을 명백한 사실로 파악하고("아니 이런, 이건 너무 분명하잖아!"), 무지의 상태로 살아가는 사람들에게 그 지식이 불러일으키는 절대적인 낯섦을 상상할 수 없게 된다.

"예컨대 알파벳 a 하나를 깨치는 데 일 년이나 걸렸던 너지만,

이제는 글을 읽거나 쓰지 못한다는 걸 쉽게 상상할 수 있어? 못하지! 2 곱하기 2가 4라는 걸 모른다는 걸 상상하지 못하는 수학 선생님만큼이나 못할걸? 그런데 너에게도 글을 읽을 줄 모르던 시절이 있었거든! 알파벳의 진창 속에서 허우적댔잖아! 얼마나 한심했는데! 지부티, 기억하지? 그리 오래되지도 않은 시절의 이야기를 떠올려볼까? 네 딸 알리스—지금은 너보다 더 대단한 독서광이 되었지만—가 학교에서 아이들 눈높이에 맞춰 내준 책들을 마지못해 읽는다고 생각했잖아. 어리석기는! 자격 없는 아버지 같으니라고! 그애의 어려움은 바로 너도 겪은 어려움이었다는 사실을 다 잊어버렸던 거지! 게다가 넌 딸보다 더 느렸거든! 하지만 이제 어른이 되고 아는 사람이 되자, 배움의 단계에 있는 어린애 앞에서 초조함을 드러내는 아저씨가 된 거야! 선생의 지식과 아버지의 초조함 때문에 모른다는 것이 어떤 것인지에 대한 감각을 고스란히 잃어버린 거지!"

나는 그의 말을 듣고, 또 들었다. 속도를 타기 시작한 그의 달변은 도저히 막아낼 도리가 없었다.

"너희 선생들은 하나같이 똑같아! 너희에게 결핍된 건 무지한 상태에 대한 강의야! 모든 시험을 통과하고 온갖 지식의 경연대회를 통과했을 때, 그때 너희가 갖춰야 할 최초의 자질은 너희는 알고 있는 것을 모르고 있는 사람의 상태가 어떤 것인지를 파악해내는 능력이어야 해! 중등교사 자격시험이나 교수 자격시험에서 지원자에게 학창 시절의 실패담을 떠올리라는 시험을 치르게 하면 어떨까 싶은데. 일테면 중4나 고1 시절에 수학 성적이 갑자기 뚝 떨어진 경험 같은 것. 그리고 그해에 일어났던 일을 이해해보게 하는 거지!"

"그 시절의 선생을 비난하겠지!"

"불충분해! 선생 탓으로 돌리는 건 나 역시 해봤고 잘 알아. 지원자에게 좀더 깊이 뒤져보라고 요구하고, 왜 그가 그해에 어긋났는지에 대한 진짜 이유를 찾아내라고 해야 할 거야. 자기 안에서 찾든 주변에서 찾든, 머릿속이나 마음속, 신체 혹은 신경계나 호르몬에서 찾든, 어디서든 찾아내는 거야. 그리고 어떻게 거기서 벗어났는지도 기억하게 하는 거야. 그가 사용했던 수단도! 그 유명한 방법들을 말이야! 그의 방법들은 어디 숨어 있었나, 무엇과 비슷했나. 나라면 좀더 멀리 나아가 그 인턴 교사들에게 왜 굳이 그 과목을 선택했는지 물어볼 거야. 어째서 역사나 수학이 아니라 영어를 가르치려 하나? 더 좋아해서라고? 그렇다면 좋아하지 않는 과목들을 쪽 뒤져보게 할 거야. 그리고 취약했던 물리, 형편없었던 철학, 엉망이었던 체육을 떠올리게 할 거야. 요컨대 가르치겠다고 나선 자들은 자신의 학창 시절에 대해 분명한 시각을 가져야만 해. 우리를 무지상태에서 벗어나게 할 최소한의 기회라도 얻으려면 무지의 상태를 조금이라도 느껴야 하거든!"

"네 말대로라면 공부 잘하는 학생보다 공부 못하는 학생들 중에서 선생을 모집해야겠네?"

"안 될 것도 없잖아? 난관을 벗어난 선생들이 자기들이 어떤 학생이었는지 기억하고 있다면 나쁠 것도 없잖아? 어쨌든 넌 나한테 많이 고마워해야 해!"

"……"

"아니야?"

"……"

"아니야? 난 가르침의 영역에서는 네가 나한테 엄청 고마워해야 한다고 생각하는데. 예전에 열등생이었기 때문에 선생님이 될 수 있었던 거잖아. 안 그래? 솔직해져봐. 네가 반에서 뛰어난 학생이었다면 아마 다른 일을 했을걸. 사실 네가 선생으로 가장하고 지부티의 쓰레기통 속으로 되돌아갔던 건 거기서 다른 열등생들을 꺼내기 위해서야! 네가 거기에 다다른 건 다 내 덕분이라고. 왜냐하면 너는 내가 느꼈던 바를 알고 있었으니까. 그거 역시 앎의 일부잖아, 그렇게 생각하지 않아?"

(내가 자기한테 그런 즐거움을 줄 거라 상상하다니……)

"난 무엇보다 네가 감정이입에 대한 의무감으로 우리를 피곤하게 하고, 그 때문에 많은 선생님이 짜증날 거라는 생각이 들어! 단 한 번이라도 직접 뛰어들었더라면 너 스스로 벗어났을 텐데!"

이제 그는 음흉한 분노를 드러내고 있다. 우선은 그가 '감정이입'이란 말을 이해하지 못하기 때문이고, 일단 설명이 주어지면 너무 잘 이해하기 때문이다.

"감정이입 하지 마! 당신들의 감정이입 따위 관심 없거든! 당신들의 그 감정이입이 우리를 침몰시켜! 누구도 당신들에게 우리 입장이 되어달라고 요구하지 않거든. 도움조차 요청할 수 없는 아이들을 구해달라는 것뿐이야, 이해할 수 있겠어? 당신들의 모든 지식에다 무지에 대한 직관을 보태달라고, 그리고 열등생을 건져내달라고 부탁하는 거야, 그게 당신들 일이야! 스스로 헤쳐나가는 법을 가르쳐주면 공부 못하는 학생도 스스로 헤쳐나갈 거라고! 당신들한테 요구하는 건 그게 다야!"

"누구지? 이런 말을 하는 우리는?"

"나!"

"아, 너야…… 그래, 무지상태의 전문가를 자처하는 너라면 뭐라고 할 테야?"

"나라면 그게 당신들이 상상하듯 그렇게 커다란 블랙홀은 아니라고 말할 거야. 오히려 정반대지. 단 하나, 즉 선생님이 가르쳐주는 것을 배우려는 욕망, 그것 하나만 빼고 다른 모든 걸 찾아

364

낼 수 있는 벼룩시장 같은 거라고. 공부 못하는 학생이라도 결코 무지한 상태로 살아가진 않아. 나는 내가 무지한 게 아니라 그냥 한심하다고 생각했거든. 그건 전혀 다른 거야. 열등생은 못난 애로, 비정상으로, 반항아로 살아가거나, 아니면 이 모든 것을 무시하고 당신들이 가르쳐주려는 것과는 다른 수많은 것을 아는 아이로 살아가는 거야. 그리고 이내 당신들의 앎을 더이상 원하지 않게 되지. 그것의 장례를 치러버리는 거야. 때로는 고통스러운 장례식이긴 하지만, 뭐라겠어? 이 고통을 견디는 게 고통을 치유하고픈 욕망보다 더 매혹적인데. 이해하긴 어렵지만 어쨌든 그래! 열등생은 자신의 무지를 심오한 자기 본성으로 착각하는 거야. 열등생은 수학을 배우는 학생이 아니라 수학의 젬병인 거고, 그냥 그런 거야. 그리고 어떤 보상이 필요하기 때문에 다른 분야에서 빛을 발하게 되는 거지. 내 경우는 금고털이였고. 주먹질도 조금은 잘했고. 경찰에 붙잡혔을 때, 사회복지사가 왜 학교에서 공부하지 않느냐고 물어볼 때 열등생이 뭐라고 대답하는지 알아?"

"……"

"정확히 선생님들과 똑같은 얘기를 하지. '그것', '그것' 말이야! 학교는 나한테 맞지 않아요, 난 '그것'에 안 맞아요. 바로 이렇게 대답한다고. 그 아이 역시 자기도 모르게 무지와 앎 사이의 끔찍한 충격에 대해 말하는 거야. 선생님들의 '그것'과 동일한 '그것.'

학생들은 자기들이 학교에 맞지 않는다고 생각하고, 선생님들은 그런 학생들을 맞이할 준비가 되어 있지 않다고 생각하는 거지. 양쪽 모두 똑같이 '그것'을 말하는 거야!"

"감정이입을 치워버리면, '그것'은 어떻게 치유하지?"

여기서 그는 엄청 주저한다.

다그쳐야 한다.

"말해봐, 아무것도 배우지 않았어도 모든 걸 다 안다며? '그것'에 대해 준비되어 있지 않고서도 가르치는 수단이 뭐야? 방법이 있기는 한 거야?"

"방법이 없는 게 아니라, 있는 건 방법들뿐이지! 당신들은 언제나 방법들 속으로 숨느라 시간을 보내잖아. 그 방법들만으론 충분하지 않다는 걸 마음속 깊이 잘 알면서 말이야. 뭔가가 빠져 있어."

"뭐가 빠져 있지?"

"말 못해."

"왜?"

"엄청난 말이거든."

"'감정이입'보다 더해?"

"비교도 안 되지. 네가 초등학교나 중고등학교, 아니 대학이나 그 비슷한 곳에서는 절대 입 밖에 낼 수 없는 말이야."

"뭔데? 해봐."

"아니, 정말이지 못하겠어……"

"자, 어서!"

"난 못한다니까! 교육을 말하면서 이 말을 내뱉었다간 넌 린치당할 거야."

"……"

"……"

"……"

"사랑."

13

사실 프랑스에서는 교육과 관련하여 사랑을 얘기하는 일이 적절치 않다. 그게 어떤 건지 시도해보라. 교수형을 당한 집안에서 밧줄 얘기를 하는 것만큼이나 거북스럽다.

내가 이 책을 쓰면서 자주 얘기했던 G 선생님이나 니콜 H. 선생님, 자기들의 교실에 나를 초대했던 대다수 선생님들, 그리고 개인적으론 모르지만 지치지 않고 일하는 모든 선생님들에게 힘을 불어넣어줄 사랑의 유형을 묘사하기 위해서는 어떤 메타포를 이용하는 편이 낫다.

그러니까 메타포를.

이 경우엔 날개가 달린 메타포를.

또다시 베르코르.

작년 9월의 어느 아침.

9월 초엽의 어느 날.

나는 이 책의 어떤 부분인가를 쓰다가 늦게 잠이 들었다. 계속 써야 한다는 압박감에 잠이 깼다. 자리를 박차고 일어나려다가 미세한 소란에 멈칫했다. 집 주위에서 들리는 새소리였다. 강렬하면서도 아주 가냘픈 지저귐. 아! 그래, 제비들이 떠나는구나! 해마다 이 무렵이면 제비들은 전깃줄 위에서 서로 만날 약속을 한다. 들판과 거리는 서푼짜리 영상처럼 악보로 뒤덮인다. 철새가 떠날 준비를 하고 있다. 그것은 재회의 소란이다. 아직 하늘을 휘돌고 있는 제비들은 지평선으로 날아가고픈 욕망에 몸을 떨면서도 이미 전깃줄에 앉아 있는 새들에게 옆에 나란히 앉아도 되는지 묻고 있다. 서둘러, 이제 출발할 거야! 알았어, 갈게! 새들은 전속력으로 비상한다. 히치콕의 새떼처럼 북쪽에서 남쪽으로 기수를 돌리고 있다. 그런데 그 방향은 바로 남쪽과 북쪽으로 창이 나 있는 아내와 나의 침실 쪽이었다. 침실 북쪽에는 천창이, 남쪽에는 이중창이 나 있다. 그리고 해마다 똑같은 일이 벌어진다. 나란히 나 있는 투명 유리창에 속아 꽤 많은 제비가 천창 유리에 머리를 찧는 것이다. 그러므로 오늘 아침에는 글을 쓸 수 없다. 나는 북쪽의 천창과 남쪽의 이중창을 활짝 열어놓고 침대로 다시 돌아갔다. 그리고 우리는 제비 비행 부대가 우리 방을 가로질러 날아가는 모습을 바라보며 아침나절을 보내게 된다. 그런데 갑자기 제비들이 잠잠해진다. 아마도 새들이 지나가는 모습을 바라보며 길게 누워 있는 우리 두 사람을 보고 겁을 먹었나보다. 그런데 그게 아니라 이중창 양쪽에 붙어 있는 작은 수직 창문*이 닫혀 있었던 거다. 두 수직 창문 사이의 공간은 아주 널찍해서 하늘의 모든 새가 통과할 정도였다. 그렇지만 예외가 없었다. 언제나 멍청한 서너 마리 새는 널찍한 공간을 놔두고 늘 비좁은 수직 창문으로 통과하려다 변을 당한다! 그것은 우리들 열등생의 비율이다. 우리의 일탈자들! 줄에 섞이지 못하는 아이들. 그들은 곧게 난 길을 따라가지 않는다. 주변에서 허튼짓을 하다가 수직 창문에 걸려버리는 것이다. 픽! 기절해 카펫 위로 떨어진다. 그러면 우리 둘 중 하나가 몸을 일으켜 손바닥을 오므린 채 기절한 제비를 감싸안고—새는 결코 무겁지 않다. 새들의 뼈에는 바람만 가득하다—다시 깨어나기를 기다렸다가 제 친구들 쪽으로 날려보낸다. 부활한 새는 아직 좀 비틀거리긴 하지만 되찾은 허공 속을 지그재그로 날아오른다. 그리고 남쪽을 향해 돌진해 자신의 미래 속으로 사라진다.

나의 이런 메타포가 얼마나 가치가 있을지 모르지만, 교육에

---

*큰 창문 옆에 덧대어 낸 보조 창문으로 주로 환기에 사용된다.

있어서의 사랑은 우리 학생들이 미친 새처럼 날아갈 때와 비슷하다. G 선생님과 니콜 H. 선생님이 몰두했던 일도 바로 그것이었다. 날개가 부러진 제비떼를 학교생활의 혼수상태에서 깨어나게 하는 일. 그때마다 모두 성공하는 것은 아니다. 때로는 길을 따라가는 데 실패하고, 몇몇은 다시 깨어나지 못해 카펫에 그대로 남아 있거나 다음번 유리창에 목이 부러지기도 한다. 이런 아이들은 제비들을 묻어준 정원의 깊숙한 구덩이처럼 우리 의식 속에 회한의 구멍을 남긴다. 하지만 매번 노력하고, 노력했을 것이다. 그들은 우리의 학생이니까. 이 아이 혹은 저 아이에 대한 호감이나 반감(더할 나위 없이 현실적인 문제이긴 하지만!)의 문제는 고려의 대상이 되지 않는다. 아이들에 대한 우리 감정의 정도를 말한다는 건 너무 쉽다. 지금 문제가 되는 사랑은 그런 게아니다. 기절한 제비는 되살려야 하는 제비일 뿐이다. 그뿐이다.

감사의 말

자주 그랬듯 J.-B. 퐁탈리스, 장필리프 포스텔, 자크 베냐크, 장 게랭, 장마리 라클라브틴, 위그 르클레르크, 피에르 제스테드, 필리프 벤 라생, 장뤼크 제니토, 베로니크 리샤르, 크리스틴과 프랑수아 모렐, 샤를로트와 뱅상 슈니강, 장미셸 마리우, 요컨대, 이 책을 쓰는 동안 나의 열등생과 나를 참아내주었던 모든 분께 감사드립니다.

지은이 **다니엘 페낙**
1944년 모로코 카사블랑카에서 태어나 아프리카, 아시아, 유럽 등지에서 유년기를 보냈다. 프랑스 니스와 엑스의 대학에서 문학을 공부한 뒤, 1969년부터 1995년까지 파리와 파리 근교 수아송의 중고등학교에서 교편을 잡았다. 『식인귀의 행복을 위하여』 『기병총 요정』 『산문팔이 소녀』 등 총 여섯 편으로 구성된 그의 대표작 '말로센 시리즈'는 프랑스에서만 총 600만 부 가까이 판매되었고, 전 세계 20개 이상의 언어로 번역 출간되었다. 그 밖의 작품으로 책 읽기의 즐거움을 일깨우는 에세이 『소설처럼』 등이 있다.

옮긴이 **윤정임**
연세대학교 불어불문과와 동 대학원을 졸업했고, 프랑스 파리 10대학에서 문학박사 학위를 받았다. 『사르트르의 상상계』 『시대의 초상』 『자코메티의 아틀리에』 『마지막 거인』 등을 우리말로 옮겼다.

문학동네 세계문학
학교의 슬픔

1판 1쇄 2014년 6월 19일 | 1판 8쇄 2022년 2월 25일

지은이 다니엘 페낙 | 옮긴이 윤정임
책임편집 김두리 | 편집 김이선 염현숙 | 독자모니터 이수경
디자인 김현우 이원경 | 저작권 박지영 이영은 김하림
마케팅 정민호 이숙재 박보람 한민아 김혜연 이가을 안남영 김수현 정경주 이소정
브랜딩 함유지 함근아 김희숙 정승민
제작 강신은 김동욱 임현식 | 제작처 한영문화사(인쇄) 경일제책사(제본)

펴낸곳 (주)문학동네 | 펴낸이 김소영
출판등록 1993년 10월 22일 제2003-000045호
주소 10881 경기도 파주시 회동길 210
전자우편 editor@munhak.com | 대표전화 031) 955-8888 | 팩스 031) 955-8855
문의전화 031) 955-8895(마케팅) 031) 955-2652(편집)
문학동네카페 http://cafe.naver.com/mhdn | 트위터 @munhakdongne
북클럽문학동네 http://bookclubmunhak.com

ISBN 978-89-546-2346-9 03860

www.munhak.com